Jasmine Warga

Mein Herz und andere schwarze Löcher

Aus dem Amerikanischen
von Adelheid Zöfel

MIX
Papier aus verantwortungsvollen Quellen
FSC® C006701

Erschienen bei FISCHER Sauerländer

Die Originalausgabe erschien 2015
unter dem Titel ›My Heart and Other Black Holes‹
bei Balzer + Bray, an imprint of
HarperCollinsPublishers, New York, USA

Satz: Dörlemann Satz, Lemförde
Druck und Bindung: CPI books GmbH, Leck
Printed in Germany
ISBN 978-3-7373-5141-6

Zum Andenken an Aidan Jos Schapera,
der das Leben liebte und
uns anderen beigebracht hat, wie das geht.

Die wahre Entdeckungsreise besteht nicht darin,
dass man neue Landschaften sucht,
sondern dass man mit neuen Augen sieht.

Marcel Proust

Dienstag, 12. März

noch 26 Tage

Musik hat kinetische Energie. Vor allem klassische Musik und da ganz besonders Mozarts Requiem. Wenn man genau aufpasst, hört man, wie die Geigenbögen über die Saiten vibrieren und die Töne aufleuchten lassen, sie in Bewegung setzen. Und wenn die Töne dann in der Luft sind, prallen sie gegeneinander, funkeln, explodieren.

Ich verbringe sehr viel Zeit damit, mir zu überlegen, wie es sich anfühlt, zu sterben. Wie es klingt. Werde ich explodieren wie diese Töne, werde ich einen letzten Schmerzensschrei ausstoßen, um dann für immer zu verstummen? Oder verwandle ich mich in ein schattenhaftes Rauschen, kaum wahrnehmbar, aber trotzdem immer präsent, wenn man nur genau hinhört?

Würde ich nicht sowieso schon dauernd an den Tod

denken, dann brächte mich unter Garantie mein Job im Telefonpool von TMC dazu. TMC steht für Tucker's Marketing Concepts. Die Firma hat Glück, sie braucht sich meinetwegen keine Vorwürfe zu machen, weil mein Zustand ja schon vorher existiert hat.

TMC ist ein Telefonmarketing-Betrieb im Untergeschoss eines etwas versifften Einkaufszentrums, und ich bin die einzige Mitarbeiterin, die den Untergang Roms nicht miterlebt hat. Graue Plastiktische, vermutlich eine Großbestellung von Costco, stehen aufgereiht hintereinander. Jeder Angestellte hat ein Telefon und einen Computer. Der Raum riecht nach Schimmelpilz, vermischt mit dem Duft von zu lange warm gehaltenem Kaffee.

Zur Zeit führen wir eine Umfrage für Paradise Vacations durch. Die wollen wissen, was den Leuten im Urlaub wichtiger ist – die Qualität von Essen und Trinken oder die Qualität der Hotelzimmer. Ich wähle die nächste Nummer auf meiner Liste: Mrs Elena George, wohnhaft in der Mulberry Street.

»Hallo?«, meldet sich eine heisere Stimme.

»Guten Tag, Mrs George. Mein Name ist Aysel, und ich rufe von Tucker's Marketing Concepts an. Es geht um Paradise Vacations. Haben Sie einen Moment Zeit, um ein paar Fragen zu beantworten?« Leider habe ich nicht den einschmeichelnden Singsang drauf wie die meisten meiner Kollegen. Man kann auch sonst nicht behaupten, dass ich hier die Star-Angestellte bin.

»Ich hab doch schon tausendmal gesagt, dass Sie meine Nummer nicht anrufen sollen!«, schimpft Mrs George und legt auf.

Sie können weglaufen, Mrs George, aber verstecken können Sie sich nicht. Ich schreibe in meine Anrufliste, dass diese Dame kein Interesse hat. Offenbar träumt sie nicht von zwei Wochen Urlaub auf Hawaii. Tja, Pech gehabt, Paradise Vacations.

Mehr als einen Anruf am Stück schaffe ich nicht, danach muss ich eine Pause machen. Also widme ich mich erst mal wieder meinem Computer. Das einzig Gute an meinem Job ist, dass ich jederzeit ins Internet kann. Ich klicke auf den Browser und gehe zu Smooth Passages, meiner Lieblingsseite im Moment.

»Aysel!« Das ist Mr Palmer, mein Supervisor, der mich gleich zurechtweisen wird. Wie immer spricht er meinen Namen falsch aus. Man sagt Ah-sell, mit der Betonung auf der zweiten Silbe, nicht Ai-seel, aber ihm ist das völlig egal. »Wie oft muss ich dir noch sagen, dass du nicht auf dem Computer herumspielen sollst?« Er deutet auf meine Anruferliste. »Du hast noch einige Nummern abzuarbeiten.«

Mr Palmer könnte sein ganzes Leben verändern, wenn er nur einmal, ein einziges Mal, zu einem anderen

Friseur ginge. Zur Zeit hat er einen Topfschnitt, wie die dürren Jungen aus der sechsten Klasse. Ich würde ihm gern sagen, dass er mit einem Bürstenhaarschnitt sein kantiges Kinn besser zur Geltung brächte, aber vermutlich ist er glücklich mit Mrs Palmer und hat keinen Grund, sich neu zu erfinden. Nein, keine Midlife-Crisis bei Mr Palmer.

Ich gebe es nur ungern zu, aber ich bin ein bisschen neidisch auf Mr Palmer. Immerhin könnte er sein Problem ausräumen, wenn er nur wollte. Ein paarmal Schnippschnapp mit der Schere, und schon wäre er ein neuer Mensch. Aber bei mir gibt es nichts, was alles in Ordnung bringen würde.

»Stimmt etwas nicht?«, fragt Mr Palmer, als er merkt, dass ich ihn anglotze.

»Sie haben schöne Haare.« Ich drehe mich mit meinem Stuhl. Eigentlich habe ich vorhin geschwindelt. Mein Job hat nämlich zwei gute Seiten: erstens den uneingeschränkten Zugang zum Internet – und außerdem habe ich noch einen Drehstuhl.

»Wie bitte?«, knurrt er.

»Sie haben schöne Haare«, wiederhole ich. »Haben Sie schon mal überlegt, eine andere Frisur auszuprobieren?«

»Dir ist doch klar, dass ich ein Risiko eingegangen bin, als ich dich eingestellt habe.« Er fuchtelt mir mit dem gekrümmten Zeigefinger vor dem Gesicht herum. »Alle Leute hier haben mich gewarnt, dass man sich mit dir nur Probleme einhandelt. Wegen deines …« Er redet nicht weiter und schaut weg.

Wegen deines Vaters, vollende ich stumm den Satz. Ich habe den säuerlich metallischen Geschmack im Mund, den ich von unzähligen Demütigungen dieser Art kenne. Mein Leben kann in zwei klare Abschnitte unterteilt werden: die Zeit, bevor mein Vater in den Abendnachrichten auftauchte, und die Zeit danach. Kurz versuche ich mir vorzustellen, wie dieses Gespräch verlaufen würde, wenn mein Vater nicht mein Vater wäre. Mr Palmer würde garantiert nicht mit mir reden, als wäre ich ein streunender Straßenköter, der seine Mülltonne durchstöbert. Er wäre viel höflicher, aber kein Mensch macht sich noch die Mühe, zu mir höflich zu sein. Doch dann schießt mir ein Gedanke in den Kopf, den ich sofort wieder loswerden will: *Du würdest dich auch nicht anders fühlen, innerlich.*

Ich presse das Kinn nach unten und versuche, diesen Satz irgendwie abzuschütteln. »Entschuldigen Sie bitte, Mr Palmer. Ich mache weiter.«

Mr Palmer sagt nichts mehr. Er schaut hinüber zu den drei gigantischen, glänzenden Bannern, die seit kurzem an der hinteren Bürowand hängen. Auf allen dreien ist Brian Jackson zu sehen, in verschiedenen Posen – die

Arme vor der Brust verschränkt, die Arme siegesbewusst hochgerissen, die Arme seitlich angewinkelt, mitten im Lauf. Dank Photoshop hat er perfekte Haut, aber seine aschblonden Haare und die strahlend blauen Augen mussten nicht korrigiert werden. Und weil ich ihm schon öfter in der Schule auf dem Gang begegnet bin, weiß ich, dass seine Wadenmuskeln tatsächlich so enorm sind. Unten auf jedem der Banner steht in roter Blockschrift: *Aufgewachsen in Langston, Kentucky, unterwegs nach Olympia.*

Der erste Junge aus Langston, der sich fast für die Olympischen Spiele qualifiziert hat, wird auf den Bannern nicht erwähnt. Das ist auch gar nicht nötig. Ich weiß, dass Mr Palmer an ihn denkt, so wie er die Plakate anschaut. Eigentlich fällt jedem, der Brian Jacksons schweißnasse Stirn und seine muskulösen Beine betrachtet, Timothy Jackson ein. Brians älterer Bruder. Und alle, die diese Banner sehen und danach mich anschauen, denken garantiert an Timothy Jackson.

Schließlich nimmt Mr Palmer den Blick von Brian und wendet sich wieder mir zu. Er kann mir aber nicht in die Augen schauen, sondern blickt über mich weg und räuspert sich. »Weißt du was, Aysel? Vielleicht ist es am besten, wenn du morgen gar nicht zur Arbeit kommst. Mach doch einfach einen Tag frei.«

Ich presse meine Ellbogen auf den Tisch und wünsche

mir sehnlichst, ich könnte mit dem grauen Plastik verschmelzen, mit dieser gefühllosen Mischung synthetischer Polymere. Ich spüre, wie meine Haut unter dem Gewicht meines Körpers wund gescheuert wird, und summe im Kopf ein Motiv aus Bachs Toccata und Fuge in d-Moll. Mein Gehirn wird von dunklen, gewaltigen Orgeltönen erfüllt, und ich stelle mir vor, wie sich die Tasten des Instruments zu einer Leiter zusammensetzen, die zu einem leeren, friedlichen Ort führt. Weit weg von TMC, von Mr Palmer, von allem.

Mr Palmer deutet mein Schweigen irrtümlicherweise als Verwirrung, statt als ein Zeichen absoluter Erstarrung. Er streckt die Hände vor sich aus und ringt sie, als würde er sie gerade waschen. Diesen Impuls rufe ich oft bei Leuten hervor – es überkommt sie das Bedürfnis, sich die Hände zu waschen. »Du weißt ja sicher, dass wir morgen für die Stadtverwaltung von Langston Leute anrufen, um für die Veranstaltung zu Ehren von Brian Jackson am Samstag möglichst viele Teilnehmer zusammenzukriegen.« Mr Palmers Stimme zittert ein bisschen, und er wirft einen raschen Blick auf die Banner, als könnten Brian Jacksons athletische Haltung und sein konzentrierter Gesichtsausdruck ihm helfen, den Mut zum Weiterreden zu finden.

Brians Zauberkraft wirkt anscheinend. Jedenfalls findet Mr Palmer seine Stimme wieder. »Brian kommt übers Wochenende vom Trainingslager nach Hause, und die Stadtverwaltung möchte, dass alle Einwohner ihn herzlich begrüßen. Ich weiß, du würdest gern dabei helfen, aber ich befürchte, dass manche unserer Kunden es nicht so positiv finden, wenn du sie zu der Veranstaltung einlädst, wegen – na ja, wegen deines Vaters – und …« Seine Stimme wird immer leiser, er redet zwar weiter, stolpert aber über seine eigenen Worte. Ich kann nicht mehr verstehen, was er murmelt. Es ist eine Mischung aus Entschuldigung, Erklärung und Anklage.

Ich muss mich zusammenreißen, um nicht laut loszulachen. Statt darüber nachzudenken, wie absurd es ist, dass ich offenbar nicht attraktiv genug bin, um als Telefonverkäuferin zu arbeiten, konzentriere ich mich lieber auf Mr Palmers Wortwahl. Er redet von »Kunden«, aber ich glaube nicht, dass die Menschen, die wir Tag für Tag belästigen, sich selbst als solche betrachten. Eher sehen sie sich als Opfer. Und meinem Vater habe ich es zu verdanken, dass durch mich alle noch mehr das Gefühl bekommen, sie könnten potentielle Opfer sein.

Verlegen und mit hochrotem Kopf entfernt sich Mr Palmer von meinem Schreibtisch und wandert durch die Reihen. Zu Marie sagt er, sie soll aufhören, Kaugummi zu kauen, und Tony fordert er auf, doch bitte das Fett von seinem Hamburger nicht auf der ganzen Tastatur zu verteilen.

Als mein Vorgesetzter sich in sicherer Entfernung von meinem Schreibtisch befindet, mache ich Smooth Passages wieder auf. Vereinfacht ausgedrückt ist das eine Internetseite für Menschen, die sterben wollen. Solche Seiten gibt es massenhaft. Manche sind künstlerisch durchgestylt, andere sind eher nischenmäßig und richten sich an Leute, die eine spezifische Methode im Sinn haben, zum Beispiel Ersticken, oder sie richten sich an genau umrissene Zielgruppen, etwa an depressive verletzte Sportler oder so was. Ich habe noch keine Seite gefunden, die direkt für unerwünschte Töchter psychotischer Schwerverbrecher gedacht ist, deshalb ist Smooth Passages für mich im Moment noch die passende Adresse.

Die Seite ist ohne Schnörkel, kein aufgemotztes oder kitschiges HTML-Zeug. Schwarz-weiß. Stilvoll, elegant. Das heißt, sofern eine Website zum Thema Selbstmord stilvoll und elegant sein kann. Es gibt verschiedene Message Boards und Foren. Um die geht es mir hauptsächlich. In letzter Zeit treibe ich mich vor allem in der Rubrik mit der Überschrift *Selbstmordpartner* herum.

Das Problem bei Selbstmord ist – was die meisten Leute nicht kapieren –, dass es gar nicht so leicht ist, die Sache durchzuziehen. Ich weiß, ich weiß – die Leute jammern immer rum und sagen, Selbstmord sei ein

Ausweg für Feiglinge. Stimmt wahrscheinlich. Klar – ich gebe auf, ich kapituliere. Ich laufe weg vor dem schwarzen Loch, das meine Zukunft ist, weil ich verhindern muss, dass ich mich zu dem fürchterlichen Menschen entwickle, der ich auf keinen Fall werden will. Aber nur weil es feige ist, muss es noch lange nicht einfach sein.

Die Sache ist die: Ich befürchte, mein Selbsterhaltungstrieb könnte sich als zu stark herausstellen. Im Grunde sind mein depressiver Kopf und mein sehr lebendiger Körper ständig im Konflikt. Womöglich gewinnt mein Körper in letzter Sekunde die Oberhand, aus irgendeinem blöden Impuls heraus, und dann habe ich es am Schluss nur zur Hälfte geschafft.

Vor nichts habe ich mehr Angst als vor einem gescheiterten Versuch. Ich will nicht im Rollstuhl landen, nur noch Brei essen und rund um die Uhr von einer flotten Krankenschwester gepflegt werden, die sich nur für die kitschigen Reality Shows im Fernsehen interessiert.

Deshalb schaue ich jetzt immer mal wieder bei den Selbstmordpartnern vorbei. Ich glaube, das funktioniert so: Man findet jemanden, der einigermaßen in der Nähe wohnt, und dann plant man mit ihm gemeinsam den letzten Schritt. Es ist so was wie Selbstmord mit Gruppenzwang, und soweit ich es mitkriege, ist die Methode verdammt effizient. Da bin ich dabei.

Ich überfliege ein paar Postings. Niemand passt so richtig zu mir. Entweder sind die Leute zu weit weg (warum wollen sich ausgerechnet in Kalifornien so viele das Gehirn rauspusten? Es heißt doch immer, man ist so superglücklich, wenn man am Pazifik in der Sonne lebt!), oder sie sind in der falschen Altersgruppe (ich habe echt keine Lust, mich mit Erwachsenen abzugeben, die irgendwelche Eheprobleme haben – und gestresste Helikoptermamas sind auch nichts für mich).

Ich habe schon überlegt, ob ich selbst etwas posten soll, aber ich weiß nicht recht, was. Außerdem gibt es nichts Schlimmeres, als wenn man sich aufrafft und einen Partner sucht – und dann wird man abgewiesen. Ich werfe einen raschen Blick über die Schulter. Mr Palmer ist mehrere Reihen von mir entfernt. Er massiert gerade Tina Bart die Schultern. Permanent massiert er Tina Bart die Schultern! Vielleicht ist er mit Mrs Palmer doch nicht so glücklich, wie ich dachte.

Er merkt, dass ich ihn beobachte, und schüttelt den Kopf. Ich schenke ihm mein süßestes Grimassengrinsen, greife zum Telefon und wähle die nächste Nummer auf meiner Liste: Samuel Porter, wohnhaft in der Galveston Lane.

Während ich dem vertrauten Klingeln lausche, piept plötzlich mein Computer. Mist! Ich vergesse immer, den Ton leise zu stellen.

Laura, die mittelalte Frau, die neben mir arbeitet und sich die Lippen viel zu grell schminkt für ihre gelbliche Haut, schaut mit gerunzelter Stirn zu mir herüber.

Ich zucke die Achseln. »Bestimmt ein Update«, sage ich lautlos.

Sie verdreht die Augen. Ich vermute fast, Laura ist ein menschlicher Bullshit-Detektor.

Mr Samuel Porter geht nicht ans Telefon. Vielleicht mag er keine Piña coladas.

Ich lege auf und klicke wieder Smooth Passages an. Offenbar hat der Computer gepiept, weil im Selbstmordpartner-Forum jemand eine neue Nachricht gepostet hat. Sie heißt *Siebter April*. Ich öffne sie.

Ich muss zugeben, bisher fand ich das hier immer ziemlich blöd. Für mich besteht der Sinn und Zweck von Selbstmord darin, dass ich endlich und bis in alle Ewigkeit allein sein kann. Deshalb habe ich nie verstanden, weshalb ich es mit einem Partner machen soll. Aber das hat sich geändert. Ich habe Angst, dass ich in letzter Minute kneife oder so. Es gibt noch andere Gründe, aber auf die will ich hier nicht eingehen.

Ich habe nur ein paar Bedingungen. Erstens will ich mich nicht mit jemandem zusammentun, der Kinder hat. Das ist mir zu krass. Zweitens sollte mein Partner nicht mehr als eine Stunde von mir entfernt wohnen. Das könnte schwierig sein, weil ich nämlich mitten im Nichts wohne, aber vorläufig halte ich an dieser Bedingung fest. Und drittens steht das Datum fest: der siebte April. Der Termin ist nicht verhandelbar. Schreib mir, wenn du mehr Informationen willst.

FrozenRobot

Ich checke FrozenRobots Profil und versuche, den Benutzernamen nicht allzu doof zu finden. Aber echt – FrozenRobot? Geht gar nicht. Mir ist klar, dass jeder hier ein bisschen – okay, mehr als ein bisschen – durchgedreht ist, aber trotzdem. Ein gewisses Maß an Würde wäre schon gut.

FrozenRobot ist allem Anschein nach ein männliches Wesen. Er ist siebzehn, also nur ein Jahr älter als ich. Passt. Ach ja, und er ist aus Willis, Kentucky – das ist nur eine Viertelstunde von hier.

Ich spüre eine Art Schock in den Knochen und erinnere mich vage daran, dass es sich ungefähr so anfühlt, wenn man etwas spannend oder aufregend findet. FrozenRobot hat genau den richtigen Moment erwischt. Könnte sein, dass ich zum ersten Mal im Leben Glück habe. Das ist sicher ein Zeichen aus dem Kosmos – wenn du nur ein einziges Mal im Leben Glück hast und das ausgerechnet bei der Planung deines Selbstmords, dann ist es wirklich an der Zeit, dich zu verabschieden.

Ich lese die Nachricht noch einmal. Siebter April. Passt auch. Heute ist der zwölfte März. Ich halte höchstens noch einen Monat oder so durch. Obwohl sich in letzter Zeit jeder Tag anfühlt wie eine halbe Ewigkeit.

»Aysel.« Wieder Mr Palmer.

»Ja, bitte?«, erwidere ich, ohne ihn richtig zu beachten.

Er stellt sich hinter mich, so dass er auf meinen Computerbildschirm sehen kann. Ich versuche, das Fenster verschwinden zu lassen. »Hör zu – es ist mir egal, was du in deiner Freizeit anstellst, aber bring es bitte nicht mit zur Arbeit. Kapiert?« Seine Stimme hängt ein bisschen durch, wie ein altes Sofa. Er täte mir ja leid, wenn ich nicht mein ganzes Mitgefühl für mich selbst bräuchte.

Ich kann es natürlich nicht wissen, aber ich gehe mal davon aus, dass Mr Palmer keine Ahnung von Smooth Passages hat und annimmt, ich bin auf einer Heavy-Metal-Fanseite oder so. Er kann ja auch nicht wissen, dass ich am liebsten Kammermusik höre. Haben ihm seine Eltern nicht beigebracht, dass man Leute nicht in Schubladen stecken soll? Nur weil ich sechzehn bin und wilde Locken habe, die schwer zu bändigen sind, und jeden Tag ein dunkel gestreiftes T-Shirt trage, heißt das noch lange nicht, dass ich mich nicht für ein schmelzendes Geigensolo oder ein klassisches Klavierkonzert begeistern kann.

Als Mr Palmer wieder weg ist, höre ich, dass Laura vor sich hin knurrt.

»Was ist?«, frage ich sie.

»Hast du zu Hause kein Internet?« Sie mustert mich grimmig und trinkt einen Schluck von unserem Gratis-Kaffee. Am Plastikbecher sind Spuren ihres scheußlichen Himbeerlippenstifts zu sehen.

»Hast du zu Hause keine Kaffeemaschine?«

Sie zuckt die Achseln, und ich halte unser Gespräch für beendet. Aber da sagt sie: »Die Arbeit ist nicht der richtige Ort, um sich ein Date zu suchen. Erledige das gefälligst in deiner Freizeit. Sonst bringst du uns noch alle in Schwierigkeiten.«

»Okay.«

Stur starre ich auf meine Tastatur. Ich kann Laura ja unmöglich erklären, dass ich kein Date suche. Oder jedenfalls nicht die Art von Date, an die sie denkt.

Mir fällt auf, dass zwischen den Tasten F und G winzige Goldfischcracker-Krümel stecken. Und in dem Moment fasse ich einen Entschluss. Ich werde Frozen-Robot antworten.

Wir haben ein Date: am siebten April.

Mittwoch, 13. März

noch 25 Tage

Das einzige Fach, das mir gefällt, ist Physik. Ich bin kein naturwissenschaftliches Genie, aber von der Physik erhoffe ich mir ein paar Antworten auf meine Fragen.

Schon als kleines Kind fand ich es wahnsinnig spannend, wie die Dinge funktionieren. Ich habe meine Spielsachen immer systematisch auseinandergenommen und dann studiert, wie die Einzelteile zusammengehören. Ich habe mir zum Beispiel den Arm einer Puppe vorgenommen (meine Halbschwester Georgia hat mir bis heute nicht verziehen, dass ich ihre allerschönste Barbiepuppe einer Autopsie unterzogen habe) oder die Räder eines Autos. Einmal habe ich den Wecker meines Vaters zerlegt. Als Dad nach Hause kam, saß ich auf dem alten beigefarbenen Teppichboden, die Batterien bei meinen Turnschuhen.

»Was machst du da?«, wollte er wissen.

»Ich mache die Uhr kaputt, damit ich lernen kann, wie man sie wieder ganz macht.«

Er legte mir die Hand auf die Schulter – ich erinnere mich gut an seine Hände, breit, mit langen, kräftigen Fingern, die Art von Hand, die einem ein Gefühl von Sicherheit gibt, einem aber gleichzeitig Angst einjagen kann – und sagte: »Weißt du, Sellie, es gibt genug kaputte Sachen auf der Welt. Du musst nicht einfach so zum Spaß noch mehr kaputt machen.« Der Wecker blieb jahrelang in diesem zerlegten Zustand, bis ich ihn schließlich weggeworfen habe.

Jedenfalls kommt mir Physik irgendwie nützlich vor. Im Gegensatz zu Englisch – in Englisch lesen wir Gedichte von depressiven Dichtern. Nicht gerade hilfreich. Unsere Lehrerin, Mrs Marks, macht ein Riesentrara, um irgendwie zu entschlüsseln, was diese Dichter uns sagen wollen. Aus meiner Perspektive ist das ziemlich klar. Sie sagen: Ich bin traurig, und ich will sterben. Es quält mich richtig, wenn die anderen in meiner Klasse jede Zeile analysieren und nach der tieferen Bedeutung suchen. Es gibt keine. Jeder, der einmal so traurig war, weiß, dass Depressionen weder schön noch literarisch noch geheimnisvoll sind.

Depression, das bedeutet: ein Gefühl der Schwere, dem man nicht entrinnen kann. Das Gewicht lastet auf einem wie Blei und macht selbst die banalsten Dinge, wie das Binden von Schnürsenkeln oder das Kauen von Toastbrot, so anstrengend, als müsste man dreißig Kilometer bergauf laufen. Depressionen sind ein Teil von dir; sie sitzen in deinen Knochen und in deinen Adern. Wenn ich etwas über Depressionen weiß, dann das: Es gibt kein Entrinnen.

Und ich bin mir ziemlich sicher, dass ich mehr davon verstehe als alle meine Klassenkameraden zusammen. Wenn ich höre, wie sie über dieses Thema reden, wird mir fast übel. Im Englischunterricht habe ich immer das Gefühl, als müsste ich zusehen, wie eine Gruppe blinder Eichhörnchen nach Nüssen sucht. Mrs Marks sagt: »Wir wollen uns diese Zeile einmal näher anschauen. Hier schreibt der Dichter John Berryman: ›Das Leben, Freunde, ist langweilig.‹ Was will er eurer Meinung nach damit sagen?« Meine Mitschüler quasseln alle durcheinander und rufen schwachsinniges Zeug in die Klasse, zum Beispiel: »Er hatte keinen, mit dem er am Samstagabend abhängen konnte« oder »Die Football-Saison war vorbei, deshalb gab's nichts Gutes im Fernsehen«.

Ich muss mich richtig zusammenreißen, um nicht aufzuspringen und zu schreien: »Er ist traurig, verdammt nochmal! Sonst nichts. Das ist der entscheidende Punkt. Er weiß, dass das Leben für ihn nie anders sein wird. Ihm ist nicht zu helfen. Immer nur der gleiche Mist, monoton und deprimierend. Langweilig, traurig, langweilig, traurig. Er will nur eins: dass es endlich vorbei ist.« Aber das würde bedeuten, dass ich mich am Unterricht beteilige, was wiederum gegen eine meiner persönlichen Regeln verstoßen würde, die lautet: Ich mache nicht mit. Warum nicht? Weil ich scheißtraurig bin. Mrs Marks mustert mich manchmal so komisch, als wüsste sie, dass ich weiß, was John Berryman sagen will, aber sie ruft mich nie auf.

In Physik versuchen meine Mitschüler wenigstens nicht dauernd, aus unkompliziertem Quark komplizierten Quark zu machen. Nein, in Physik bemühen wir uns alle, aus komplizierten Sachverhalten unkomplizierte zu machen.

Mr Scott schreibt eine Gleichung an die Tafel. Wir erfahren etwas über Wurfbewegung und lernen, die Eigenschaften eines bewegten Gegenstands zu berechnen, auf den nur die Schwerkraft wirkt. Es gibt viele Variablen, wie zum Beispiel den Winkel, in dem der Gegenstand sich bewegt, und die Anfangsgeschwindigkeit.

Meine Augen werden trübe. Zu viele Zahlen. Ich will lieber über die Schwerkraft nachdenken. Manchmal frage ich mich, ob sie an allem schuld ist. Die Schwerkraft sorgt für Bodenhaftung, gibt uns dieses falsche

Gefühl der Stabilität, während wir in Wirklichkeit doch alle nur sich bewegende Körper sind. Die Schwerkraft verhindert, dass wir in den Weltraum entschweben. Sie sorgt dafür, dass wir nicht aus Versehen gegeneinanderknallen. Sie rettet die Menschheit vor einem Riesenschlamassel.

Mir wäre es am liebsten, wenn die Schwerkraft verschwände und wir alle in einem einzigen Schlamassel untergehen würden.

Leider ist das nicht die richtige Antwort auf die Frage, die Mr Scott gerade gestellt hat.

»Aysel, kannst du mir sagen, was der höchste Punkt ist, den der Football erreicht?«

Bisher habe ich nicht mal gewusst, dass es sich bei dem Objekt in der Aufgabe um einen Football handelt. Ich starre den Lehrer nur verständnislos an.

»Aysel.« Mr Scott versucht es noch einmal. Er spricht meinen Namen mit einem gekünstelten spanischen Akzent aus, den er sich vermutlich vor tausend Jahren zugelegt hat, als er in der Highschool Spanisch gelernt hat. Die Sache ist nur die: Mein Name hat nichts mit Lateinamerika zu tun. Er ist türkisch. Man würde denken, Mr Scott hätte das inzwischen kapiert.

»Ähm …«

»Ähm? Miss Seran – ›ähm‹ ist keine Zahl.« Mr Scott lehnt sich an das Whiteboard.

Woraufhin alle zu lachen anfangen. Mr Scott räuspert sich. Aber das hilft nichts. Er hat bereits die Kontrolle über die Klasse verloren.

Ich höre die geflüsterten Beleidigungen. Sie zischen durch den Raum. Aber egal, was meine Mitschüler sagen, es kann nicht schlimmer sein als das, was ich in meinem eigenen Kopf höre, wenn ich nachts im Bett liege und mich frage, ob es physikalisch möglich ist, sich die eigenen Gene abzukratzen.

Es klingelt. Mr Scott will uns noch Hausaufgaben aufgeben. Aber alle Schüler sind draußen, ehe sie etwas notieren können. Ich bleibe sitzen und schreibe jedes Wort säuberlich in mein Heft. Mr Scott lächelt mir traurig zu. Wird er mich vermissen, wenn ich nicht mehr da bin?

Erst als das Klassenzimmer leer ist, stehe ich auf und schleiche den Flur entlang, den Blick auf die schmutzigen Fliesen geheftet. Ich muss mich zwingen, etwas schneller zu gehen. Denn das Einzige, was ich noch schlimmer finde, als in die Turnhalle zu gehen, ist, zu spät in den Sportunterricht zu kommen – ich bin echt nicht in der Stimmung, ein paar zusätzliche Runden zu laufen. Coach Summer erzählt immer, dass durch Laufen das Herz gestärkt wird, was heißt, dass man länger lebt. Keine Extrarunden für mich, bitte.

Sport ist für mich der blödeste Teil des Tages. Nicht

nur wegen der horrormäßigen Sit-ups und wegen Völkerball. Nein, ich hasse diese Stunden vor allem deswegen, weil ich an der Gedenktafel vorbei muss – dem unübersehbaren Hinweis auf das Verbrechen meines Vaters.

Ich bemühe mich immer krampfhaft, nicht hinzuschauen. Jedes Mal nehme ich mir vor, den Kopf gesenkt zu halten und schnell um die Ecke zu biegen. Aber ich schaffe es nicht – ich blicke immer hoch und merke dann, wie es mir die Kehle zuschnürt. Da ist sie, die silbern leuchtende Tafel, dem Andenken von Timothy Jackson gewidmet, dem ehemaligen Meister im 400-Meter-Lauf, hier in Kentucky. Sie ist so groß wie ein riesiger Servierteller und hängt direkt vor der Turnhalle an der Wand. Sie erinnert alle daran, dass Timothy Jackson, der erste Junge aus Langston, der sich für die Olympischen Spiele qualifiziert hat, tragischerweise mit achtzehn Jahren gestorben ist.

Was auf der Gedenktafel nicht erwähnt wird: Mein Vater ist schuld daran, dass Timothy Jackson nicht mehr lebt. Aber es könnte genauso gut draufstehen. Jeder weiß es. Mein Dad ist das abscheuliche Individuum, das für die gesamte Stadt den Traum von Olympia vernichtet hat. Jedes Jahr an Timothys Geburtstag gibt es eine Sondersendung, um sicherzustellen, dass niemand ihn vergisst. Es ist drei Jahre her, dass Timothy gestorben ist, und ich schwöre, kein Mensch läuft Gefahr, den Fall zu vergessen. Besonders jetzt, da Brian Jackson sich voraussichtlich für den 400-Meter-Lauf qualifizieren wird. Ja, für genau dieselbe Disziplin. Brian versucht, den unerfüllten Traum seines älteren Bruders Wirklichkeit werden zu lassen. Von dieser Geschichte können die regionalen Medien nicht genug kriegen. Und die Schulkorridore kriegen ebenfalls nicht genug davon.

Ich zwinge meine Füße, sich rasch an der Tafel vorbei zu bewegen, und begebe mich in die Halle, die Hände seitlich zu Fäusten geballt. Die Sonne spiegelt sich in dem polierten Holzfußboden, und ich frage mich, wo meine Mitschüler mit ihrem ganzen Hass, mit ihrer Wut und ihrer Angst hingehen werden, wenn sie mich nicht mehr haben.

Ich kann es kaum erwarten, bis sie mich endlich nicht mehr haben.

Mittwoch, 13. März

noch 25 Tage

Als ich von der Schule heimkomme, sitzt meine Mutter am Küchentisch. Unsere Küche ist winzig und sehr schmal – wenn ich die Arme ausbreite, kann ich mit den Handflächen links und rechts die mintgrünen Wände berühren. Mom geht ihre Rechnungen durch, den Kopf konzentriert vorgestreckt, aber sobald sie die Tür hört, dreht sie sich um. Und da ist er wieder – dieser Gesichtsausdruck, mit dem sie mich seit drei Jahren begrüßt. Eine Mischung aus Erschrecken und Stirnrunzeln.

Bis vor drei Jahren habe ich immer die Woche bei meinem Vater verbracht und das Wochenende bei meiner Mutter. Aber nachdem mein Vater ins Gefängnis gekommen war, hatte meine Mutter keine andere Wahl, als mich bei sich und Steve wohnen zu lassen.

Vor dem Verbrechen meines Vaters betrachtete mich meine Mutter immer mit einer Kombination aus Liebe und Wehmut. Als wäre ich der Spiegel, in dem sie ihr früheres Leben sehen konnte, eine bittersüße Erinnerung. Ihre dunklen Mandelaugen verschleierten sich, sie streckte den Kopf vor, die glatten hellbraunen Haare fielen ihr über die Schultern, und sie drückte meine Hände ganz fest. Vielleicht dachte sie, wenn sie nur fest genug drückte, könnte ich sie in die Vergangenheit zurückversetzen. Es war fast so, als wäre ich ihre permanente Wunde. Keine tiefe Wunde, eher eine leichte Abschürfung, die nicht richtig weh tut, aber doch berührungsempfindlich ist und melancholische Erinnerungen hervorruft.

Das machte mir nichts aus. Insgeheim genoss ich es sogar, das Bindeglied zu ihrem früheren Leben zu sein, sozusagen ihr Kontakt zur Türkei, zu meinem Vater und ihrer Jugend.

Aber vor drei Jahren hat sich das verändert. Alles hat sich verändert. Jetzt wohne ich also bei ihr, zusammen mit Steve, Georgia und Mike. Mom würde es nie aussprechen, aber ich bin ein Eindringling, ich störe ihre glückliche Familie, wie eine Art Seuche, wie die Pest. Ich bin nicht mehr eine leichte Abschürfung, sondern eine offene, eiternde Wunde. Die Evolution ist nicht immer nur positiv.

»Du kommst früh nach Hause«, sagt Mom schließlich. Jeden Tag wird ihr Akzent weniger türkisch und stärker südstaatenmäßig. Das heißt, »Südstaaten« trifft es nicht ganz. Die Menschen in Kentucky haben keinen Südstaatenakzent. Sie haben einen Bluegrass-Akzent. Ihre Aussprache ist wesentlich weniger charmant als bei den echten Südstaatlern. Nicht wie *Vom Winde verweht*, sondern wie Colonel Sanders von Kentucky Fried Chicken. Ich habe mich immer bemüht, diesen Akzent nicht anzunehmen. Aber manchmal frage ich mich doch: Wenn ich niemals siebzehn Jahre alt sein werde, hat sich dann der ganze Aufwand überhaupt gelohnt?

»Ich muss heute nicht zur Arbeit.« Ich sage ihr nicht, dass man mich gebeten hat, nicht zu kommen, weil sich die »Kunden« meinetwegen »unwohl« fühlen könnten. Mr Palmer ist der König der Euphemismen. Wahrscheinlich würden meine Mutter und er sich blendend verstehen. Mom bezeichnet nämlich das, was mit meinem Vater passiert ist, als einen »unglücklichen Zwischenfall«. Jedenfalls hat sie sich früher immer so ausgedrückt. In letzter Zeit tut sie sogar so, als wäre nie etwas geschehen. Als würde dadurch, dass man nicht mehr darüber spricht, einfach alles verschwinden. Zwischenmeldung: Stimmt nicht.

Georgia kommt in die Küche und legt ihre Pompons auf den zerschrammten Holztisch. Die honigblonden Haare hat sie zu einem Pferdeschwanz hochgezurrt. »Du kommst doch heute Abend zum Spiel, stimmt's?«

Sie meint meine Mutter, nicht mich. Ich bin unsichtbar.

Georgia ist meine Halbschwester. Wir haben dieselbe Mom, obwohl keiner das denken würde, wenn er uns so sieht.

»Ich werde mein Bestes tun«, sagt Mom. Übersetzt heißt das: Eher gefriert die Hölle, als dass Mom nicht mitgeht zu einem Spiel, bei dem Georgia das Basketballteam der Langston Highschool anfeuert. Georgia ist erst in der neunten Klasse, hat also noch drei Schuljahre vor sich, aber sie ist schon ein Mitglied der Cheerleader für die A-Mannschaft der Schule. Offenbar ist das eine Riesensache. Ich habe allerdings den Eindruck, dass, anders als bei anderen Sportarten, wo die Teams nach Können zusammengestellt werden, bei den Cheerleadern die Körbchengröße entscheidet.

»Es sind schon die Play-offs«, erinnert Georgia sie. Ihre Stimme ist ganz ruhig, wie die einer jungen Frau, die es gewohnt ist, eine Situation im Griff zu haben und zu bekommen, was sie will. Diese Kunst beherrscht sie einwandfrei. Überhaupt konnte sie schon immer gut Leute manipulieren. Als die Sache mit meinem Dad an die Öffentlichkeit drang, geriet auch Georgia gelegentlich in die Schusslinie, aber irgendwie schaffte sie es, alles zu ihren Gunsten zu drehen.

Vor allem an eine Szene erinnere ich mich ganz deutlich: Es war ein paar Tage, nachdem mein Vater offiziell verurteilt worden war und schon im Gefängnis saß. Ich beobachtete, wie Georgia sich auf dem Schulflur mit einem Jungen unterhielt. Ich versteckte mich hinter einer Ecke, um die beiden zu belauschen, war aber bereit, sofort einzugreifen, falls Georgia Unterstützung brauchte. Es ist nur so: Georgia hat noch nie Hilfe von mir gebraucht.

»Ja, klar«, antwortete Georgia auf eine Frage des Jungen, die ich nicht gehört hatte. Nervös fingerte sie an der Muschelkette herum, die ich ihr vor zwei Jahren zum Geburtstag geschenkt hatte. »Aysel ist meine Schwester, aber er ist nicht mein Vater.«

»Aber – du bist ihm doch mal begegnet, oder?«, fragte der Junge erwartungsvoll. Ich starrte auf seinen Hinterkopf. Dicke Büschel aus kornblondem Haar. Bestimmt war es Todd Robertson, ein Junge aus meinem Jahrgang, von dem alle behaupteten, er habe Ähnlichkeit mit dem Hauptdarsteller in dem Vampir-Liebesfilm, der in dem Sommer der große Hit war. Georgia ging damals in die sechste Klasse. Aber aus der Art, wie sie mit den Wimpern klimperte, während sie zu Todd hochschaute, schloss ich, dass sie genau wusste, wer er war.

Ich konnte sehen, wie sie die Nase kräuselte, während sie über seine Frage nachdachte. »Ja, ein paar Mal.«

»Echt?« Todd hoffte offenbar, dass ihm Georgia ein paar aufregende Insiderinformationen liefern konnte.

»Ja, klar«, sagte sie. »Er hat ja praktisch zur Familie gehört.«

Todd beugte sich noch näher zu ihr.

»Ich kann dir ein paar irre Geschichten erzählen, wenn du willst«, fügte Georgia mit einem vielversprechenden Lächeln hinzu.

Ich erinnere mich genau, dass ich stocksauer war, weil sie unsere »Familiengeheimnisse« preisgeben wollte, um sich beliebt zu machen. Aber inzwischen habe ich begriffen, dass ich loslassen muss. Georgia ist Georgia. Ich weiß, was ich von ihr zu erwarten habe. Und außerdem kann man ja eigentlich niemandem Vorwürfe machen, der ums Überleben kämpft.

Das Gleiche gilt auch für meine früheren Freundinnen. Nicht, dass ich je besonders viele gehabt hätte. Aber die paar, die ich hatte, zerstreuten sich in alle Winde, als sich die Nachricht von dem Verbrechen meines Vaters in der Schule herumsprach. Ein paar hielten allerdings zu mir. Vor allem Anna Stevens, meine damals beste Freundin. Sie wollte mich trösten, aber ich habe sie weggestoßen. Ich wusste, es war besser für sie, wenn sie nichts mehr mit mir zu tun hatte, obwohl sie selbst ganz anders dachte. Ich bin aber fest davon überzeugt, dass ich ihr letzten Endes einen Gefallen getan habe.

Georgia tänzelt um den Küchentisch herum und setzt sich hin. »Ich glaube, wir haben gute Chancen, heute Abend zu gewinnen. Das wird ein historischer Augenblick! Du musst unbedingt dabei sein, Mom!«

Es folgt eine längere Pause, dann holt Mom tief Luft und fragt: »Willst du nicht mitgehen?«

Ich drehe mich um, weil ich annehme, dass Mike, mein jüngerer Halbbruder, hereingekommen ist. Obwohl es nicht zu ihm passen würde, einen Raum zu betreten, ohne sich bemerkbar zu machen. Er hat immer seinen Basketball dabei und lässt ihn aufprallen, ohne Rücksicht darauf, dass Mom es ihm dauernd verbietet. Mich persönlich stört es nicht.

»Redest du mit mir?«, frage ich ganz ernst.

Georgia sagt nichts, aber ich kann sehen, wie sie das Gesicht verzieht, als hätte sie gerade ein Glas saure Milch getrunken. Sie würde mich nie in Moms Anwesenheit kränken, aber sie tut, was sie kann, um zu signalisieren, dass sie mich nicht dabeihaben will. Was soll ich sagen? Ich habe einen extremen Peinlichkeitsfaktor.

»Ja, ich rede mit dir«, sagt Mom. Ich entdecke ein leichtes Zittern in ihrer Stimme. Manchmal glaube ich, dass meine eigene Mutter Angst vor mir hat.

»Danke für die Einladung, aber ich habe massig Hausaufgaben.« Ich gehe zum Schrank und hole mir einen Müsliriegel. Ziemlich seltsam, ich weiß – aber manchmal überkommt mich plötzlich ein richtiger Heißhunger. Fast, als wollte ich so viel wie möglich essen, damit ich die Leere in mir auffüllen kann. An anderen Tagen muss ich mich allerdings zwingen, an einer Scheibe Toastbrot zu knabbern.

Aber auch wenn ich heute einigermaßen Appetit habe, nehme ich mir den Müsliriegel nur zu Demonstrationszwecken. Meine Mutter soll sich nicht noch mehr Sorgen um mich machen. Ich merke ja, wie sie mich immer beobachtet, sie versteckt das nicht besonders gut. Sie hält Ausschau nach Hinweisen auf meine etwas zweifelhafte mentale Verfassung. Und ich tue, was ich kann, um alles vor ihr zu verbergen. Ich will nicht, dass sie ein schlechtes Gewissen hat, wenn ich dann nicht mehr da bin, und sich Vorwürfe macht, weil sie glaubt, sie hätte etwas unternehmen können.

»Viel Glück heute Abend!« Ich winke Georgia verkrampft zu und laufe dann schnell die Treppe zu meinem Zimmer hinauf. Das heißt: zu unserem Zimmer. Aber weil sie ja bei dem Spiel sein wird, gehört das Zimmer heute Abend mir. Sobald ich oben bin, krieche ich in mein Bett, ziehe mir die anthrazitgraue Decke über den Kopf und stelle mir vor, ich wäre mitten auf dem

Ozean. Die Wellen rollen über mich weg, meine Lunge füllt sich mit Wasser, und um mich herum wird alles schwarz. Ich versuche zu spüren, wie sich meine potentielle Energie in kinetische Energie verwandelt und dann in Nichts. Während ich etwas aus dem Mozart-Requiem summe, frage ich mich, wie es sich anfühlt, wenn sämtliche Lichter ausgehen und alles für immer still wird. Ich weiß nicht, ob das weh tut und ob ich in den letzten Sekunden plötzlich doch Angst bekommen werde. Ich kann nur hoffen, dass es schnell geht. Dass es friedlich ist. Und für immer.

Der siebte April, denke ich. *Ist ja schon bald.*

Manchmal halte ich es für ein Zeichen von Wahnsinn, dass ich klassische Musik so tröstlich finde. Mein Vater ist nämlich derjenige, der mich zu ihr hingeführt hat. Er liebt klassische Musik. Bach, Mozart, sie alle. Die alten Kassetten gehören zu den wenigen Dingen, die er nach Amerika mitgenommen hat. Als ich kleiner war, steckte er ganz oft eine Kassette in den alten Apparat, der in seinem kleinen Laden auf dem Fenstersims stand, und erzählte mir Geschichten aus seiner Kindheit: Wie er immer mit seinem Vater Schach gespielt hat, auf einem Brett aus glattpoliertem Alabaster. Oder wie er im Schuhgeschäft seines Onkels die Füße der Leute vermessen hat. Während er erzählte, tanzte ich herum, ein bisschen ungeschickt, aber nach dem Rhythmus der Töne.

Doch eines Tages zwang mich mein Vater, stillzusitzen und die Ohren zu spitzen. »Du musst richtig zuhören, Aysel«, sagte er beschwörend, die Augen weit aufgerissen. »In dieser Musik liegen alle Antworten. Hörst du sie?«

Also horchte ich, stundenlang. Ich versuchte, mir jeden Ton einzuprägen. Die versprochenen Antworten hörte ich nicht, aber ich nickte, als würde ich etwas verstehen. Ich wollte nicht, dass mein Vater sich über mich ärgerte und die Musik abstellte – oder sich ewig in seinem Schlafzimmer einschloss, wie er das manchmal tat. Bei meinem Vater musste man vorsichtig sein, wie auf einem vereisten Gehweg. Es machte Spaß, wenn man geschickt über das Eis schlitterte. Aber man konnte auch jederzeit ausrutschen und hinfallen.

Ich mache die Augen fest zu und vertreibe die Erinnerungen aus meinem Kopf, wälze mich im Bett hin und her und summe immer wieder Mozarts Requiem. Aber ich finde nur eine einzige Antwort in diesen Tönen: der siebte April.

Die Wände sind in unserem alten Holzrahmenhaus ziemlich dünn, und ich höre, wie Mom und Georgia in der Küche herumhantieren. Ich stelle mir vor, dass sie einander umarmen, Georgia schlingt die Arme um Moms schmale Taille, und Mom fährt mit den Fingern durch Georgias glänzenden Pferdeschwanz. Die beiden passen gut zusammen, sie ergänzen sich gegenseitig, so wie das bei Mutter und Tochter sein soll. Bei mir war das noch nie so. Meine Ecken und Kanten waren schon immer zu scharf, die Kerben zu tief.

Das sollten sie auf meinen Grabstein schreiben: *Aysel Leyla Seran, das Mädchen, das nie dazupasste.*

Und weil ich noch nie dazugepasst habe, auch nicht, bevor mein Vater Mist baute, aber natürlich erst recht nicht danach, wird Moms Leben ohne mich viel besser sein. Wenn ich nicht mehr da bin, wird sie nicht mehr jeden Tag an meinen Dad erinnert, durch meine charakteristische Nase und meine schwarzen Locken. Oder durch meine runden Wangen mit den Grübchen. Ich weiß, meine Grübchen sind am schlimmsten für sie. Zum Glück fallen sie eigentlich nur auf, wenn ich lächle, und das habe ich in letzter Zeit ziemlich selten getan.

Ohne mich muss meine Mom abends nicht aufbleiben und sich Sorgen machen, dass das kriminelle Gen, das Mörder-Gen, vielleicht doch irgendwie an mich weitergegeben wurde und ich die Schule in die Luft jage oder sonst etwas Schreckliches anstelle. Ich weiß, sie könnte das nicht noch mal durchmachen – die Polizei, die Medien, den Tratsch. Ich weiß, sie will nicht darüber nachdenken, aber tief im Inneren, das sehe ich, hat sie mit Angst und Zweifeln zu kämpfen. Ihre Seitenblicke und ihre vorsichtigen Fragen an mich sind für sie das einzige Mittel, um herauszufinden, wie gestört ich bin.

Ich will mit Sicherheit sagen können, dass ich anders bin als mein Vater. Dass mein Herz in einem anderen Rhythmus schlägt, mein Blut in einem anderen Tempo pulsiert. Aber ich bin mir alles andere als sicher. Vielleicht ist die Traurigkeit nur die Vorstufe zum Verrücktwerden. Vielleicht haben wir beide, er und ich, die gleiche potentielle Energie.

Eigentlich weiß ich nur eines mit Sicherheit: Ich will nicht hierbleiben und herausfinden, ob ich ein Monster werde wie mein Vater. Das kann ich meiner Mom nicht zumuten.

Das kann ich der Welt nicht zumuten.

Mittwoch, 13. März

noch 25 Tage

Das einzig Gute daran, dass Georgia als Cheerleader bei dem Basketballspiel auftritt, ist, dass ich das Haus für mich habe. Denn das bedeutet: Ich kann an den Computer. Normalerweise geht das nicht. Oder jedenfalls nicht ohne lästige Kontrolle. Bei uns gibt es nur einen Computer, und der stammt aus der Steinzeit. Er läuft langsamer als ein Hund mit drei Beinen, und die Tastatur ist total klebrig von der vielen Kinderbowle, die Mike daraufgekippt hat.

Auch wenn Mom glaubt, Steve sei der Mann ihrer Träume – wohlhabend, erfolgreich, ein ehrlicher Geschäftsmann –, sollte man die Wahrheit nicht verschweigen: Steve arbeitet bei der Sparkle-Zahncremefabrik am Fließband. Sparkle, Hersteller von zweitklassiger Zahnpasta und von Mundwasser, sorgt dafür, dass die wirtschaftlichen Verhältnisse in Langston stabil bleiben. Klar, Steves Arbeit am Fließband bedeutet ehrlich verdientes Geld, und er hat es bis jetzt immerhin geschafft, nicht im Gefängnis zu landen, im Gegensatz zu meinem Vater. Aber das heißt trotzdem nicht, dass er genug Kohle hat, um jedem in der Familie einen eigenen Laptop zu kaufen, also bleibt uns nur dieser alte Klapperkasten.

Heute Abend gehört der alte Kasten wenigstens mir allein. Ich logge mich bei Smooth Passages ein. Es dauert etwa zehn Minuten, bis die Homepage geladen ist. Steve hat auch keine Lust, für einen Highspeed-Internetzugang zu blechen. Als ich endlich angemeldet bin, sehe ich, dass ich eine Nachricht von FrozenRobot habe:

> Wenn du es wirklich ernst meinst, sollten wir einen Zeitpunkt und einen Ort vereinbaren. Aber du musst es ernst meinen. Ich will keine Niete ziehen. Keinen Feigling, der kneift.
>
> Roman

Ich kann es nicht fassen, dass jemand mit dem Benutzernamen FrozenRobot mir unterstellt, ich könnte eine Niete sein und kneifen. Und anscheinend heißt er im wirklichen Leben Roman. Ich bin mir nicht sicher, ob ich das so viel besser finde als FrozenRobot.

Ich antworte:

`Ich bin so todernst wie ein Herzinfarkt. Aber mal ehrlich: Ich bin keine Niete. Wie gesagt, ich wohne in Langston. Wo wollen wir uns treffen?`

Ich bleibe noch eine Weile auf der Seite. Offensichtlich haben ElmoRains und TBaker14155 den Sprung gewagt. Keine Ahnung, wo SovietSummer231 die Information her hat. Aber FrozenRobot und ich werden hoffentlich ebenso erfolgreich sein. Mir wird kalt, und ich schlucke den Kloß in meiner Kehle hinunter. Mein Gott, das Ganze ist so absurd. Ich starre hinauf zur Wohnzimmerdecke und frage mich, ob ich den Mumm hätte, mich aufzuhängen. Wenn ich mich trauen würde, könnte ich mir den ganzen Smooth-Passages-Kram sparen.

Der alte Kasten gibt ein Geräusch von sich, das an eine Türklingel erinnert. Ich beuge mich hektisch vor und sehe, dass FrozenRobot schon geantwortet hat. Anscheinend ist er auch nicht bei den Play-offs. Ich öffne die Nachricht:

`Wie wär's morgen Abend, so um halb sechs? Wir können uns an dem Rootbeer-Stand an der Route 136 treffen. Weißt du, wo der ist? Müsste`

```
ganz in deiner Nähe sein. Ich habe eine rote
Kappe auf, damit du mich erkennst.
                                       Roman
```

Ich bin ein bisschen verdutzt, dass FrozenRobot alias Roman mich an einem öffentlichen Ort treffen möchte. Was hoffentlich bedeutet, dass er kein Serienkiller oder Vergewaltiger oder so was ist. Andererseits wäre ein Serienkiller vielleicht gar nicht so übel. Dann hätte ich es schnell hinter mir. Es sei denn, er ist ein Folter-Fan. Das wäre nicht so angenehm. Ich will keinen langsamen Tod. Ich möchte, dass es schnell geht. Da bin ich der totale Feigling.

Ich teile ihm mit, dass ich einverstanden bin. Morgen so um halb sechs am Rootbeer-Stand. Um fünf bin ich mit der Arbeit fertig, also werde ich einfach meiner Mutter etwas vorlügen und behaupten, ich müsste länger bleiben. Das ist kein Problem. So besonders begeistert bin ich nicht von dem Treffpunkt, aber ich will nicht gleich am Anfang zickig sein. Der Rootbeer-Stand ist sehr beliebt bei Leuten, mit denen meine Schwester rumhängt. Nach den Football- oder Basketballspielen gibt's da immer ein großes Gedränge. Cheerleader teilen sich einen großen Eisbecher, und die Basketballspieler stopfen sich Käse-Pommes mit Chili in den Mund. Kotz.

Ich brauche also nicht zu betonen, dass es nicht gerade meine Szene ist. Was nicht heißt, dass es so was wie meine Szene überhaupt gibt.

Ich mache den Computer aus, gehe wieder nach oben und hole das Physikbuch aus meinem Rucksack. Es ist wirklich komisch, dass ich immer mehr lernen will, je näher ich dem Tod komme. Ich glaube, ich will nicht als totale Dumpfbacke sterben. Ich nehme mein Heft und schreibe die Aufgaben am Ende des Kapitels ab, die Mr Scott uns aufgegeben hat.

Wir beginnen unsere Unterrichtseinheit über Energieerhaltung. Laut Mr Scott wird Energie weder erzeugt noch vernichtet – sie kann nur übertragen werden. Potentielle Energie kann sich in kinetische Energie verwandeln und dann wieder zurück in potentielle Energie, aber vollständig verschwinden kann sie nicht. Das leuchtet mir nicht so ganz ein. Ich lese die erste praktische Aufgabe noch einmal durch: *Ein Fallschirmspringer hat eine Masse von 65 Kilo und befindet sich in einem Flugzeug, das 600 Meter über dem Boden ist. Was ist die potentielle Energie des Springers, ehe er aus dem Flugzeug springt?*

Der Stift zittert in meiner Hand, und ich muss gegen den Impuls ankämpfen, auf dem Radiergummi herumzukauen. Das liegt aber nicht an der Aufgabe. Ich weiß ja, welche Formel ich anwenden muss, und mein Taschenrechner erledigt die eigentliche Rechnung. Das

Problem, das ich nicht lösen kann, ist: Was wird aus der ganzen Energie, nachdem wir weg sind, wenn sie nicht vernichtet werden kann? Bei dem Gedanken verknotet sich mein Magen.

Ich entwickle meine eigene Aufgabenstellung: *Aysel Seran, 16 Jahre alt, hängt an der Decke, 2,5 Meter über dem Boden. Sie wiegt 51 Kilo. Wie viel potentielle Energie hat sie? Was geschieht mit der ganzen Energie, wenn Aysel stirbt? In was verwandelt sich diese Energie?*

Besitzt ein toter Körper immer noch potentielle Energie, oder wird diese in etwas anderes verwandelt? Kann potentielle Energie sich in Nichts auflösen?

Auf die Frage habe ich keine Antwort. Aber genau diese Frage ist es, die mich verfolgt.

Donnerstag, 14. März

noch 24 Tage

Ich besitze kein eigenes Auto, aber ich habe ein Auto zur Verfügung, um zur Arbeit und zurück zu fahren. Der alte Ford Taurus riecht nach vergammeltem Fastfood und hat zerrissene Sitze, aber der Motor rattert noch munter, und das reicht mir. Steve hat den Wagen vor ein paar Jahren einem seiner Kumpel abgekauft. Wenn Georgia sechzehn wird, gehört das Auto auch ihr. Das Gute ist, dass ich dann nicht mehr da sein werde und es demzufolge auch nicht mit ihr teilen muss.

Als ich aus dem TMC-Parkplatz herausfahre, biege ich nach links ab, Richtung Route 136. Die Straße ist holprig. Jede Menge Schlaglöcher. Keiner hier will Steuern zahlen, damit sie ausgebessert werden können. Eigentlich traurig, denn es ist eine schöne Strecke, am Fluss entlang. Wobei man auf den Ohio River auch nicht gerade stolz sein kann. Das Wasser ist trübe und verschmutzt und hat eine schlimme Geschichte, aber egal wie scheußlich ein Fluss aussieht, er hat trotzdem etwas Magisches, weil das Wasser fließt. Flüsse stecken nie fest.

Als die Sache mit meinem Vater passiert ist, habe ich mir oft ausgemalt, wie es wäre, den Ohio River hinabzutreiben. Ich wollte mir ein Floß bauen und mich ohne festes Ziel flussabwärts tragen lassen, dahin, wo der Ohio in den Mississippi mündet. Dort würde mich eine nette Familie aufnehmen – meistens sah ich ein kinderloses Paar vor mir, dass überglücklich wäre über eine Tochter. Sie hätten keine Ahnung, wer mein Vater ist und was er getan hat. Sie würden mich lieben, einfach so, und sie würden dafür sorgen, dass die Schuldgefühle verschwinden.

Ich habe dieses Floß nie gebaut. Und inzwischen weiß ich, dass niemand dafür sorgen kann, dass die Schuldgefühle verschwinden.

Während ich die Route 136 entlangfahre, denke ich darüber nach, dass diese Straße Langston mit Willis verbindet. Dass sie mich mit FrozenRobot verbindet. Wer immer er sein mag. Man kann nicht genau sagen, wo Langston aufhört und Willis anfängt – das Einzige, was die beiden Ortschaften trennt, ist dieses Stück alte Straße. Auf der einen Seite ist der Fluss, auf der anderen wächst Süßgras. Langston und Willis sind zwei kleine, unbedeutende Käffer, mit schiefen, alten Häusern, vermoderten Holzbänken und rostigen Bürgerkriegs-Denkmälern. Beide haben eine Tankstelle, und es war ein großes Ding, als Langston letztes Jahr einen Wal-Mart bekam. Sie werben beide damit, dass sie einen historischen Zauber besitzen, und versuchen, Touristen dazu zu verlocken, anzuhalten und in dem alten Diner in der Main Street eine Cola zu trinken oder sich neben dem riesigen Bronze-Brunnen zu fotografieren, der sich direkt vor dem Gericht befindet. Aber niemand kommt je absichtlich hierher. Langston und Willis sind Ortschaften, durch die man durchfährt, keine Reiseziele.

Als der Rootbeer-Stand in Sichtweite kommt, fällt mir gleich auf, dass viel Betrieb ist. Langston High hatte heute Abend kein Spiel, aber vielleicht Willis. Ich parke meinen Wagen auf dem gekiesten Parkplatz und bleibe noch eine Weile sitzen, atme ein paarmal tief durch und zupfe am Kragen meines gestreiften T-Shirts. Mein Herz hämmert gegen die Rippen – eine Reaktion, die eher zu einem normalen ersten Date passt. Nicht, dass ich je eine ernsthafte Verabredung hatte, es sei denn, man lässt die in der fünften Klasse gelten, bei der mein Gegenüber im Einkaufszentrum viel zu viele Cheetos futterte und dann deren orangerote Gewürzschicht überall auf meiner nagelneuen Bluse verteilte.

Aber ich habe keinen Grund, nervös zu sein. Der Typ ist doch genauso ein Versager wie ich. Wir brauchen einander. Verstohlen werfe ich einen prüfenden Blick in den Rückspiegel. Ich komme mir blöd vor, dass es mir auch nur andeutungsweise wichtig ist, wie ich aussehe. Schließlich will ich ja nicht für die Rolle der Frozen-Robot-Freundin vorsprechen.

Als jemand an mein Fenster klopft, zucke ich zusammen und schnelle nach vorn, so dass meine Brust gegen das Lenkrad drückt.

Ich sehe einen Jungen, der etwa so alt ist wie ich und mich anstarrt.

Er klopft noch einmal an die Scheibe.

Ich kurble das Fenster herunter.

»ALS0109?«

Das ist mein Name bei Smooth Passages. Ich müsste jetzt etwas sagen, aber mein Mund ist so trocken, als wäre er voller Watte. Ich starre den Jungen nur an.

Er hüstelt und senkt den Blick. »Sorry, ich glaube, ich habe mich geirrt.«

»Nein, nein«, stammle ich piepsig. »Ich bin Aysel.«

Er runzelt die Augenbrauen, so dass mitten auf der Stirn ein zerknautschter Stern aus Falten entsteht. Dann nimmt er die rote Baseballkappe ab und hält sie an die Seite.

»ALS0109«, füge ich erklärend hinzu.

Jetzt verziehen sich seine Lippen zu einem Halbmondlächeln. Ich glaube, ich habe seit drei Jahren nicht mehr gelächelt. FrozenRobot sollte seine Entscheidung noch mal überdenken. Vielleicht ist er gar nicht so depressiv, wie er glaubt.

»Willst du dich schon gleich als Niete outen und einen Rückzieher machen?«, fragt er und späht in mein Auto. Ob er die ganzen Fastfood-Verpackungen auf dem Boden sieht?

Wie kommst du denn auf die Idee?, denke ich und klammere mich am Lenkrad fest. Ich bin tatsächlich kurz davor, das Gaspedal durchzutreten und abzuhauen. Auf das hier war ich echt nicht gefasst.

Der Junge hier sieht überhaupt nicht so aus, wie ich ihn mir vorgestellt habe. Überhaupt. Nicht. Kein mickriger, pickeliger Junge, bei dem man denkt, er hat noch nie in seinem Leben die Sonne gesehen. Nein. FrozenRobot wirkt nicht erfroren. Er ist groß, Typ Basketballspieler, mit strubbeligen kastanienbraunen Haaren und tiefliegenden Haselnussaugen. Klar, er ist dünn, aber nicht auf die ungelenke, schwächliche Art. Man könnte sagen, er ist schlaksig. Vielleicht sogar komisch schlaksig. Aber trotzdem – total anders, als ich erwartet habe.

»Hey«, sagt er und schüttelt den Kopf. »Hab ich dir nicht gesagt, ich will keine Niete? Irgendwie hab ich gewusst, dass so was passiert. Vor allem, nachdem ich gesehen habe, dass du ein Mädchen bist.«

Ich ziehe den Zündschlüssel ab und steige aus. Um ein Haar erwische ich ihn mit der Tür. Uuups. »Was zum Teufel soll das heißen?«

»Na ja, du musst dir nur die Statistiken ansehen. Dann weißt du, Jungen tun es, und Mädchen reden nur darüber.«

Ich funkle ihn böse an. »Das ist doch sexistischer Quatsch. Und wenn du so ein harter Kerl bist, warum hast du dich dann überhaupt bei Smooth Passages angemeldet? Wozu brauchst du einen Partner?«

Er weicht ein bisschen zurück. »Mann, ich habe nicht gedacht, dass ...« Er redet nicht weiter, sondern legt wieder die Stirn in Falten, als würde er über das, was ich gerade gesagt habe, nachdenken. »Ich bin kein Sexist. Und schon gar kein harter Kerl.«

»Du redest aber so.«

»Wie ein harter Kerl?« Er schaut mich an und grinst. Seine haselnussbraunen Augen sind heller, als sie sein sollten. Irgendwas stimmt hier nicht.

»Nein, ein Sexist«, entgegne ich, ohne sein Lächeln zu erwidern.

»Hör zu«, sagt er mit leiser, sanfter Stimme. »Ich bin total damit einverstanden, dass du ein Mädchen bist. Ich habe nichts gegen Mädchen.«

»Du hast nichts gegen Mädchen?«, wiederhole ich so trocken wie möglich.

»Du weißt genau, was ich meine.«

»Ich glaube nicht.«

Gequält verzieht er das Gesicht und dreht die Kappe in den Händen. »Tut mir leid. Können wir noch mal von vorne anfangen?«

»Nein«, erwidere ich schnell. »Können wir nicht.«

Er wird noch ernster und scharrt mit den Füßen. Schon die ganze Zeit stand er ein bisschen vorgebeugt da, aber jetzt sackt er noch mehr in sich zusammen.

Ich beobachte ihn noch einen Moment, dann sage ich: »Ich bin bereit, mir anzuhören, was du zu sagen hast – wenn du eine gute Erklärung dafür hast, warum du einen Partner brauchst.«

Seufzend setzt er seine Kappe wieder auf. Er klappt den Schirm seitlich herunter, so dass sein Gesicht im Schatten liegt. »Ich dachte, wir könnten uns hier vielleicht an einen Tisch setzen und beim Essen alles besprechen.« Er verstummt und schaut mich an – ein bisschen zu lang für meinen Geschmack. Dann fügt er hinzu: »Es sei denn, du hast schon beschlossen, dass ich ein Blödarsch bin, und willst abhauen.«

Ich überlege einen Moment, dann schüttle ich den Kopf. »Nein, ich will nicht abhauen. Jedenfalls noch nicht. Außerdem will ich nicht weg, ohne vorher Käse-

Pommes gegessen zu haben.« Ich gehe schon mal in Richtung Stand. FrozenRobot läuft hinter mir her. Als er mich eingeholt hat, trotten wir schweigend zur Theke, um zu bestellen.

Der Rootbeer-Stand heißt offiziell Tony's, wenn ich richtig informiert bin, wird aber von allen nur Rootbeer-Stand genannt. Eigentlich ist er nur ein Wohnwagen. Man bestellt an einem Fenster, im Inneren wird das Essen zubereitet, und dann wird es einem gebracht. Es gibt eine Art Zirkuszelt, in dem mehrere Tische stehen, aber wenn viel los ist, findet man kaum einen Platz.

Ich bestelle zuerst. Käse-Pommes und einen Erdbeermilchshake. Ich nehme meine Plastiknummer, eine Sieben, und entdecke tatsächlich einen Sitzplatz an einem Tisch ganz hinten. Ich beobachte FrozenRobot beim Bestellen. Offensichtlich kennt er einige Leute hier, nickt ihnen zu und sagt Hi. Eigenartig. Wenn FrozenRobot so viele Freunde hat, warum will er sich dann umbringen?

Ich sollte wahrscheinlich anfangen, ihn Roman zu nennen. Aber das kommt mir zu persönlich vor. Es ist einfacher für mich, wenn ich seinen Usernamen benutze. Eigentlich wirkt er nicht wie jemand, der Selbstmord begehen will – es ist ihm eindeutig immer noch wichtig, wie er aussieht. Seine Haare sehen aus, als wäre er gerade beim Friseur gewesen, und er ist zwar lässig gekleidet, Kapuzenjacke und Jogginghose, aber es sind ziemlich hippe Sportklamotten. Im Grunde erinnert mich Roman an die Typen, die mit Georgia ausgehen oder bei der großen Homecoming-Parade von einem der Wagen herunterwinken. Er macht nicht den Eindruck, als wollte er sich vor einen Sattelschlepper werfen.

In mir steigt eine leise Übelkeit hoch. Ist das alles vielleicht ein perverser Scherz, den meine Schwester sich ausgedacht hat? Idiotischer Gedanke – Georgia interessiert sich nicht genug für das, was ich mache, um ihre Energie darauf zu verschwenden, so was zu inszenieren. Jedenfalls kann ich mir das nicht vorstellen.

FrozenRobot kommt auf mich zu, aber zwei Typen halten ihn auf. Beide sind groß, wenn auch nicht ganz so groß wie er. Sie klopfen ihm auf die Schulter, er nickt, als würde er dem, was sie sagen, absolut zustimmen.

Ich sehe das alles und frage mich, ob ich mich umbringen würde, wenn ich so wäre wie er. Jemand, der Freunde hat. Jemand, dessen Existenz die Leute fröhlich macht. Aber tief in meinem Inneren weiß ich, dass all das nichts ändern würde. Jedenfalls nicht bei mir.

Ich habe oft so ein Spiel gespielt, bei dem ich mit mir selbst wette: Wann wäre alles gut? Vielleicht, wenn das Getuschel über Dad aufhören würde, vielleicht, wenn meine Mutter mich wieder anschauen würde wie eine normale Tochter, vielleicht wenn ich eine Garantie dafür hätte, dass ich nicht werde wie mein Vater. Aber an diesem letzten Punkt scheitere ich immer.

Keine Chance, das zu garantieren. Zumal ich ganz sicher weiß, dass irgendetwas mit mir nicht stimmt. Etwas ist zerstört. Was die meisten Leute nicht verstehen: Depressionen haben nichts mit der Umgebung, den äußeren Umständen zu tun. Es geht nur um die Innenwelt. Etwas in mir stimmt nicht. Klar, es gibt Dinge in meinem Leben, die mir ein Gefühl von Einsamkeit vermitteln, aber durch nichts fühle ich mich so isoliert und verängstigt wie durch die Stimme in meinem eigenen Kopf. Die Stimme, die mir immer wieder versichert, dass ich aller Wahrscheinlichkeit nach so enden werde wie mein Vater.

Ich wette, wenn man mir den Bauch aufschneiden würde, dann käme die schwarze Qualle der Depression herausgekrochen. Schulpsychologen sagen immer: »Man muss nur positiv denken«, aber das ist unmöglich, wenn man etwas in sich hat, was jedes bisschen Glück sofort abwürgt, noch ehe man es richtig spüren kann. Mein Körper ist eine sehr effiziente Maschine zur Vernichtung schöner Gedanken.

An manchen Tagen, wenn es mir richtig mies geht, frage ich mich, ob mein Dad auch so eine schwarze Qualle in sich hat und ob er deswegen diese furchtbaren Dinge getan hat. Vielleicht ist die Trennungslinie zwischen Selbstmord und Mord hauchdünn. Und genau solche Gedanken jagen mir Angst ein. Solche Gedanken wecken in mir Zweifel, ob ich überhaupt noch bis zum siebten April warten kann. Ich muss diese schwarze Qualle loswerden. Ich muss mich selbst loswerden.

»Hey«, sagt FrozenRobot und stellt sein Plastikschildchen mit der Acht neben mein Schildchen mit der Sieben. Siebenundachtzig. Ich wollte, das hätte irgendeine Bedeutung. In letzter Zeit suche ich in allem eine Bedeutung. Als würde ich darauf warten, dass das Universum mir zunickt und sagt: *Du kannst jetzt abtreten. Mach dich auf den Weg.*

Er schiebt die Nummern so hin, dass sie ordentlich nebeneinander stehen. Vielleicht sucht er auch nach einer Bedeutung. Aber es kann sich natürlich auch um eine Art Zwangsneurose handeln.

»Du bist ja sehr beliebt hier«, sage ich.

Er zuckt zusammen. »War ich früher mal.«

»Sieht aber so aus, als wärst du's heute noch.«

Die Bedienung bringt meine Fritten und meinen Milchshake. Sie lächelt FrozenRobot an, und ich schwöre, sie zwinkert ihm dabei sogar zu.

Als sie außer Hörweite ist, sehe ich, dass er rot geworden ist: »Siehst du? Beliebt.«

»Nicht ich.« Er reicht mir das Ketchup. »Der Jemand, der ich früher war.«

Ich lade ein paar Käsefritten auf meine Serviette und schiebe eine in den Mund. Klar, es ist ziemlich unhöflich, dass ich schon anfange, bevor sein Essen da ist, aber ich glaube nicht, das FrozenRobot sich seinen Selbstmordpartner nach Höflichkeitskriterien aussucht.

Gleich darauf kommt die Bedienung mit seiner Bestellung. Er hat einen Cheeseburger mit Pommes und einen Schokomilchshake bestellt, außerdem als Beilage Jalapeños. Bevor sie geht, lächelt die Bedienung wieder verführerisch, und Roman wird wieder rot.

Ich trinke einen Schluck von meinem Milchshake und ziehe eine Grimasse. Der Erdbeergeschmack ist viel säuerlicher, als ich erwartet habe, aber immerhin fühlt sich die Flüssigkeit angenehm kühl an im Hals.

»Bitte nicht!«, sagt er und wirft mir einen warnenden Blick zu, als die Bedienung außer Hörweite ist.

»Ich wollte nichts sagen.«

»Ich entspreche nicht deinen Erwartungen, stimmt's?« Er schiebt sich auch eine Fritte in den Mund. Es ist eine verkrampfte Bewegung. Zu schnell. Er will eigentlich gar nicht essen. Ich kenne das, wenn man sich zwingen muss.

Ich antworte nicht, sondern stelle die Gegenfrage: »Entspreche ich deinen Erwartungen?«

Er mustert mich prüfend. »Ehrlich gesagt, nein. Aber das ist gut so.«

»Aber ich muss ja schon irgendwie deinen Erwartungen entsprechen, weil du dich auf dem Parkplatz an mich rangemacht hast.«

Er verzieht gequält das Gesicht. Dann nimmt er sich ein paar Jalapeños. Er isst sie pur, und steckt sie gleich in den Mund.

»Was?« Ich ziehe die Augenbrauen hoch.

Tapfer kaut er auf den Jalapeños herum. Sie sehen aus, als kämen sie aus einem Glas, und die Flüssigkeit läuft ihm über die Finger. Er zuckt ein bisschen zusammen, als ein Tropfen auf einen Kratzer an seiner rechten Hand fällt.

»Komm schon, sag's mir«, dränge ich. »Woher hast du gewusst, dass ich es bin?«

Er blickt hoch und sagt: »Ich möchte dich nicht kränken.«

»Echt nicht?«, erwidere ich, schroffer als beabsichtigt. Ich schlürfe laut meinen Milchshake, um die Stimmung etwas zu lockern. Ich will nicht, dass er mich für streng hält. Jedenfalls jetzt noch nicht. Wenn er denkt, ich bin zu streng, dann nimmt er womöglich lieber ein anderes depressives Monster und nicht mich.

Er holt die Samen aus einer der Schoten und legt sie sich auf die Zunge. Als er sie hinunterschluckt, verzieht er keine Miene, obwohl sie bestimmt brennen wie verrückt. Schließlich sagt er: »Du siehst so aus, als wolltest du sterben. Du siehst echt verdammt unglücklich aus.«

Er starrt mich an, und ich erwidere stur seinen Blick. Der arme Junge windet sich auf der Bank, dann schaut er auf seine weißen Sneaker, senkt den Kopf ganz tief und presst das Kinn gegen die Brust, so dass ich die Sommersprossen auf seinem Nacken sehen kann. Und dass seine Haut ganz gerötet ist.

Ich brauche einen Moment, um zu kapieren, was er gesagt hat, dann fange ich laut an zu lachen. Vom Lachen tut mir der Hals weh, und ich trinke schnell noch einen Schluck von meinem Shake.

Er mustert mich mit hochgezogenen Brauen. »Ich bin unmöglich, stimmt's?«

Ich schüttle den Kopf. »Du bist ehrlich. Das gefällt mir. Und jetzt weißt du, dass ich keine Niete bin.«

Er zuckt die Achseln und zupft am Reißverschluss seines Hoodies herum. »Keine Ahnung – ich will nur sagen, du siehst eindeutig aus wie jemand, der sterben will. Aber ich bin noch nicht vollkommen davon überzeugt, dass du es auch durchziehen kannst.«

Jetzt ist es an mir, die Brauen hochzuziehen. »Stimmt – deshalb bin ich ja hier. Ich brauche ein wenig … Unterstützung …« Ich schaue auf sein Hoodie, auf dem in großen schwarzen Druckbuchstaben UNIVERSITY OF KENTUCKY BASKETBALL steht.

»Teamwork. Moralischer Beistand. Das sagt man doch im Sport, oder?«

»Ich spiele nicht mehr.«

»Das habe ich dich nicht gefragt.«

»Weiß ich. Aber ich glaube, ich verstehe genau, was du meinst. Du denkst, es ist leichter so als allein.«

Ich stütze die Ellbogen auf und beuge mich zu ihm; inspiriert vom Verhalten unserer Bedienung. »Und – bist du der Richtige für diese Aufgabe? Ziehen wir das gemeinsam durch oder was?« Eigentlich bin ich sonst nicht so aggressiv, aber aus irgendeinem Grund habe ich das Gefühl, ich muss FrozenRobot ein bisschen schubsen, damit er mich nimmt. Ich muss selbstbewusst auftreten, fordernd. Ich kann mich nicht erinnern, wann ich das zum letzten Mal getan habe.

Er rutscht auf seiner Bank hin und her und nimmt seinen Cheeseburger auseinander. Die Tomaten legt er auf die Seite. Bis jetzt hat er keinen Bissen davon gegessen. »Ich bin mir noch nicht sicher.«

»Was musst du wissen?«

»Erst mal: ein bisschen mehr über dich.«

»Zum Beispiel?«

»Was für ein Name ist Aysel?« Seine Aussprache ist korrekt. Ich bemühe mich, nicht zu zeigen, dass ich beeindruckt bin.

»Türkisch.«

»Sind deine Eltern Türken?«

Ich nicke. Ich erzähle ihm aber sonst nichts über meine Eltern. Ich will auch nicht, dass er meinen Nachnamen erfährt. Meine Mutter versucht gerade, meinen Nachnamen offiziell zu ändern, damit ich so heiße wie sie jetzt: Underwood. Aber der Prozess ist noch nicht abgeschlossen, und das Letzte, was ich möchte, ist, dass FrozenRobot mich googelt und herausfindet, wer mein Vater ist. Egal, wie verkorkst FrozenRobot ist – ich kann mir nicht vorstellen, dass er seinen Traum vom Selbstmord mit meinem verknüpfen will, wenn er die Wahrheit über meine Familie erfährt.

»Kannst du Türkisch?«

Ich schüttle den Kopf. Mein Vater hat mir die Sprache nicht beigebracht. Manchmal habe ich meinen ganzen Mut zusammengenommen und ihn über die Türkei ausgefragt, und wenn er guter Laune war, beschrieb er die engen Straßen in seinem Viertel, wo er abends mit Freunden Fußball spielte. Aber wenn er einen schlechten Tag hatte (und gegen Ende wurden diese schlechten Tage immer häufiger), dann fing er an zu schimpfen und sagte, ich solle keine so blöden Fragen stellen. Oft sagte er, ich könne froh sein, dass ich in den USA auf die Welt gekommen bin, weil ich nie um die halbe Welt reisen müsse, nur um einen Job zu finden.

Und meine Mutter – na ja, sie tut alles, um ihre Wurzeln auszulöschen. Als meine Eltern sich getrennt haben, war ich noch kein Jahr alt. Und seit Mom mit Steve zusammen ist, benimmt sie sich, als wäre sie von hier, eine normale weiße Amerikanerin. Sie ist heller als ich, und wenn sie nicht einen leichten Akzent hätte, könnte sie problemlos damit durchkommen. Ich falle eher auf als meine Mutter, weil ich die dunklere Farbe meines Vaters geerbt habe.

»Ist dir das Thema unangenehm?«, fragt FrozenRobot und beißt in seinen Burger, der ihm offensichtlich nicht so gut schmeckt wie die Jalapeños. Man hat den Eindruck, er müsse sich zum Kauen zwingen, denn er isst extrem langsam und beißt immer nur ganz wenig ab.

»Nein«, sage ich. »Ich verstehe nur nicht ganz, warum dir mein ethnischer Hintergrund so wichtig ist. Ich frage dich doch auch nicht aus.«

Er lächelt mir zu. Ich kapiere nicht, wie dieser Typ tickt. »Ich bin nur neugierig, weil ich finde, Aysel ist ein cooler Name.«

»Du kannst ihn haben, wenn du willst.«

»Sehr witzig«, sagt er, lacht aber nicht.

»Warum der siebte April?« Jetzt bin ich an der Reihe mit fragen.

»Da ist es passiert.«

»Was ist da passiert?«

»Das, weshalb ich sterben will. Vor einem Jahr am siebten April.« Er schaut weg, die Zähne fest zusammengebissen.

»Ich habe den Verdacht, du willst mir nicht sagen, was geschehen ist. Richtig?«

Ehe er antworten kann, kommen die zwei Typen von vorhin an unseren Tisch und setzen sich neben ihn. »Wie geht's?«, fragt der eine, während der andere ihm auf die Schulter klopft.

»Ich hatte ja keine Ahnung, dass du 'ne neue Freundin hast!«, zieht ihn der Schulterklopfer auf. »Was sagt denn Kelly dazu?«

Kelly? Soll das heißen, FrozenRobot hat eine Freundin? Ich mustere ihn mit meiner besten Mir-ist-alles-egal-Miene.

»Das hier ist übrigens Aysel.« Er erwidert meinen Blick mit einer stummen Bitte. Ich bin nicht gerade der netteste Mensch im Universum, aber ich habe auch keine Lust, FrozenRobot auffliegen zu lassen. Trotzdem bereitet es mir Vergnügen, ihn ein bisschen schwitzen zu lassen. Ich mache weiterhin ein betont kühles und unbeteiligtes Gesicht. Ich bin noch cooler als FrozenRobot.

»Aysel – das sind Travis und Lance.« Romans Stimme klingt ein kleines bisschen unsicher, und mir fällt auf, dass die paar Sommersprossen um die Nase herum immer röter werden, seit seine Freunde zu uns gekommen sind.

»Gehst du auf die Willis High?«, erkundigt sich Lance. Er schaut mich an und wackelt mit den blonden Augenbrauen.

»Sie wäre uns garantiert schon aufgefallen, wenn sie auf die Willis ginge«, schleimt Travis.

Bei seinem Tonfall verliere ich sofort jegliche Lust auf meinen Milchshake. Es ist sonnenklar, dass Travis null Interesse an mir hätte, wenn ich auf seine Schule ginge. Die Jungs an meiner Schule, die so sind wie Travis und Lance, nehmen mich überhaupt nicht wahr. Jedenfalls nicht im positiven Sinn.

»Mach dem armen Mädchen keine Angst«, sagt Lance. Anscheinend geht er mit Frauen etwas geschickter um. Mit seinen wirren Boy-Band-Haaren, den großen blauen Augen und den breiten Schultern sieht er auch eher wie ein Mädchenschwarm aus als Travis.

Es folgen ein paar Sekunden peinliche Stille.

»Sie geht auf die Langston High«, erklärt Roman etwas widerwillig.

»Moment mal, wenn du auf die Langston gehst, dann musst du ja auch Brian Jackson kennen, oder?«, fragt Lance und reißt die blauen Augen auf. Ich halte die Luft an, während ich ihn prüfend fixiere. Hat er etwa schon zwei und zwei zusammengezählt?

»Ach, kennt ihr euch daher? Durch Brian?«, sagt Travis und beugt sich vor, um ein paar von Romans Pommes zu klauen.

Roman und ich wechseln kurze Blicke. »Äh – nein«, antwortet er. »Wir haben uns letzte Woche kennengelernt.«

Tatsächlich? »Wo?«, will Travis wissen. Er mustert mich von der Seite. Garantiert ahnt er, dass hier irgendwas komisch ist. Ich muss schlucken und schicke eine kurze Bitte ins Universum. *Bitte, verdirb mir das nicht. Bitte, mach, dass sie nicht herausfinden, wer ich bin.*

»Unten beim alten Spielplatz. Bei den Sportanlagen«, sagt Roman. *Dieser Typ kann lügen wie ein Profi*, denke ich. Er klingt lässig und überzeugend.

Travis reißt begeistert die Arme hoch. »Ich hab's doch gewusst, Mann! Du willst immer noch spielen. Ich schwör's, der Coach würde dich sofort wieder ins Team nehmen. Du musst nur aufhören zu –«

»Können wir von was anderem reden?«, sagt Roman, plötzlich total eisig.

»Echt mal, Mann!«, sagt Lance an Travis gewandt, während er sich ebenfalls an Romans Fritten bedient. »Wie kannst du nur damit anfangen?«

Travis wird feuerrot. Bisher hatte ich keinen Schimmer, dass Typen wie er je in Verlegenheit geraten. Aber eigentlich kann man sich ja denken, dass gewisse Dinge auch solche Jungs aus dem Konzept bringen. Heute lerne ich einiges über das männliche Geschlecht. »Sorry«, brummelt Travis und schaut weg. Als er unsere Bedienung sieht, erscheint wieder ein Grinsen auf seinem Gesicht. »Suzie sieht echt klasse aus, stimmt's?«

»Ich finde, sie macht das gut hier«, sagt Roman sachlich. Dann wendet er sich mir zu. »Suzie ist die Bedienung. Sie geht in unsere Schule.«

Ich nicke, als würde ich alles kapieren, was hier läuft. Dabei bin ich mir ziemlich sicher, dass mir der Subtext, die unterschwellige Botschaft, entgeht.

Travis stößt Roman mit dem Ellbogen an. »Aber, jetzt mal echt – ich glaube, sie ist immer noch scharf auf dich.«

Lance schaut erst mich an, dann Roman, dann Travis. »Mann, wirklich sehr taktvoll!«

Ich bin kurz davor, ihm zu erklären, dass Roman und ich nicht das sind, was er denkt. Die Vorstellung bringt mich fast wieder zum Lachen, deshalb trinke ich schnell einen Schluck von meinem Milchshake. Ich drehe die Flüssigkeit im Mund und fahre mit der Zunge über die Zähne. Mir egal, wie unattraktiv das aussieht.

Lance rettet wieder die Situation und durchbricht die peinliche Stille. »Und – kennst du Brian Jackson?«

Ich bemühe mich, nicht ins Schwitzen zu geraten, und widme mich meinen Fritten, den Blick stur auf das

Ketchup gerichtet. Ich kann jetzt unmöglich einem der drei ins Gesicht sehen. »Nicht so richtig.«

»Aber der ist doch inzwischen ganz schön berühmt, stimmt's?«, sagt Travis. Dann klopft er Roman wieder auf die Schulter. »Könntest du auch sein, Mann.«

Roman brummt etwas Unverständliches, und ich kann es mir nicht verkneifen zu fragen: »Wie meinst du das?«

Unsicher schaut Lance von Roman zu mir und wieder zurück. »Kann ich es ihr sagen?«

Roman verschränkt die Hände im Nacken und starrt in die Ferne. »Mach doch, was du willst.«

Kurz schweigen wieder alle, dann sagt Lance:

»Roman hat immer mit Brian Select Basketball gespielt. Weißt du, was das ist?«

Ich habe eine vage Vorstellung, schüttle aber den Kopf, weil ich gern mehr über die Verbindung zwischen FrozenRobot und Brian Jackson erfahren will. Mein Kopf fühlt sich an, als wären in ihm gerade mehrere Autoalarmanlagen losgegangen – ein lautes Schrillen, tausend Sirenen. Ich versuche, die Fassung zu wahren, indem ich in Gedanken den Anfang von Wagners *Walkürenritt* heraufbeschwöre.

»Summst du was?«, fragt Travis, bevor Lance erklären kann, was Brian und Roman miteinander zu tun hatten. Er lacht los, aber Roman stößt ihn an.

»Du bist ja so ein Idiot«, sagt er. Seine Augen blitzen wütend, wodurch sie fast golden wirken und nicht mehr braun-grün.

Mir steigt das Blut ins Gesicht. Verlegen schaue ich auf den Tisch. Neben meinen Pommes ist ein Ketchup-Fleck. Würde FrozenRobot mich auch in Schutz nehmen, wenn er von meinem Vater wüsste? Warum steht er mir überhaupt bei? Ich spüre, wie sie mich alle anschauen, aber FrozenRobots Blick fühlt sich anders an als der von Travis oder Lance. Ihre Augen brennen sich genauso in meine Haut wie die meiner Mitschüler – sie wollen unbedingt mein Geheimnis entschlüsseln, in mich hineinsehen. Die Augen von FrozenRobot sind sanft und geduldig. Er weiß, was er finden würde, wenn er tiefer grübe. Er hat es nicht eilig damit, mein Innenleben auszupacken. Ihm ist klar, dass Leere nichts Besonderes ist und Depression nicht interessant.

Ich nehme meinen ganzen Mut zusammen und sehe ihn an. Er lächelt mir vorsichtig zu, und in dem Moment bin ich mir ziemlich sicher, dass ich meinen Selbstmordpartner gefunden habe.

Seine Freunde sagen nichts und schauen ihn nur an. Obwohl er behauptet, das sei er nur früher mal gewesen, habe ich den Eindruck, dass er auch jetzt noch verdammt beliebt ist. Er trommelt mit den Händen auf den

Tisch. »Brian und ich waren Freunde, als wir noch klein waren. Wir haben zusammen Basketball gespielt, in einer Mannschaft, für die man erst eine Prüfung machen musste. Ein Reiseteam – wir haben in Louisville gespielt und in Cincinnati und in Lexington. Und als wir etwas älter waren, haben wir gemeinsam trainiert. Laufen und Gewichte heben. Total banal.« Er kratzt sich wieder im Nacken, und seine Augen verschleiern sich, so dass man ihren Ausdruck nicht mehr deuten kann. »Jetzt ist Brian ein Star. Auf dem Weg zu den Olympischen Spielen. Wir haben nicht mehr viel Kontakt.« Er blickt mir direkt ins Gesicht. »Nicht besonders aufregend, stimmt's?«

Lance ist davon überzeugt, dass zwischen Roman und mir etwas läuft, und versucht, seinem Freund zu helfen, indem er hinzufügt: »Aber man muss wissen, dass der Typ hier wahnsinnig sportlich ist.«

»Stimmt – wenn Roman durchgehalten hätte, würde er garantiert nächstes Jahr nach England fahren, mit einem fetten Basketball-Stipendium«, ergänzt Travis und legt den Arm um Roman, wie ein stolzer Bruder oder so, aber Roman wehrt ihn ab.

»Lass den Quatsch!«, knurrt er dabei und schaut kopfschüttelnd auf den Boden. »Aysel interessiert sich nicht für solches Zeug.«

Übersetzt heißt das so viel wie: *Das Mädchen hier muss*

ich nicht beeindrucken. Ich will nicht mit ihr schlafen. Ich will mit ihr sterben. Aber diesen Unterton kriegen Travis und Lance nicht mit. Stattdessen rufen sie beide mit erhobenen Händen: »Mein Fehler, mein Fehler!« Eigentlich müsste ich sie jetzt für blöde Lemminge halten, weil sie genau zur gleichen Zeit genau die gleiche Bewegung machen, ganz synchron, aber ich habe nur einen Gedanken: dass ich noch nie mit jemandem synchron war. Wahrscheinlich war FrozenRobot früher mit ihnen auf derselben Wellenlänge. Und dann ist er irgendwie aus der Umlaufbahn herausgefallen.

Aber warum? Was ist geschehen, dass aus Roman, dem Sportstar und Freund eines zukünftigen Olympiakämpfers, FrozenRobot wurde, ein tragischer junger Mann, der sich auf Selbstmord-Internetseiten herumtreibt?

Ich beobachte ihn aus dem Augenwinkel. Er hat den Kopf gesenkt, die Schultern hochgezogen. Wie gebannt starrt er auf den letzten Jalapeño-Samen und schiebt ihn mit dem Finger auf dem Papierteller hin und her, bis er ihn schließlich langsam an die Lippen führt und hinunterschluckt.

Wir schauen ihm alle dabei zu. Nach einer Pause murmelt er: »Tja, war schön, euch mal wieder zu sehen, aber ich glaube, Aysel fährt mich dann jetzt nach Hause. Man sieht sich.«

»Okay, Mann.« Travis drückt Romans Schulter. »Pass gut auf dich auf. Wir sind immer für dich da.«

»Wir sollten mal wieder zusammen abhängen«, fügt Lance hinzu. »Ich hätte Lust, mit dir ein paar Körbe zu werfen, unten beim alten Spielplatz. So wie früher.«

»Genau«, erwidert Roman mit kalter Stimme. »So wie früher.« Er steht auf und wirft den Rest seines Essens in den Mülleimer.

Ich winke Travis und Lance lustlos zu und folge Roman. Meine restlichen Pommes entsorge ich ebenfalls. Ich habe ja fast alles aufgegessen. Meinen Milchshake behalte ich noch. »Dann bringe ich dich also nach Hause?«, flüstere ich Roman zu, in der Hoffnung, dass Lance und Travis mich nicht hören.

»Ja. Ich fahre nicht.«

»Aber du bist doch schon siebzehn, oder?«

Auf seinem Gesicht erscheint wieder das Halbmondgrinsen, wie ganz am Anfang. »Du hast mein Profil studiert.«

»Ich wollte sichergehen, dass du keine Helikoptermama oder so was bist«, sage ich und gehe in Richtung Auto. Ich erwähne nicht, dass ich froh gewesen wäre, wenn in seinem Profil die Verbindung zu Brian Jackson erwähnt worden wäre. Dann hätte ich mich nämlich nie und nimmer mit ihm getroffen.

Ich schließe das Auto auf und werfe den Krempel,

der auf dem Beifahrersitz liegt, nach hinten auf die Bank. Ein paar der fettigen Fastfood-Packungen lasse ich auf dem Fußboden liegen. Roman kann ruhig darauf rumtrampeln. Ist ja egal. Er wird mich schon nicht ablehnen, nur weil ich unordentlich bin.

Er steigt ein und klopft mit den Händen auf das verstaubte Armaturenbrett. »Hübsche Karre.« Die leeren Tüten knistern unter seinen Turnschuhen. »So wie's aussieht, pflegst du sie gut.«

Ich ignoriere diese Bemerkungen und drehe den Zündschlüssel. Stotternd springt der Motor an. Ich fahre vom Parkplatz, dann werfe ich Roman einen kurzen Blick zu. Er schaut reglos durch die Windschutzscheibe, den Kopf leicht gesenkt, die haselnussbraunen Augen weit aufgerissen, aber leer. Zum ersten Mal kann ich es sehen. FrozenRobot macht keine Witze; FrozenRobot will sterben.

Auch in FrozenRobot hat sich die schwarze Qualle eingenistet.

Donnerstag, 14. März

noch 24 Tage

Eine Weile fahren wir, ohne etwas zu sagen. Ich habe Angst, FrozenRobot könnte plötzlich die Wagentür aufreißen und sich auf die Straße stürzen. Würde der Aufprall ihn töten? Egal – auf jeden Fall würde er mich in eine blöde Lage bringen.

Als er die Hand nach dem Radioknopf ausstreckt und nicht nach der Tür, atme ich erleichtert auf. Allerdings möglichst unauffällig. Roman stellt Georgias Lieblingssender ein – der in Dauerschleife die fünf Tophits spielt. Bei allen Songs geht es irgendwie darum, dass man sich volllaufen lässt, kurze Glitzerkleider trägt und die Nacht durchtanzt. Ich verziehe das Gesicht.

»Was ist?«, fragt er.

»Ich kapiere echt nicht, wie du tickst. Du kommst mir vor wie ein typischer –«

Er kreuzt die Arme in der Luft, wie ein großes X, was ich als »Halt die Klappe!« deute, also rede ich nicht weiter. Wenn es etwas gibt, was ich perfekt beherrsche, dann ist es das Befolgen von Befehlen. Obwohl – so ganz stimmt das nicht. Ich halte mich zum Beispiel nie an Mr Palmers Anweisungen, bemühe mich aber meistens, wenigstens so zu tun als ob.

Roman macht das Radio aus. »Sorry – ich konnte ja nicht ahnen, dass du so ein Musik-Snob bist.«

»Ich bin kein Snob.«

»Kein Snob und keine Helikoptermama«, sagt er. »Du hast viele positive Seiten.«

»Stimmt«, sage ich, und dann wage ich mich vor: »Am siebten April wird viel Potential verschleudert.« Potentielle Energie. Ich wüsste gern, ob FrozenRobot je über die Physik des Todes nachdenkt.

»Darauf sollten wir anstoßen«, sagt er und tut so, als würde er das Glas erheben. »Prost!« Ich glaube, die Songs von Georgias Sender passen gut zu seinen sonstigen Interessen.

Danach holpern wir wieder schweigend die Straße entlang. Jetzt mache *ich* das Radio an, suche aber einen Sender mit klassischer Musik. Roman sagt nichts zu meiner Wahl. Die Landschaft wird allmählich hügeliger. Wir kommen zu einer scharfen Kurve und biegen vom Fluss ab, in Richtung Berge. Das Gras ist braun und trocken von den Wintermonaten, und die meisten Bäume sind noch kahl. Dieses Jahr kommt der Frühling mit Verspätung. Ich kurble das Fenster ein Stück herunter. Feuchte, kühle Luft weht herein. An manchen Tagen kann man Bourbon riechen, dieses süßliche Roggenaroma. Es kommt von einer Destillerie, die ein paar Meilen entfernt ist. Aber heute rieche ich nur Matsch und nasse Wiesen. Der Wind streift über meine Wangen, und ich widerstehe der Versuchung, zu Roman hinüberzuschauen. Ich muss mich auf die Straße konzentrieren.

»Ich kann nicht mehr Auto fahren – nach allem, was letztes Jahr geschehen ist«, erklärt er endlich. »Deshalb musst du immer fahren. Vorhin hat meine Mom mich am Rootbeer-Stand abgesetzt. Sie war froh, dass ich aus dem Haus gehe, um jemanden zu treffen – das erste Mal seit Monaten.« Er wirft mir einen Blick zu. »Ich habe ihr gesagt, du bist eine neue Freundin. Meine Mom ist total begeistert.«

Seine Eltern machen sich also Sorgen um ihn. Das ist nicht gut. Es bedeutet gesteigerte Aufmerksamkeit. Vielleicht braucht er mich genau deswegen als seine zuverlässige Selbstmordpartnerin. »Verstehe«, sage ich. »Aber könntest du mir eventuell sagen, wie ich fahren soll, damit ich weiß, wohin die Reise geht?«

Er schweigt, und seine Unterlippe zuckt, als würde er

innerlich darüber diskutieren, ob er etwas erwidern soll oder nicht.

»Was ist?«, ermuntere ich ihn.

»Kann ich dich um einen Gefallen bitten?«

Meine erste Aufgabe als seine Selbstmordpartnerin. Etwas in meinem Inneren schwingt wie ein Schaukelstuhl in einem leeren Zimmer – einsam und zugleich irgendwie tröstlich. »Ja, klar. Schieß los.«

»Können wir an dem Angelgeschäft in der Main Street kurz anhalten?«

Ich rümpfe die Nase. »Bei dem Angelgeschäft?«

»Ja, genau. Ich brauche Regenwürmer.«

Ich blinzle und werfe ihm einen kurzen Blick zu. Er schaut wieder stur geradeaus. Seine Gesichtsmuskeln sind entspannt, nirgends ein Hinweis darauf, dass es ein Witz sein soll.

»Äh – okay«, sage ich. »Du musst mir nur sagen, wie wir hinkommen.«

»Bleib einfach auf dieser Straße hier, bis zur Brücke. Da kommt eine Abzweigung, und du musst dich links halten, dann kommst du auf die Hauptstraße von Willis. Der Laden ist rechts an der Kreuzung Main Street und Burns Street.« Seine Stimme ist ruhig und unaufgeregt, während er den Weg beschreibt. Offenbar ist er Stammkunde. Sehr seltsam.

Ich umklammere das Lenkrad noch fester und versuche, mich auf die Musik zu konzentrieren. Der Sender spielt gerade Mozarts Symphonie Nr. 40, die g-Moll-Symphonie, aber selbst die klar dahineilenden Töne der Violinen können mich nicht ablenken. »Wofür brauchst du Regenwürmer? Bist du ein großer Angler oder was?«

Roman gibt ein merkwürdiges Geräusch von sich, eine Mischung aus Knurren und Lachen. »Nein.«

Anscheinend ist FrozenRobot kein Mann der vielen Worte. »Nein?«

»Nein, ich bin kein großer Angler.« Er windet sich und schiebt sich etwas näher zur Beifahrertür. Seine Knie berühren das Armaturenbrett. Soll ich ihm vorschlagen, dass er den Sitz ein Stück weiter nach hinten bewegen kann, wenn es ihm unbequem ist? Ich sage nichts.

»Okay. Aber dann verstehe ich es nicht. Was habe ich verpasst?«

»Wie bitte?«

Ich glaube, er will mich wirklich zwingen, es auszusprechen. »Warum brauchst du Regenwürmer, wenn du nicht angelst?«

»Für meine Schildkröte«, sagt er, als hätte ich wissen müssen, dass er eine Schildkröte als Haustier hat. Als könnte man das ganz selbstverständlich voraussetzen. Vielleicht ist Willis ja die Hauptstadt der Hausschildkröten.

Zuerst bringt es mich etwas aus dem Gleichgewicht, dass er ein Haustier hat. Er kommt mir nicht vor wie jemand, der ein Tier hat, und wenn doch, dann hätte ich ihn als Golden-Retriever-Typ eingestuft. Der typische amerikanische Junge, der Basketball spielt, Hamburger isst und Hunde liebt. Aber dann schnürt es mir die Kehle zu, als ich genauer darüber nachdenke: *Er hat ein Haustier.*

Ich sage es laut: »Du hast ein Haustier.«

»Ich habe ein Haustier«, wiederholt er, und als wüsste er, was mir durch den Kopf geht, fügt er hinzu: »Aber mach dir keine Sorgen. Das wird mich nicht zurückhalten.«

Ich hole Luft, und kurz fällt mein Blick auf die schmutzige Fußmatte. In der Ecke ist eine zerdrückte Cola-Dose eingequetscht. Die metallische Oberfläche reflektiert das Sonnenlicht, und es sieht aus, als würde die Dose mir zublinzeln.

»Du solltest auf die Straße achten«, ermahnt er mich.

»Wie bitte?«

»Schau auf die Straße.«

»Ich habe dich verstanden«, sage ich mit gepresster Stimme. »Aber wenn du sowieso sterben willst, warum ist es dir dann wichtig, ob ich auf den Verkehr achte oder nicht?«

Er seufzt, und aus dem Augenwinkel kann ich sehen,

wie seine breiten Schultern nach vorne sacken. Wie bei einem Elch, der gerade von einem Jäger angeschossen wurde. »Ich will sterben, aber ich will keine anderen Menschen verletzen.«

»Dagegen ist nichts einzuwenden.« Ich beiße die Zähne zusammen und blicke geradeaus. Ich sage lieber nichts über die Cola-Dose. Wahrscheinlich würde er sie für ein Sicherheitsrisiko halten.

Als die Gabelung kommt, fahre ich nach links, wie FrozenRobot es mir gesagt hat. Mein Wagen gleitet die Hauptstraße von Willis entlang. Viele renovierte Häuser im viktorianischen Stil, die in hübsche kleine Geschäfte umgewandelt wurden: das Creamy Whip, eine Eisdiele; das Fried Egg, ein Frühstückslokal; Suds and Bubbles, ein Waschsalon.

»Wie heißt deine Schildkröte?«

»Captain Nemo«, antwortet er – und fügt schnell hinzu: »Der Name stammt nicht von mir.«

Ich hake nicht nach. Die anonyme Person, welche der Schildkröte diesen Namen gegeben hat, schwebt in der Luft wie ein ungeöffneter Briefumschlag. Wir wissen beide, dass sich in diesem Umschlag ein Brief, eine Geschichte befindet, aber im Moment haben wir beide nicht den Mumm, ihn zu öffnen.

Als wir uns einem blauen Haus mit Fisch-Aufklebern im Fenster nähern, verlangsame ich das Tempo. Auf dem Rasen vor dem Gebäude steht ein Schild mit der Aufschrift: *Bob's Fishing Supply & Co.* Ich parke auf der anderen Straßenseite.

»Ich beeile mich«, sagt Roman.

Ich will den Zündschlüssel abziehen, aber er schüttelt den Kopf. »Du kannst hierbleiben.«

Ehe ich etwas erwidern kann, ist er schon ausgestiegen und nähert sich im Laufschritt dem Eingang. Er bewegt sich zielstrebiger als die ganze Zeit vorher. Am Rootbeer-Stand war er eher lethargisch, schlapp.

Offenbar hat er diese Schildkröte wirklich gern. Mir wird schwer ums Herz, aber dann lassen die Beklemmungen langsam wieder nach. Ich tätschle meinen Bauch. *So ist es brav, schwarze Qualle.* Während ich auf Roman warte, schließe ich die Augen und höre der Musik zu. Sie spielen jetzt Tschaikowskis *Schwanensee.* Nicht gerade mein Lieblingsstück. Es ist zu leicht, zu gefällig. Zu viel Sehnsucht.

Ich mag auch keine Lieder, in denen es um Wünsche geht. Ich bevorzuge Lieder über das Loslassen, über das Abschiednehmen.

Dann ist FrozenRobot auch schon wieder zurück, in der Hand einen Pappbecher. Er rutscht wieder auf seinen Sitz, und ich ermahne ihn: »Pass bloß auf, dass du sie nicht freilässt.«

»Warum? Weil dein Wagen so schön sauber ist?« Sein

Mund zuckt und verzieht sich zu einem frechen Grinsen. Dieser Typ hat wirklich ein Lächel- und Grinsproblem. Vor allem, wenn man bedenkt, dass er den Nerv hatte, mir zu unterstellen, ich könnte eine Niete sein.

Ich verziehe das Gesicht. »Weil es eklig wäre.«

»Ist schon gut. Ich achte darauf, dass sie in ihrem Becher bleiben.«

Ich fahre aus der Parklücke heraus und weiter die Main Street entlang. »Und – wo wohnst du?«

Roman erklärt mir den Weg, und dann sagt er: »Wie kannst du so was nur hören?«

Ich deute auf das Radio. »Meinst du mit ›so was‹ diese Musik? Sie ist das Werk eines Genies.« Ich wollte, es wäre nicht Tschaikowski, sondern etwas richtig Tolles, wie zum Beispiel eine von Bachs Toccaten, aber trotzdem. *Schwanensee* ist wesentlich tiefgründiger als die ganzen albernen Glitzersongs, die er hören wollte.

»Ohne Worte«, sagt er.

»Genau darum geht es. Und ich finde es witzig, dass ausgerechnet du dich darüber beschwerst.«

Ich merke, dass er sich wieder anders hinsetzt. Seine Beine stoßen jetzt gegen die Wagentür. »Wie meinst du das?«

»Ich meine, du wirkst nicht gerade wie ein Fan vieler Worte. Deshalb hätte ich angenommen, Musik ohne Text gefällt dir.«

Er dreht den Kopf, um mich anzusehen. Ich spüre seinen Blick auf meinem Gesicht – seine Augen sind immer noch sanft, sie brennen nicht, und trotzdem spüre ich sie. »Ich mag die Worte anderer Leute. Sie füllen mich aus.«

»Auch wenn es im Text darum geht, dass man sich volllaufen lässt und Frauen anbaggert?«

Er lacht laut. »Nein. Das ist nur Hintergrundgemurmel. Aber irgendwie gefällt mir das auch. Es hilft mir zu vergessen.«

»Was vergessen?«

»Das. Weshalb ich sterben will.«

Wir kommen in sein Wohnviertel. Es sieht dort ähnlich aus wie bei uns, die gleichen alten Holzhäuser, nur dass die Vorgärten besser gepflegt sind. Man sieht kein Süßgras und keinen verblühten Löwenzahn.

»Ich verstehe dich nicht.« Und das stimmt. Es ist vielleicht das Ehrlichste, was ich den ganzen Tag zu ihm gesagt habe. Ich verstehe nicht, warum er ausgefüllt sein will. Warum er etwas sucht in der Musik. Wenn ich Musik höre, geht es mir nur um einen Ort, an dem ich mich verkriechen kann, wo ich meiner inneren Leere entkomme.

Ich merke, dass irgendetwas los ist mit den Regenwürmern. Der Becher bewegt sich auf und ab, und Roman hat Mühe, ihn ruhig zu halten. Warum geht er mit diesen Würmern so fürsorglich um, wenn er doch weiß, dass sie demnächst sterben werden?

Er reagiert nicht. Also gehe ich noch einen Schritt weiter. »Ich verstehe nicht, warum du das willst.«

»Meinst du, warum ich mich umbringen will oder warum ich es nicht allein tun will?«

»Beides«, sage ich und beiße mir auf die Unterlippe. »Ehrlich gesagt – im Grunde interessiert es mich gar nicht, warum du dich umbringen willst.« Das ist gelogen, aber weil ich ihm nicht sagen möchte, weshalb ich sterben will, scheint es mir nur fair, dass ich ihn nicht dazu zwinge, seine Gründe preiszugeben. »Ich muss nur sicher sein, dass *du* keine Niete bist.«

Er lacht eisig. »Ach, dann machst *du* dir jetzt Gedanken wegen der Niete?«

»Ich habe deine ganzen Freunde gesehen. Ich muss mich darauf verlassen können, dass es nicht irgendein blöder Witz ist.« Was ich nicht sage, ist: *Ich muss mich darauf verlassen können, dass es keine Falle ist, weil du Brian Jackson kennst.*

»Meine Freunde?« Er spuckt das Wort ganz verächtlich aus. »Die Typen sind nicht meine Freunde.«

»Ich bin keine Expertin auf dem Gebiet, aber für mich sehen sie aus wie Freunde.«

»Hör zu – du hast keine Ahnung, wovon du redest, also halt lieber den Mund«, sagt er. Die Sonne steht tief am Himmel und scheint ins Auto, so dass seine Haselnussaugen golden leuchten. Mir wäre es lieber, wenn sie wieder grünlich wären. Er hat nicht so gemein, so wütend ausgesehen, als sie grün waren.

»Nicht gerade nett, was du da sagst.«

Er hebt das Kinn, als wolle er demonstrieren, dass er nicht die Absicht hat, sich zu entschuldigen. »Hier nach links.« Er deutet auf eine kleine Straße, die von der Southwind Street abgeht, der Hauptstraße in diesem Viertel. »Das rote Haus auf der rechten Seite.«

Es ist ein schiefes altes Haus, ähnlich wie unseres, aber die Holzverkleidung ist besser in Schuss und ganz offensichtlich kümmert sich jemand um den Vorgarten. Ein frisch gemulchtes Blumenbeet, und obwohl noch nichts blüht, kann ich mir vorstellen, dass im Juni alles voll ist mit Lilien und Ringelblumen. Ein karamellbrauner Briefkasten steht am Ende der Einfahrt, mit einem Schild, auf dem *Familie Franklin* steht.

»Hübsch«, sage ich.

»Meine Mutter gibt sich Mühe«, sagt Roman und steigt aus, den Becher mit den Regenwürmern in der linken Hand balancierend.

Ich glaube, alle Mütter geben sich Mühe. »Warte!«, rufe ich. »Wollen wir es durchziehen oder nicht?«

Er geht um den Wagen herum zur Fahrerseite. Ich kurble das Fenster ganz herunter.

»Ja. Ich bin bereit, wenn du es auch bist«, sagt er.

»Ich bin fest entschlossen«, sage ich. »Aber ich verstehe es trotzdem nicht.«

»Was verstehst du nicht?«

»Warum du mich brauchst.«

Wie auf ein Stichwort geht die Haustür auf. Eine kleine, mollige Frau mittleren Alters hüpft die Treppenstufen herunter. Ihre Haare sind genauso kastanienbraun wie Romans, nur mit grauen Strähnen. Sie trägt eine Kochschürze und Clogs mit Blümchenmuster. Wenn ich eine Touristen-Broschüre über Willis, Kentucky, machen müsste, was ich zum Glück nicht muss, dann würde ich diese Frau aufs Cover nehmen. Sie ist die menschliche Verkörperung dieser Stadt.

»Roman!«, ruft sie und winkt uns zu. So winkt man bei einem Schönheitswettbewerb. Die meisten nicht mehr ganz jungen Frauen hierzulande beherrschen diese Bewegung perfekt – das Handgelenk steif machen und es dann langsam drehen. »Roman!«, ruft sie noch einmal. »Stell mich doch bitte deiner Freundin vor.«

Mein Gesicht beginnt zu glühen, mein Magen verkrampft sich. Es ist nicht so, dass ich ein schlechtes Gewissen habe – schließlich liegt es nicht an mir, dass ihr Sohn sich umbringen will. Aber ich hatte eigentlich keine Lust, seine Familie kennenzulernen. Das ist genau die Helikoptermama, der ich aus dem Weg gehen wollte.

Zwei Punkte, die gegen FrozenRobot sprechen – eine Hausschildkröte und eine liebevolle Mutter. Wenn ich pingeliger wäre, würde ich sagen, er schleppt zu viel Gepäck mit sich herum. Aber in meiner Situation kann ich es mir nicht leisten, allzu wählerisch zu sein.

»Äh – Mom!« Roman klingt unsicher. Er schnappt kurz nach Luft, und man kann sehen, wie sein Adamsapfel sich bewegt. »Das hier ist Aysel.«

Echt lässig, FrozenRobot, echt total lässig.

»Aysel«, wiederholt seine Mutter und zieht die Augenbrauen hoch. Sie streckt die Hand durch das offene Autofenster. Ich weiß, ich bin gerade dabei, den Test für »gute Südstaatenmanieren« zu vermasseln. Ich müsste aussteigen und einen Knicks machen, um auch nur eine minimale Chance zu haben, dass sie mich akzeptiert. Aber ich habe es ja gar nicht nötig, von ihr akzeptiert zu werden. Schließlich bitte ich sie nicht um Romans Hand. Und außerdem wird es die Person, die sie akzeptieren soll, in einem Monat nicht mehr geben.

»Schön, dich kennenzulernen.« Ich drücke schlaff ihre Hand.

»Aysel ist ein sehr schöner Name«, sagt sie. Ich habe im Lauf der Jahre begriffen, dass der Satz »Aysel ist ein sehr schöner Name« die taktvolle Version von »Was ist denn das für ein Name – Aysel?« ist.

»Er ist türkisch.« Ich registriere ihre Mimik ganz genau, um zu sehen, wie sie reagiert. Vor allem interessiert es mich, ob die Geschichte meines Vaters sich hier genauso hartnäckig hält wie in Langston. Ob Roman oder seine Freunde oder seine Mutter womöglich etwas über meinen Vater und seine Tat wissen. Ich bin mir ziemlich sicher, mein Dad ist der einzige Türke, der es in diesem Teil von Kentucky bis in die Schlagzeilen geschafft hat. Und gerade in letzter Zeit, also seit Brian Jackson dauernd in den Nachrichten ist, wird mein Vater immer wieder erwähnt. Ob Romans Mutter diese Verbindung herstellt oder nicht, kann ich nicht entscheiden – wenn ja, lässt sie sich auf jeden Fall nichts anmerken. Ihr herzförmiges Gesicht behält das freundliche Lächeln.

»Wohnt deine Familie hier in Willis?«, erkundigt sie sich.

»Nein, in Langston«, antworte ich.

»Ich habe Freunde, die das House of Grace in Langston besuchen. Gehst du auch dorthin?«

Sie will wissen, ob ich in die Kirche gehe? Echt clever. Ich muss schon sagen, diese Frau ist so direkt, dass man sie bewundern muss.

»Meine Mutter gehört zu St. Columbia.« Das ist keine Lüge. Mom, Steve, Georgia und Mike, sie gehen alle vier jeden Sonntag in den Gottesdienst. Manchmal komme ich mit, aber jetzt schon länger nicht mehr. Am Anfang hat Mom mich noch gezwungen, aber das hat sie vor einer ganzen Weile aufgegeben. Ich vermute, dass jeder in der Kirche meine Abwesenheit registriert. Bestimmt tuscheln die Leute darüber und sagen, wie sehr ich meinem Vater, dem Teufel, nachschlage.

Die Augen von Romans Mom leuchten auf, als ich St. Columbia erwähne. Sie stemmt die Hände in die breiten Hüften und beugt sich näher zu mir. Der Geruch von Haarspray erfüllt den ganzen Wagen. »Ich habe gehört, das ist eine nette Gemeinde. Vor ein paar Jahren war ich dort beim Weihnachtsspiel. Der Chordirigent ist großartig, stimmt's?«

Ich habe null Ahnung, wie der Chordirigent von St. Columbia ist. Gibt es überhaupt so viele verschiedene Arten, wie man *Stille Nacht* singen kann? Aber ich nicke zustimmend, als wäre ich ein normaler Mensch, der ein nettes Gespräch über seine Kirchengemeinde führt. Und keine tickende Zeitbombe, kein Monster. »Meine Schwester singt im Chor mit.«

Da freut sie sich noch mehr. Ein strahlendes Lächeln hat sie, ganz anders als das schiefe, eher zaghafte Lächeln ihres Sohnes. »Ach, wie wunderbar! Ich versuche immer, Roman dazu zu bringen, sich in der Kirche zu engagieren. Es ist schön, wenn junge Menschen in den Gottesdienst gehen und zum Herrn beten.«

Ich widerstehe der Versuchung, die Augen zu verdrehen. Ehrlich gesagt, weiß ich so gut wie nichts über meine Schwester. Wir haben seit etwa zwei Jahren nicht mehr richtig miteinander geredet. Aber ich bin mir ziemlich sicher, dass es ihr nicht um den Herrn geht. Dafür hat sie gar keine Zeit. Bei ihr dreht sich alles immer nur um sie selbst. »Ja, sie singt sehr gern vor anderen Leuten.« Ich erwähne nicht, dass Georgia total in den Klang ihrer eigenen Stimme verliebt ist.

Romans Mutter lächelt immer breiter, so dass ich schon Angst bekomme, das Lächeln könnte ihr Gesicht sprengen. Dann dreht sie sich zu ihrem Sohn: »Oh, gut, du hast Futter für Captain Nemo besorgt.«

Er zieht die Schultern hoch und macht den Rücken krumm, als wollte er den Becher mit den Regenwürmern vor ihr verstecken. Aber sein Versuch schlägt fehl. »Ja, wir haben schnell was geholt, auf dem Rückweg vom Rootbeer-Stand.«

Sie strahlt mich an. »Wie lieb von euch.«

Ich nicke ihr wieder zu. Was soll ich dazu sagen? Ich würde sie gern fragen, wer den Namen Captain Nemo ausgesucht hat, aber ich lasse es lieber bleiben. Vielleicht war sie es. Sie kommt mir vor wie ein Haustiermensch.

Einen Moment lang schweigen wir alle drei, dann räuspert sich Roman und scharrt mit den Füßen. »Mom – könntest du Aysel und mich kurz allein lassen?«

Seine Mutter reagiert erst verwirrt, dann erscheint

auf ihrem Gesicht ein seltsamer, fast fiebriger Ausdruck. So sehen Leute aus, die gerade einen Triathlon hinter sich haben oder die auf einen hohen Berggipfel gestiegen sind. Sie lächelt mir zu, als wäre ich ein Engel, der ihren verlorenen Sohn retten wird. Ja, sie glaubt zu verstehen, was los ist, aber das stimmt natürlich nicht. Sie hat keinen blassen Schimmer. Die Ärmste.

»Ja, klar, bis gleich, ich bin im Haus, mein Schatz.« Sie nimmt ihm die Baseballkappe ab und fährt über seine kurzen braunen Haare. Dann gibt sie ihm die Kappe zurück, und wie zum Tausch überreicht er ihr die Regenwürmer.

»Könntest du die bitte schon mal mitnehmen? Ich füttere Captain Nemo, wenn ich reinkomme«, sagt er.

»Wird gemacht.« Vorsichtig nimmt sie den Becher entgegen, als wären die Würmer sehr wertvoll.

Ehe sie geht, lächelt sie mir noch einmal zu. »Ich freue mich, dass ich dich jetzt kenne. Komm doch bald mal zum Essen zu uns.«

»Äh – ja, das wäre schön«, lüge ich.

Im Gehen ruft sie noch über die Schulter: »Ich werde ein paar türkische Rezepte heraussuchen und ein traditionelles Essen für euch kochen.« Sie umklammert den Becher mit beiden Händen und eilt zur Haustür. Ihre Clogs klappern über die asphaltierte Einfahrt.

Ich habe in meinem Leben erst ein paarmal türkisch

gegessen, wenn mein Vater Besuch hatte von Freunden, die in einer anderen Stadt wohnten. Eine der Ehefrauen übernahm dann immer die Küche, und ich erinnere mich noch genau, wie das Aroma von Oregano und Olivenöl und Sumak das ganze Haus durchzog.

»Deshalb brauche ich dich«, sagt Roman.

»Wegen deiner Mom?«, frage ich. »Sie macht doch einen netten Eindruck.«

Er schüttelt den Kopf, die Lippen zu einem schmalen Strich zusammengepresst. »Stimmt. Sie ist nett, aber viel zu fürsorglich. Ich brauche Unterstützung, um von ihr wegzukommen, damit wir …«

Das ist eins der Probleme, vor dem jugendliche Selbstmörder stehen. Sie müssen dem wachsamen Auge ihrer Betreuer lang genug entkommen, um sicherzugehen, dass sie wirklich tot sind, ehe man sie findet. Nichts ist schlimmer, als wenn jemand das Seil durchschneidet, bevor man erstickt ist, oder wenn man aus dem Auto gezerrt wird, ehe das Kohlenmonoxid wirkt. Anscheinend ist Roman zu dem Schluss gekommen, dass er sich nicht zu Hause umbringen kann. Mama Roman würde es garantiert irgendwie merken.

»Und du hast kein Transportmittel«, füge ich hinzu. Er braucht mich, um zu seinem Sterbeplatz zu kommen. Ich bin es nicht gewöhnt, dass mich jemand braucht. Irgendwie gefällt mir das aber. Ich wollte, das schwarze

Ekeltier in mir würde dieses Gefühl auffressen. Es ist gefährlich, wenn einem etwas gefällt.

»Genau, das auch.«

»Weshalb fragst du nicht Travis oder Lance?« Ich zwinkere ihm zu. »Sie fahren beide Auto, stimmt's? Du könntest ja sagen, sie sollen dich an der Brücke bei der Hauptstraße absetzen. Sag ihnen, du willst eine Reise machen. Eine sehr lange Reise.«

Er funkelt mich böse an. »Ich finde das überhaupt nicht witzig, Aysel.« Mit seinem Turnschuh zieht er eine Linie ins Gras.

So bewirkst du, dass ich mich total beschissen fühle, FrozenRobot. »Entschuldige«, murmle ich.

»Hast du Zeit, am Samstag irgendwo abzuhängen?«

»Irgendwo abzuhängen?« Ich glaube, ich habe mich im Leben noch nie mit jemandem verabredet, um »abzuhängen«. Selbst als ich noch mit Anna Stevens befreundet war, hatten wir immer etwas Bestimmtes vor, wenn wir uns getroffen haben – Herbstblätter sammeln und katalogisieren, ein Modellflugzeug basteln, uns eine Fernseh-Dokumentation über afrikanische Käfer anschauen.

»Du verstehst schon. Ich meine, dass wir uns treffen und anfangen zu planen.« Er wirft seine Baseballkappe von einer Hand in die andere und setzt sie schließlich wieder auf.

Es ist komisch, aber einen Moment lang stelle ich mir vor, wir würden etwas anderes planen als unseren gemeinsamen Selbstmord – einen Banküberfall oder irgendeinen blöden Streich oder etwas ganz Normales wie ein Referat für den Englischunterricht. Ich stelle mir vor, wir wären zwei durchschnittliche Jugendliche und ich käme tatsächlich mal zu Besuch zu ihm und seine Mutter würde ein türkisches Gericht für mich kochen. Und am Abend würden wir Musik hören und uns schieflachen, während wir uns alberne Videos im Internet ansehen.

Ich hole tief Luft und spüre, wie sich mein Brustkorb ausdehnt. Nein, wir sind keine normalen Teenager. Ja, die schwarze Qualle sitzt immer noch in mir und verschlingt alle glücklichen Gedanken, die ich mir gestatte. »Samstagabend passt. Ich schreib mir's in meinen Terminkalender, als Todesplanungstag.«

Er grinst. Diesmal kein Halbmondlächeln. Dann holt er sein Handy aus der Tasche. »Wir müssen unsere Nummern austauschen.«

Es hat eine durchaus poetische Seite, dass der erste Junge, der meine Handynummer haben will, auch der Junge ist, mit dem ich sterben werde. Ich wette, John Berryman wäre begeistert. Das heißt, vermutlich doch nicht – bestimmt fände er es stinklangweilig.

Ich gebe Roman meine Nummer und füge seine bei

mir als neuen Kontakt hinzu. Unter FrozenRobot. Er schielt auf mein Display.

»Was ist?«

»Warum nimmst du das als Namen?«

»Es ist einfacher, wenn ich so über dich denke.«

Er schüttelt wieder den Kopf. »Du musst wirklich aufhören, alles vereinfachen zu wollen. Nichts ist einfach bei dem Ganzen.«

Ich weiß, FrozenRobot. Ich weiß.

Freitag, 15. März

noch 23 Tage

Mr Scott klopft mit dem Fuß auf den Linoleumfußboden, als würde er für eine Rolle in *Warten auf Godot* vorsprechen. Es klingelt, und er legt los: »Heute ist einer meiner Lieblingstage im Jahr.«

Ich schaue das Datum an. Pi-Tag war gestern, der vierzehnte März: 3/14. Was könnte es sonst noch geben, wofür Mr Scott sich so begeistert?

Mit hochgezogenen Brauen lässt er seinen Blick über die Klasse schweifen. Wir hängen auf unseren Stühlen, und die meisten versuchen, so zu tun, als würden sie nicht die ganze Zeit auf die Uhr sehen.

Mr Scott seufzt. »Ahnt irgendjemand, worauf ich hinauswill?«

»Ich weiß es, Mr Scott«, flötet Stacy Jenkins und schenkt ihm ein Schleimerlächeln.

»Sonst noch jemand?«, fragt er, und alle stöhnen.

»Ich freue mich, dass die jungen Menschen, denen die Zukunft gehört, so enthusiastisch sind.« Sein Versuch, die Klasse mit Sarkasmus zu beeindrucken, geht total daneben. Wir glotzen ihn mit leeren Augen an, die Münder leicht geöffnet. Würde jemand die Klassenräume der Langston High filmen und das Material mit einem Film über Meerestiere vergleichen, die durch den Mund atmen, wäre die Ähnlichkeit bestimmt verblüffend.

»Was ist los, Mr Scott?«, meldet sich Stacy. Ich würde nicht behaupten, dass ich Stacy besonders bewundere, gebe aber zu, dass man ganz schön dreist sein muss, um einen Physiklehrer zu behandeln wie einen kleinen Kläffer. Mr Scott scheint allerdings nichts dagegen zu haben.

»Heute werdet ihr eingeteilt für mein weltberühmtes Physik-Fotoprojekt.«

Wieder stöhnt die ganze Klasse. Projekte sind das Letzte.

»Jeder von euch bekommt einen Partner zugewiesen.«

Erneutes Stöhnen. Ich muss mich korrigieren: Gruppenprojekte sind das Letzte.

»Stellt euch doch nicht so an!«, sagt Mr Scott grinsend. »Alle meine Schüler finden dieses Projekt immer toll.«

»Was fotografieren wir?«, will Stacy wissen und wirbelt ihren Bleistift zwischen den Fingern.

»Immer mit der Ruhe, Stacy. Ich erkläre gleich alles«, antwortet er, und zum allerersten Mal höre ich eine gewisse Irritation in seiner Stimme. Hat Mr Scott davon geträumt, Physiklehrer zu werden, als er so alt war wie wir? Wahrscheinlich nicht. Ich wette, er hat gedacht, er bekommt einen Superjob bei der NASA oder irgendwo. Der arme Kerl. Ich kann mir nicht viele Dinge vorstellen, die schlimmer sind, als in Langston, Kentucky, junge Menschen zu unterrichten.

Mr Scott redet weiter: »Ihr macht fünf Fotos in der wirklichen Welt, die alle das Prinzip der Energieerhaltung repräsentieren. Die Fotos müssen sich auf ein Thema eurer Wahl beziehen.«

»Ein Thema?«, ruft Tyler Bowen.

»Ja. Ein Thema«, sagt Mr Scott. »In der Vergangenheit haben manche Schüler zum Beispiel Basketball als Thema genommen. Alle Fotos wurden bei einem Langston-High-Spiel gemacht. Andere Themen waren Vergnügungsparks, Hunde –«

»Können wir auch Shopping als Thema nehmen?«, erkundigt sich Tanya Lee.

Mr Scott zuckt kurz zusammen, findet aber schnell sein normal neutrales Gesicht wieder. »Theoretisch könnt ihr alle eure Fotos im Einkaufszentrum machen.«

Tyler Bowen hebt die Hand. Das ist neu, dass er sich meldet, statt einfach nur loszutröten, sobald ihm etwas einfällt.

»Ja?« Mr Scott zeigt auf ihn.

»Müssen wir die Fotos selbst machen, oder können wir sie auch aus dem Internet herunterladen?«

Wieder dieses kurze Zucken bei Mr Scott. »Gute Frage. Ja, ihr müsst die Fotos selbst machen. Ein großer Teil eurer Note besteht aus –«

»Das ist nicht fair«, protestiert Stacy. »Wir machen hier doch keinen Fotokurs.« Stacy schafft es nicht ganz so gut wie Georgia, ihr Genöle als berechtigtes Argumentieren zu verkleiden, aber ich würde ihr für ihren Einsatz trotzdem die Bestnote geben.

»Ihr werdet nicht nach der Qualität der Fotos an sich benotet«, sagt Mr Scott. »Aber ich erwarte von euch, dass ihr …« Er verstummt kurz und fährt dann fort: »Moment mal. Ich verteile lieber den Arbeitsbogen, der erklärt das Projekt ganz genau. Sonst rede ich mir hier noch den Mund fusselig.«

Allgemeines Gemurmel, Ächzen und Stöhnen.

Mr Scott läuft rot an, während er mit den Arbeitsblättern herumhantiert. »Kann jemand mir helfen, sie zu verteilen?«

Keine Freiwilligen.

»Aysel?«, fleht er mich an.

»Äh – natürlich.« Ich stehe von meinem Tisch auf, obwohl ich lieber Büroklammern schlucken würde als mit meinen Klassenkameraden zu interagieren. Beim Verteilen nehme ich mit niemandem Blickkontakt auf. Es legt auch niemand Wert darauf, mich anzuschauen. Ich habe das Gefühl, dass alle erstarren und den Atem anhalten, wenn ich auf sie zukomme, und dass sie sich wünschen, ich solle so schnell wie möglich weitergehen. Ein Teil von mir will sie anschreien und ihnen sagen, dass sie keine Angst vor mir haben müssen, aber der größere Teil hält mich zurück, weil ich mir selbst ja auch nicht sicher bin.

Sobald ich wieder an meinem Platz bin, fährt Mr Scott fort, das Projekt zu erklären. Er sagt, dass wir unsere Fotos auf weißes Pergamentpapier kleben sollen und sie dann zu einer Art Broschüre zusammenheften. Unter jedem Foto muss eine ausführliche schriftliche Erläuterung stehen, in der die Prinzipien der Energieerhaltung und die entsprechenden Formeln erklärt werden. Die Note basiert auf der Klarheit unserer Fotos, auf den Erläuterungen und darauf, wie die physikalischen Prinzipien dargestellt werden. Außerdem bekommen wir Punkte für die Gestaltung des Hefts und die Kreativität des Themas. Und wenn wir keine Digitalkamera zur Verfügung haben, dann können wir in der Bibliothek eine ausleihen. Mr Scott lässt keinen Raum für Ausreden.

»So, und nun müsst ihr nur noch einen Partner suchen«, sagt er, die Hände ineinander verschränkt. »Ich finde, am fairsten ist es, wenn ihr einen Namen aus einem Hut zieht.«

Wie nicht anders zu erwarten, erhebt sich lautstarker Protest.

»Das ist mega unfair«, sagt Stacy.

»Ja, stimmt«, schließt sich Tanya an. »Ich finde, wir suchen uns selbst unseren Partner aus. Immerhin hängt ja unsere Note davon ab.«

Mr Scott kratzt sich im Nacken, seine Augenlider zucken. »In den Jahren, in denen ich erlaubt habe, dass jeder sich selbst einen Partner aussucht, habe ich keine originellen Themen und nur uninspirierte Fotos bekommen. Wenn die Partner nach dem Zufallsprinzip zusammengewürfelt wurden, habe ich viel kreativere Ergebnisse gesehen. Ich glaube, das hat etwas damit zu tun, dass die Schüler aus ihrer Komfortzone raus mussten.«

Die anderen reden weiter auf ihn ein, auch noch, als wir bereits unsere Namen auf kleine Zettel schreiben und ihm überreichen. Er nimmt die Cincinnati-Reds-Mütze, die auf seinem Pult liegt, und packt die Zettel hinein. Während er die Paarungen ausruft, wird das Gestöhne noch lauter.

Ich beiße die Zähne zusammen und denke, es wäre

klüger gewesen, wenn ich meinen Namen gar nicht abgegeben hätte. Dann hätte ich vielleicht allein arbeiten können. Und ich müsste mir nicht anhören, wie der mir zugewiesene Partner einen Anfall bekommt, wenn er – oder sie – erfährt, dass er mit mir zusammengespannt wird.

»Aysel Seran«, verkündet Mr Scott, als er meinen Zettel aus der Mütze holt.

Alle verstummen.

»Dein Partner ist Tyler Bowen«, sagt Mr Scott fröhlich. Offenbar ahnt er gar nicht, dass ich sozial geächtet werde wie eine Leprakranke.

Tylers Gesicht verdunkelt sich, als hätte gerade jemand seine Mutter ermordet. Aber vielleicht sollte ich angesichts meiner Familiengeschichte keine solchen Witze machen. Ich habe fast Mitleid mit Tyler. Ich weiß ja, dass jede Verbindung zu mir für seine Position in der Klasse negative Folgen hat. Aber unser Projekt muss erst am zehnten April fertig sein. Insofern spielt es keine so große Rolle.

Ich bin nicht mehr da, wenn wir es abgeben müssen.

Samstag, 16. März

noch 22 Tage

Die letzten zehn Minuten meiner Schicht bei TMC sind immer die längsten. Ich überlege, ob ich die nächste Person auf meiner Liste anrufen soll, aber das hieße, dass ich mich tatsächlich bemühe, eine gute Mitarbeiterin zu sein, und das stimmt nicht. Deshalb treibe ich mich lieber bei Smooth Passages herum.

Ich lese verschiedene Postings im Bereich Selbstmordpartner. Komisch – manche Leute posten mehrmals. Waren ihnen die Leute, die sich gemeldet haben, nicht sympathisch? Hat vielleicht außer mir noch jemand Roman geantwortet? *Hat er mir den Vorzug gegeben?* Bei dem Gedanken zuckt mein Magen auf eine Art, die ich eigentlich nicht kenne. Vor allem deswegen, weil ich noch nie im Leben ausgewählt worden bin, wenn es eine Alternative gab. Wenn ich allerdings wirklich ehrlich zu mir selbst bin, dann weiß ich, dass Roman keine anderen Möglichkeiten hatte. Willis, Kentucky, liegt mitten im Nirgendwo. Er hat Glück, dass Langston nur eine Viertelstunde von Nirgendwo entfernt ist.

»Du solltest echt aufhören, bei der Arbeit solches Zeug anzusehen«, sagt Laura.

»Was geht dich das an?« Ich verkleinere das Fenster, ehe sie es sich näher ansehen kann.

Sie kratzt an ihrem brüchigen Nagellack herum. »Mir ist es egal. Aber ich kann dir sagen, dass du da sowieso nur ziemlich schräge Gestalten findest.«

Sie ahnt gar nicht, wie recht sie hat. »Danke für den guten Rat.« Ich bemühe mich, ein ernstes Gesicht zu machen, aber ganz schaffe ich es nicht. Laura schüttelt den Kopf.

»Beschwer dich nicht bei mir, wenn sich dein Computer einen Virus einfängt.« Sie deutet auf meinen Bildschirm.

»Ich werde Mr Palmer sagen, dass ich die Einzige bin, die auf der Website mit den schrägen Gestalten war.« Ich zwinkere Laura zu und greife zum Telefon. Hoffentlich sieht sie nicht, dass ich grinsen muss. Ich wähle die nächste Nummer auf meiner Liste – Earl Gorges, wohnhaft im Rowan Hill Drive.

»Hallo?«, meldet sich eine tiefe Stimme.

»Ich würde gern mit Mr Earl Gorges sprechen.«

»Am Apparat«, erwidert die Stimme.

»Hallo, Mr Gorges, ich bin Aysel Seran. Ich rufe an für Tucker's Marketing Concepts. Wir machen eine Umfrage zum Thema ›Ernährung, um fit und aktiv zu bleiben‹. Darf ich Ihnen ein paar Fragen stellen?«

»Fahr zur Hölle«, sagt er und legt auf.

Ich drehe mich zu Laura. »Der Typ hat gerade gesagt, ich soll zur Hölle fahren.«

Jetzt lacht Laura.

Ich nehme die längere Strecke, als ich zu Roman fahre, um ihn abzuholen. Sobald ich in die Tanner Lane einbiege, fangen meine Hände an zu zittern. Ich habe diese Straße so gut wie möglich gemieden seit der Sache mit meinem Dad. Die Tanner Lane ist ganz am Stadtrand und besteht eigentlich nur aus dem Freizeitzentrum und ein paar heruntergewirtschafteten Geschäften. Ich wage es, einen Blick nach links zu werfen.

Und da sehe ich ihn. Den alten Laden meines Vaters. Das hässliche graue Betongebäude sieht nicht anders aus als vorher, obwohl es jetzt leersteht. Das sagt mehr über seinen früheren Zustand aus als über seinen jetzigen. Die Stadtverwaltung kündigt immer wieder an, es werde demnächst abgerissen. Anscheinend hat ein Bauunternehmer es gekauft und will es in eine dieser

Super-Tankstellen verwandeln, wo man Slushys in allen Farben trinken, ofenheiße Pizza kaufen und dann auch noch tanken kann. In Dads altem Laden gab's nur Süßigkeiten, eine Tasse Kaffee und die Zeitung.

Ich weiß, ich sollte eigentlich ungeduldig darauf warten, dass das Gebäude endlich abgerissen wird, damit auch die Erinnerungen fort sind. Wenn der Tatort nicht mehr existiert, dann vergessen die Leute vielleicht endlich. Aber ich weiß, dass das nicht stimmt. Und selbst wenn es so wäre – ich will nicht, dass das Haus verschwindet. Wie auch immer – für mich ist es meine Kindheit.

Ich kann den Blick nicht abwenden. Ich weiß noch genau, wie ich dort bei meinem Dad hinter dem Tresen saß. Wir aßen gemeinsam einen Schokoriegel und hörten Bach. Er erzählte mir oft, dass er sich als Junge sehnlichst gewünscht hat, Klavier spielen zu lernen. Er hat gesagt, wenn er erst mit seinem Laden genug Geld macht, bekomme ich Klavierunterricht. Er wollte mich dann in ein erstklassiges Musik-Camp schicken. Aber wie man sieht, ist nicht alles so gelaufen, wie er es sich ausgedacht hat.

Der Parkplatz ist leer. Ich halte neben dem Gebäude und stelle den Motor ab, steige aus und streiche mit den Händen über die vertrauten Betonsteine. Dann gehe ich zum Bordstein und suche die Stelle, wo ich die Hände in den feuchten Zement des Gehwegs gedrückt habe, als ich zehn Jahre alt war.

Als mein Vater sah, was ich gemacht hatte, blitzten seine Augen wütend, und die Vene in seiner Stirn trat hervor. Dann schaute er noch einmal auf die kleinen Handabdrücke und wieder zu mir, und schließlich musste er laut lachen. Er warf mich über die Schulter und sagte: »Wird schon okay sein, Sellie. So wissen wenigstens alle, dass der Laden dir gehört.«

Ich schließe die Augen ganz fest und lege die Hände auf die alten Abdrücke. Meine Hände sind jetzt natürlich viel zu groß für sie, aber trotzdem habe ich das Gefühl, als würden sie hierhin besser passen als sonst irgendwohin auf der Welt. Ich hebe den Kopf und öffne langsam die Augen. Der Himmel ist so grau und ruhig, als würde er den Atem anhalten. Ich halte ebenfalls den Atem an und warte darauf, dass der Druck in meiner Kehle nachlässt. Er lässt nicht nach.

»Ich vermisse dich, Dad«, flüstere ich und schaue wieder auf den Gehweg. »Ich weiß, das sollte ich nicht, aber ich tu's.«

Mein Handy piept. Eine Nachricht von Roman. Ich schreibe zurück, dass ich unterwegs bin, und steige schnell wieder in mein Auto. Als ich vor seinem Haus angekommen bin, schicke ich ihm noch eine SMS, er soll bitte rauskommen. Ich habe keine Lust, seiner Mutter zu begegnen. Aber als die Tür aufgeht, sehe ich Mrs Franklin, und mit raschen Schritten eilt sie zu meinem Auto.

Ich atme tief durch und öffne das Fenster.

»Aysel«, sagt sie mit gepresster Stimme. »Ich bin so froh, dass du hier bist.«

Es klingt allerdings nicht so. Ich nicke nur, weil ich keine Ahnung habe, was ich sagen soll.

»Roman ist gestern gar nicht aufgestanden. Er hat sich geweigert, in die Schule zu gehen. Aber gerade hat er mir gesagt, dass er vorhat, mit dir rauszugehen. Stimmt das?« Sie mustert mich mit zusammengekniffenen Augen, als wollte sie herausfinden, worin meine Anziehungskraft besteht. Arme Frau. Sie hat keine Ahnung, dass nicht ich die Verlockung bin, sondern der Tod.

Ich nicke wieder. »Ja, wir wollen irgendwas unternehmen.« Ich bemühe mich um einen neutralen Tonfall, weil ich befürchte, das leiseste Zittern in der Stimme könnte unseren eigentlichen Plan verraten. Das, was mit »irgendwas unternehmen« in Wirklichkeit gemeint ist.

»Wo wollt ihr hin?« Sie stemmt die Hände in die Hüften, und ich versinke tiefer in meinem Autositz. Auf ein Verhör war ich nicht gefasst.

Während ich noch überlege, was ich antworten könnte, erscheint Roman hinter seiner Mutter. »Wir gehen zum alten Spielplatz.«

Seine Mutter schaut von mir zu ihm und dann wieder zu mir. Besorgt presst sie die Lippen aufeinander. Dann versucht sie ein Lächeln, aber es wirkt nicht überzeugend. »Wollt ihr Basketball spielen?«

Ich sehe Roman an. Diese Frage muss er beantworten. Seine Schultern sacken wieder einmal nach vorn, als könnte er sich nur mit Mühe aufrechthalten. Als würde er sich nicht wohlfühlen mit seiner eigenen Körpergröße. Er gehört zu den Menschen, die sich nie unsichtbar machen können, selbst wenn sie es sich noch so sehr wünschen. »Ja, ich will Aysel beibringen, wie man Körbe wirft.« Mit einer Handbewegung zeigt er auf mich, schwerfällig und lustlos. Ich frage mich, ob er früher viel mit den Händen geredet hat. Jetzt hat er es jedenfalls verlernt. »Du hast hier den nächsten großen Basketballstar vor dir, Mom.«

Jetzt zwinge ich mich zu lächeln. Garantiert sieht es total geheuchelt aus. »Roman sagt, er kann auch einer Katze beibringen, Körbe zu werfen. Aber heute hat er eine wesentlich schwierigere Schülerin, nämlich mich.«

Mrs Franklin lacht, aber ich spüre immer noch eine gewisse Skepsis. »Okay, dann wünsche ich euch beiden viel Vergnügen. Aber – Roman …« Sie legt ihm die Hände auf die Schultern, und ihre pink lackierten Fingernägel schimmern im Licht meiner Scheinwerfer. »Rufst du mich an, falls es spät wird?«

»Ja, kein Problem, Mom.« Er umarmt sie müde, und ich wende den Blick ab, als sie ihm über die kurzen Haare streicht.

Auf dem Weg zurück ins Haus winkt sie uns zu. Roman steigt ein. Und sitzt eine Weile stumm auf dem Beifahrersitz.

»Ich freue mich auch, dich zu sehen«, sage ich.

»Und ich habe dir doch gesagt, du sollst keine Witze machen.«

»Das war kein Witz.« Ich starte den Motor. »Gehen wir tatsächlich auf den alten Spielplatz, um abzuhängen?« Ich verwende bewusst dasselbe Wort wie er neulich. Abhängen klingt wesentlich weniger morbid als »Wo wollen wir hin, um gemeinsam unseren Tod zu planen?«.

»Klar. Warum nicht.« Er starrt aus dem Fenster. Irgendwie scheint er noch weiter weg als bei unserem ersten Treffen.

Ich fahre seine Straße entlang und biege nach links in die Main Street ein. »Du darfst nicht vergessen, dass ich nicht aus Willis bin. Ich habe keine Ahnung, was du mit dem alten Spielplatz meinst.« Ist er vielleicht jemand, der im Kopf seine Lügen zu Wahrheiten umdeutet? Er hat ja zu seinen Freunden gesagt, wir hätten uns auf dem alten Spielplatz kennengelernt, und jetzt hat das Universum diese Aussage irgendwie wahr gemacht.

»Fahr einfach immer weiter geradeaus, und beim Possum Run biegst du rechts ab.«

Nur in Willis, Kentucky, kommt man auf die Idee, eine Straße nach einer Beutelratte zu nennen.

»Da passe ich hin.«

Er funkelt mich böse an.

»Okay, okay. Von jetzt an bin ich ganz seriös.«

»Du treibst mich in den Wahnsinn«, stöhnt er.

»Wieso?«

»Mit deinen dauernden Witzen. Ich glaube dir, dass du das Ganze ernst meinst, aber sobald du anfängst, darüber zu reden, klingst du total lustig.«

Ich lache. Aber es ist kein fröhliches Lachen, sondern ein bisschen schrill und gepresst. So, wie wenn ich mit Laura rede.

»Siehst du?«

»Entschuldige. Ich lache immer, wenn ich nervös bin.«

»Warum bist du nervös?«

Ich biege bei Possum Run rechts ab. »Weil du mich über meine Motive ausfragst. Außerdem habe ich mal gelesen, dass eine Begleiterscheinung von Depressionen sein kann, dass man dauernd blöde Witze machen muss.«

Er runzelt die Stirn.

»Ehrlich.«

»Ich glaube aber nicht, dass das stimmt.«

»Du kannst es ja recherchieren.«

»Okay, mach ich.« Er verschränkt die Arme vor der Brust und schaut aus dem Fenster. »Also – sagst du es mir jetzt oder nicht?«

»Was soll ich dir sagen?« Der Wagen hoppelt über ein Schlagloch.

»Warum du es tun willst.«

Unser Ziel befindet sich auf der linken Straßenseite. Der alte Spielplatz besteht aus ein paar verrosteten Schaukeln, einem Basketballfeld mit rissigem Boden und einem Metallkorb sowie drei halbvermoderten Picknicktischen. Es sieht so aus, als hätte es auch mal einen Sandkasten gegeben, aber irgendwann wurde der Sand durch Kies ersetzt. Cola-Dosen und Chipstüten liegen überall in dem matschigen Gras. Irgendwie wirkt dieser Spielplatz eher wie ein Friedhof. Wie ein heruntergekommenes Denkmal verblasster Erinnerungen an bessere Zeiten. Vielleicht ist das der Grund, weshalb FrozenRobot eine Vorliebe für diesen Ort hat.

Ich parke und sehe ihn fragend an. Er hat die Knie angezogen, so dass sie das Armaturenbrett berühren, aber das scheint ihn nicht weiter zu stören. Mit weit aufgerissenen Haselnussaugen betrachtet er den Spielplatz.

»Du hast mir auch noch nicht gesagt, was deine Gründe sind. Mir war außerdem gar nicht klar, dass das dazugehören soll«, murmle ich. Meine Lunge zieht sich zusammen, ein Warnsignal, das bedeutet: keine Informationen preisgeben, bei denen ich später bereuen könnte, dass ich sie ausgesprochen habe.

Roman steigt aus. Ich bleibe noch kurz sitzen und mache die Augen fest zu. Ich weiß, das widerspricht dem ganzen Konzept von einem Selbstmordpartner, aber ein zentraler Teil von mir möchte FrozenRobot nicht mitteilen, was meine Gründe sind. Ich will nicht, dass er mich so ansieht wie die Leute in der Schule: als wäre ich eine tickende Zeitbombe. Es gefällt mir, dass Roman denkt, wir sind uns ähnlich. Es gefällt mir, dass jemand sich mit mir identifiziert. Das will ich nicht kaputtmachen.

Aber was noch schlimmer ist: Weil er Brian Jackson kennt, kann er mit dem, was mein Vater getan hat, bestimmt nicht großzügig umgehen. Klar, wahrscheinlich ist er längst nicht mehr richtig mit Brian befreundet, aber es ist ein extrem unangenehmes Gefühl, dass mein Dad für die Tragödie verantwortlich ist, die Brians Familie heimgesucht hat – der Grund, weshalb Brians Bruder nicht mehr lebt. Ich kann Roman unmöglich von meinen Motiven erzählen. Ich will nicht riskieren, dass er mich sitzenlässt.

Eigentlich muss er doch nur wissen, dass ich sterben will. Mehr nicht.

Er klopft an mein Fenster. Ich steige aus und lehne mich an das Auto.

»Entschuldige«, sagt er. »Ich bin manchmal ein Arsch. Seit …« Er redet nicht weiter, sondern hält schützend die Hand über die Augen, um zum Himmel hinaufzuschauen. Die Sonne ist schon fast untergegangen, deshalb hat er eigentlich keinen Grund, seine Augen abzuschirmen. Vielleicht ist es nur so eine Angewohnheit. Schon komisch – wie viele Dinge wir aus reiner Gewohnheit tun.

»Seit wann?«, versuche ich nachzuhelfen.

Er setzt sich auf einen der Picknicktische. Ich nehme neben ihm Platz und atme den feuchten, modrigen Holzgeruch ein. Der Himmel hat ein verschleiertes Indigoblau angenommen. Typisch für einen Kentucky-Sonnenuntergang im März. Als hätte die Luft zu viel Feuchtigkeit, um eine Farbe zu produzieren, die nicht irgendwie blau ist.

»Seit sie gestorben ist.«

»Wer ist gestorben?« Ich zögere keine Sekunde, bevor ich frage. Nicht besonders höflich, aber ich würde mal sagen, die normalen gesellschaftlichen Umgangsformen gelten nicht für uns beide.

»Meine Schwester. Meine kleine Schwester. Sie war erst neun.«

Ich knabbere an der Nagelhaut meines Daumens und

betrachte dabei Romans Profil. Er hat die Knie bis ans Kinn gezogen, so dass er aussieht wie ein zusammengeklappter Campingstuhl. »Das ist noch jung.« Kurz kommt mir Mike in den Sinn. Mike ist neun, wird aber demnächst zehn.

»Zu jung.«

»Siebzehn ist auch jung«, murmle ich.

»Versuchst du, mir meinen Plan auszureden?«

»Nein. Ich wollte nur sagen, dass du meiner Meinung nach nicht sterben musst, nur weil sie gestorben ist. Das ist –«

Er unterbricht mich. »Sie ist meinetwegen gestorben.« Seine Stimme ist ein leises, bedrohliches Knurren, und ich rutsche ein Stück von ihm weg.

»Was heißt das?«

Seine Schultern beben, als er einen lauten Seufzer ausstößt. »Also – ich habe abends auf sie aufgepasst. Aber ich habe nicht *richtig* aufgepasst, verstehst du.«

Ich verstehe gar nichts, aber das sage ich natürlich nicht. Ich nicke nur zustimmend, damit er weiterspricht.

»Meine Freundin war da. Und Madison – so hieß meine kleine Schwester.« Er atmet jetzt ganz flach, und ich habe Angst, dass er gleich anfängt zu weinen. Ich weiß nie, wie ich mich verhalten soll, wenn Leute weinen. Ich selbst habe das letzte Mal geweint, als ich etwa zehn war. Ich glaube, das liegt daran, dass die schwarze Qualle alle meine potentiellen Tränen aufsaugt.

Roman redet weiter: »Madison wollte baden, und ich habe zu ihr gesagt, kein Problem. Aber Maddie hatte immer wieder solche Anfälle. Echt gefährliche Anfälle. Deshalb durfte sie eigentlich nicht allein in die Badewanne.«

»O nein«, seufze ich in bester Laura-Manier.

»Aber ich wollte mit Kelly – du weißt schon.«

»Moment mal – war Kelly die Bedienung am Rootbeer-Stand?«

Er schüttelt den Kopf. »Nein, das war Suzie.«

»Aber Travis hat angedeutet, dass ihr mal miteinander gegangen seid.«

»Das ist eine Ewigkeit her.«

»Hattest du mehrere Freundinnen gleichzeitig?« Ich bemühe mich, ihn nicht fassungslos anzustarren.

»Willst du ausgerechnet jetzt darüber reden?« Er schlägt die Hände über dem Kopf zusammen. »Ich erzähle dir meine Geschichte – und du stellst so eine Frage?«

Ich zucke die Achseln und knabbere an meinem Daumennagel. Ich kicke gegen das Bein des Picknicktisches. Es zittert, und kurz sieht es so aus, als würde es wegknicken. »Erzähl weiter.«

»Willst du dich nicht entschuldigen?«

»Bedeutet das denn jetzt überhaupt noch was? Vor allem, wenn du mich dazu aufforderst?«

Er legt die Stirn in Falten, als würde er ernsthaft darüber nachdenken, ob das Wort »entschuldige« noch etwas bewirkt oder nicht. Einen Moment lang habe ich fast ein schlechtes Gewissen und sage: »Du hast recht. Ich entschuldige mich.«

»Okay.« Er verfällt wieder in seine Campingstuhl-Haltung. »Jedenfalls habe ich zu Maddie gesagt, sie kann ruhig in die Badewanne. Ich war so ein Idiot! Ich habe nur gedacht, wenn Maddie badet, dann sind Kelly und ich eine Viertelstunde lang ungestört, also sind wir in mein Zimmer gegangen, und ich habe die Musik ganz laut gestellt, damit Maddie uns nicht hören kann, du weißt schon.«

Gar nichts weiß ich. Und irgendwie verblüfft es mich, dass FrozenRobot offenbar denkt, ich hätte so was wie ein Liebesleben.

»Kelly und ich haben also …« Er wirft mir einen gequälten Blick zu und lässt die Hände seitlich herunterbaumeln. Im Kopf vollende ich den unfertigen Satz. »Und dann komme ich wieder aus meinem Zimmer und will nach Maddie sehen, und da …« Die Stimme versagt ihm, und ich merke, dass er einen Schluchzer unterdrückt. »Ich habe meine Schwester tot in der Badewanne gefunden. Sie ist bei einem Anfall ertrunken.

Keine Ahnung, ob sie nach mir gerufen hat. Ich konnte ja nichts hören, weil ich nur damit beschäftigt war, mit meiner blöden Freundin rumzumachen.«

Es fühlt sich an, als hätte mir jemand mit einer Schaufel einen Schlag in die Magengrube versetzt. Ich hole tief Luft und versuche, das, was er mir gerade gestanden hat, irgendwie zu verarbeiten. Eigentlich müsste ich jetzt etwas Verständnisvolles sagen, etwas Nettes, Tröstliches. Aber die schwarze Qualle in mir hat alle auch nur andeutungsweise freundlichen oder tröstlichen oder verständnisvollen Gefühle aufgefressen. Stattdessen quassle ich los: »Aber was hat das mit Autofahren zu tun? Ich dachte, du wärst in einen schrecklichen Autounfall verwickelt gewesen oder so was.«

Er hebt abrupt den Kopf, und ich sehe, dass seine Augen rot umrandet sind. Abrupt springt er vom Tisch herunter. »Weißt du was? Vergiss es. Ich habe gedacht, mit dir geht es, auch wenn du noch so verkorkst und irre bist, aber jetzt glaube ich es nicht mehr.«

»Roman – bitte!« Ich stehe nun auf der Bank und blicke auf ihn hinunter. »Das ist nicht fair. Ich habe keine Ahnung, was du von mir erwartest.«

Er fährt sich mit den Händen über die kurzen Haare und weigert sich, mich anzuschauen, den Blick auf den matschigen Boden geheftet. »Ich erwarte, dass du dich nicht über mich lustig machst.«

»Wer macht sich denn hier über wen lustig? *Du* hast doch gerade *mich* als verkorkst und irre bezeichnet.«

»Du findest nicht, dass du verkorkst bist?«

»Klar weiß ich, dass ich verkorkst bin.«

Er klatscht betont langsam in die Hände. »Besten Dank, meine Damen und Herren. Immerhin gibt es einen Punkt, in dem wir uns einig sind.«

Ich springe von der Bank und stelle mich neben ihn. Dabei widerstehe ich der Versuchung, ihn am Arm zu fassen. »Komm schon. Wir können das. Ich habe einfach nicht gewusst, was ich sagen soll. Ich bin doch keine Psychiaterin.«

»Offensichtlich.« Er schüttelt den Kopf. Ganz allmählich erscheint ein schiefes Lächeln auf seinem Gesicht.

»Wolltest du, dass ich Mitleid mit dir habe?« Ich gehe zu den Schaukeln. Ich packe die Ketten, setze mich auf den Metallsitz, von dem die Farbe abblättert, und stoße mich mit den Beinen ab. Ich will ganz, ganz hoch schaukeln. Wenn ich genug Schwung hole, fliege ich vielleicht in die Luft, und meine kinetische Energie schleudert mich aus diesem Universum. Ist zwar sehr unwahrscheinlich, aber ein Mädchen wird ja noch träumen dürfen.

Weil Roman nicht antwortet, füge ich noch hinzu: »Ich habe mit niemandem Mitleid.«

»Warum nicht? Weil es keinen gibt, dessen Leben schrecklicher ist als deines?« Er setzt sich auf die Schaukel neben mir, macht aber keinerlei Anstalten, sich in Bewegung zu setzen. Seine Schaukel wackelt nur unter seinem Gewicht, er holt keinen Anschwung.

»Nein«, entgegne ich. »Ich nehme nur an, dass die ganze Welt mit dir Mitleid hat. Du suchst doch ganz bestimmt nicht jemanden, der das gleiche tut wie alle anderen.«

Ich schaukle immer höher. Die Schaukel ächzt.

»Sei vorsichtig«, sagt er.

»Warum?« Ich denke nicht daran, vorsichtig zu sein. Ich will noch ein letztes Mal ausholen, dann will ich loslassen, fliegen, fallen.

»Du darfst nicht ohne mich sterben«, flüstert er.

Samstag, 16. März

noch 22 Tage

Roman sagt, ich soll hochfahren zum Crestville Pointe. Crestville Pointe ist ein Park in den Bergen über dem Ohio River. Am Rand des Parks sind steile Felsklippen, und Roman hat sich in den Kopf gesetzt, dies sei der perfekte Ort, um zu sterben.

Ich bin nicht so ganz davon überzeugt.

»Was ist, wenn der Aufprall uns nicht tötet?«, frage ich ihn. »Wir können noch mindestens eine Stunde im Wasser leben, wimmern und wahnsinnig leiden. Eventuell dauert es eine Ewigkeit, bis wir tot sind. Ich will keinen langsamen Tod. Dafür habe ich mich nicht angemeldet.«

»Du bist echt verrückt. Weißt du das?«, sagt er, während wir den Pfad entlanggehen. Wir suchen den direktesten Weg zu den Klippen. Die Parkwächter machen es einem nicht leicht – vor allem deswegen, weil sie nicht wollen, dass Jugendliche aus Jux von den Klippen springen. Das könnte tödlich enden. Ich hoffe bloß, dass die Chance zu sterben mehr ist als nur eine hohe Wahrscheinlichkeit.

»Ich denke seit mehr als elf Monaten darüber nach«, sage ich zu Roman. »Klar, ich bin verrückt. Aber ich habe auch mehr Durchblick.«

»Gib doch nicht so an. Ich möchte es genauso sehr wie du. Außerdem hast du keine Ahnung, wie es ist, mit so einer Schuld leben zu müssen.« Romans Stimme ist wieder kalt, und er geht entschlossen und schnell immer weiter bergauf. Im Grunde macht er einen Dauerlauf, und ich habe Mühe, mit ihm mitzuhalten.

»Du hast recht. Ich weiß es nicht. Aber du hast ja umgekehrt null Ahnung von mir«, stoße ich mühsam hervor. Ich beuge mich vor und halte mir keuchend die Seiten. Ich sollte echt mehr Sport machen! Das kühle Gras kitzelt mich an den Knöcheln, weil es irgendwie an das Stück Haut zwischen den Turnschuhen und meinen Jeans rankommt. Meine Jeans sind ein bisschen zu kurz, aber ich würde lieber Glasscherben schlucken, als mit Mom und Georgia shoppen zu gehen. Ich nehme an, dass ich die paar Wochen auch ohne neue Hosen überstehen werde.

»Ich weiß nichts über dich, weil du mir nichts erzählst«, sagt er. Er ist überhaupt nicht außer Atem. Verdammt.

Ich deute auf eine grasbewachsene Lichtung. »Ich wette, wenn wir hier rübergehen, kommen wir näher zum Wasser.«

Er folgt mir durch das Gras. Wir können im Dunkeln nicht richtig sehen, wo wir hintreten, und ich frage mich, ob wir womöglich von der Klippe stürzen, ohne es vorher zu merken. Das wäre wirklich eine Ironie des Schicksals. Wie der letzte Scherz des Universums: Ihr könnt euren Tod nicht planen, auch wenn ihr es versucht.

Die Wiese geht allmählich wieder in Wald über. Dunkle, dicke Baumstämme umgeben uns, und unter unseren Schuhen knirschen Blätter und Zweige. Ich stolpere fast über eine knorrige Wurzel. Roman fängt mich auf. Das Problem mit dem Ohio River ist, dass er keine hörbaren Geräusche macht. Kein Rauschen, kein Gurgeln. Aber ich merke trotzdem, dass wir uns ihm nähern – man kann das dumpfige, trübe Wasser riechen, fast schmecken.

Der Boden verändert sich, er ist nicht mehr matschig, sondern steinig: Wir sind am Rand angekommen. Schweigend starren wir auf den Fluss hinunter. Nichts ist zu hören, außer ein bisschen Vogelgezwitscher.

»Ich kapiere nicht, warum du mir nichts erzählst«, sagt Roman schließlich.

»Wieso willst du es unbedingt wissen? Spielt es denn eine Rolle, weshalb ich sterben möchte?«

»Irgendwie schon.«

»Warum?«

»Wenn es ein blöder Grund ist, würde ich versuchen, ihn dir auszureden.«

Ich muss lachen. »Nein, würdest du nicht.«

»Doch, würde ich.«

»Glaube ich nicht – weil du dann nämlich deine Chauffeurin verlieren würdest – schon vergessen? Du kämst nicht mehr weg von deiner lieben Mama. Das hast du übrigens nicht richtig erklärt.«

Obwohl es dunkel ist, legt er wieder schützend die Hand über die Augen, als er zum Himmel hinaufschaut. Wir stehen so dicht nebeneinander, dass ich die Löcher im Kragen seines schwarzen T-Shirts sehen kann. Sein Schlüsselbein ist spitz und tritt deutlich hervor. Er ist dünner, als ich dachte.

Sobald er merkt, dass ich ihn mustere, macht er ein paar Schritte, um eine gewisse Entfernung zwischen uns zu schaffen. »Nach Maddies Tod haben sie mich in eine Therapie geschickt. In mehrere Therapien. Die Ärzte haben meinen Eltern nahegelegt, mir den Führerschein zu entziehen, weil sie Angst hatten, ich könnte im entsprechenden Augenblick vielleicht nicht adäquat reagieren. Sie haben außerdem gemeint, man darf mich nie unbeaufsichtigt lassen. Offenbar werden die Leute noch depressiver, wenn sie komplett allein sind, aber soweit ich das beurteilen kann, verändert sich bei mir nichts in Bezug auf Maddies Tod, egal, ob ich allein bin oder nicht.«

Therapie. Gleich nachdem mein Vater weg war, hat meine Schule angeordnet, dass ich dreimal in der Woche zur Psychologin gehe. Aber die Sitzungen haben nichts gebracht. Ich saß nur da, habe irgendwelche klassischen Musikstücke vor mich hin gesummt und auf ihre riesige Versammlung von Topfpflanzen geglotzt. Schließlich hat sie es aufgegeben.

»Was ist?«, fragt er. Anscheinend habe ich ein komisches Gesicht gemacht.

»Nichts. Ich bin auch zu einer Psychologin geschickt worden. Deshalb finde ich es lustig, dass bei dir die Therapie auch nichts geholfen hat.«

»Lustig?«

»Na ja, nicht lustig. Ironisch.«

»Ich bin nicht sicher, ob das Wort ›ironisch‹ hier passt, aber ich glaube, du bist schlauer als ich, deshalb verlasse ich mich auf dich.«

»Du verlässt dich auf mich?«

Keine Antwort. Er setzt sich ganz nah an den Rand und legt sich zurück, verschränkt die Hände hinter dem Kopf und streckt die Ellbogen seitlich weg. Ich setze mich zu ihm, strecke mich aber nicht aus, sondern ziehe die Knie bis ans Kinn.

»Willst du im Wasser sterben, weil sie ertrunken ist?«

Er nickt, mit geschlossenen Augen. »Erscheint mir nur fair.«

»Wir können es hier tun, wenn du das willst. Ich bin nur nervös.« Ich lasse meine Knie los und taste den Boden ab. Der Stein fühlt sich ziemlich rau an unter meiner Hand.

»Ich halte das für eine ziemlich normale Reaktion, diese Nervosität.«

Ich seufze. »Ich bin nicht wegen der Tat an sich nervös.«

»Ach, du bist so krass drauf, dass die Vorstellung, von der Klippe zu springen, dich überhaupt nicht nervös macht?« Roman stützt sich seitlich auf, damit er mich ansehen kann.

»Okay, kann sein, dass ich ein bisschen Angst habe. Aber ich habe mehr Angst vor dem, was danach kommt.«

Jetzt legt er sich wieder auf den Rücken. »Meinst du, was mit uns passiert, wenn wir tot sind?«

Ich nehme ein paar kleine Kieselsteine in die Hand und lasse sie durch die Finger rieseln. »Überlegst du dir das nie? Was ist, wenn es nicht das Ende ist und wir irgendwohin kommen, wo es noch scheußlicher ist als hier?«

Er setzt sich auf, nimmt einen Stein in die Hand und wirft ihn über die Klippe. Irgendwie verschwindet er, noch ehe er die Wasseroberfläche erreicht – zu klein, um zu spritzen. »Jeder Ort ist zwangsläufig besser als dieser hier.«

»Aber glaubst du, dass es wirklich möglich ist, zu sterben?«

Sein Gesicht verschließt sich, seine Kiefermuskeln spannen sich an, und seine Augen glühen, als würden sie brennen. Ich überlege mir, ob FrozenRobot anders ausgesehen hat, bevor Maddie gestorben ist. Mit seinen kastanienbraunen Haaren, der klaren Haut und dem energischen Kinn sieht er richtig gut aus, ganz im klassischen Sinn. Gutaussehend, für alle. Er ist dieser Typ Junge, der in einer Werbesendung fürs neue Schuljahr eingesetzt würde. Wenn man ihm irgendwo begegnet, weiß man sofort, dass er in der Highschool sehr beliebt ist. Ja, so ein Typ ist Roman.

Aber je länger ich ihn anschaue, desto deutlicher sehe ich, dass er irgendwie anders ist als die Tyler Bowens und die Todd Robertsons in meiner Welt. Ich nehme zurück, was ich bei unserer ersten Begegnung gesagt habe – FrozenRobot hat doch etwas Erfrorenes. Alle seine Bewegungen haben etwas seltsam Starres. Auch sein Gesicht. Als wäre er aus Stein gemeißelt. Oder als wäre er in eine Eiskammer eingeschlossen gewesen und erst vor kurzem wieder ins Leben zurückgeholt worden. Ich weiß nicht recht, wie ich es ausdrücken soll, aber irgendwie hüllt der Schmerz ihn ein und hält ihn fest, eine Fessel, die er nicht abschütteln kann. Ich versuche, ihn mir ohne Schmerz vorzustellen, ohne die Schwere, ohne die eisige Starre, aber es ist schwer, ihn anders wahrzunehmen als verzweifelt und traurig. Ja, er sieht aus wie jemand, der dafür geschaffen ist, beliebt und erfolgreich zu sein, aber er sieht auch aus wie jemand, der Schmerz ertragen muss.

Er erträgt ihn gut.

»Wie kannst du das fragen?« Seine Stimme holt mich zurück in die Wirklichkeit. »Selbstverständlich kann man sterben. Maddie ist gestorben. Sie ist tot. Sie ist fort.«

Ich zucke die Achseln und streiche mit den Handflächen über die Kieselsteine. Die scharfen Kanten zerkratzen meine Haut. »Ich denke viel über die Energie des Universums nach. Und wenn Energie weder geschaffen noch vernichtet werden kann, sondern nur übertragen, was geschieht dann deiner Meinung nach mit der Energie der Menschen, wenn sie sterben?«

Roman schüttelt den Kopf und steht auf, um sich ein paar Schritte von mir zu entfernen. Näher zum Abgrund. Ich folge ihm. Während ich zum Fluss hinuntersehe, versuche ich mir vorzustellen, wie es sich anfühlt, wenn ich auf das Wasser aufschlage. Der Ohio River fließt so träge, es gibt keine Wirbel, kein Wellen, nur ein langsames Strömen. Vielleicht wird das Wasser mich fest umschließen und die ganze Luft aus meiner Lunge pressen. Vielleicht fühlte es sich an, als würde ich in den Schlaf gewiegt. Oder ich werde nach unten gezogen, alles um mich herum wird schwarz, und es ist wie ein Traum. Vielleicht.

»Man kann definitiv sterben«, wiederholt er. »Maddie ist tot. Ich kann ihre Energie nirgendwo sehen.«

»Nur weil du die Energie nicht sehen kannst, heißt das noch lange nicht, dass sie verschwunden ist.«

Seine Hände zucken, er hebt noch einen Stein auf und wirft ihn nach unten. »Du musst aufhören, mit mir darüber zu reden. Das macht mich wahnsinnig.«

»Mich auch«, sage ich leise.

»Ich muss denken können, wenn wir sterben, dann sind wir tot. Anders kann und will ich nicht denken.«

»Okay.« Ich bin bereit, nicht mehr darüber zu reden, aber das bedeutet nicht, dass ich selbst auch nicht mehr darüber nachdenke.

Wieder blicken wir schweigend zum Fluss hinab. Wieder stellen wir uns den Tod vor, den Tod im Wasser.

Montag, 18. März

noch 20 Tage

Den Montagmorgen zu Hause bei uns kann ich gar nicht leiden. Ich schaffe es nie, wenigstens noch eine Viertelstunde länger zu schlafen, weil Georgia immer besonders früh aufsteht, um ihren gesamten Kleiderschrank zu durchwühlen. Es wäre eine Katastrophe, wenn sie das Falsche auswählen würde. Anscheinend ist es von zentraler Bedeutung, wie man sich am Montag präsentiert – nach Georgias Aussage entscheidet das, was du am Montag anhast, darüber, wie der Rest der Woche verläuft. Wenn du dich zum Beispiel super hübsch anziehst und jede Menge Komplimente bekommst, dann klappt es auch mit dem Algebra-Test am Donnerstag. Ich glaube eigentlich nicht, dass Polynome irgendetwas mit Keilabsatzschuhen oder Skinny Jeans zu tun haben, aber Georgia ist fest davon überzeugt. Nur gut, dass ich jeden Tag eine Variante der gleichen Klamotten trage – ein irgendwie grau gestreiftes T-Shirt mit langen Ärmeln, schwarze Jeans, graue Turnschuhe – es besteht also keine Möglichkeit, dass für mich die Dinge je anders laufen.

»Aysel«, zischt Georgia. »Aysel, wach auf.«

»Georgia«, stöhne ich und drehe mich auf die Seite. Ich drücke mein Gesicht noch tiefer in das Kissen, in der Hoffnung, sie nicht hören zu müssen. »Mir ist es egal, ob du dein lila Sweaterkleid oder den roten Bleistiftrock anziehst. Alle finden doch sowieso, dass du toll aussiehst.«

Ich höre, wie das Fußende meines Bettes knarzt. Georgia fängt an, mich in die Seiten zu knuffen. Ich versuche, ihr irgendwie zu entkommen, und verwickle mich dabei in die Laken. »Lass den Quatsch!«

»Wach endlich auf!« Sie hüpft wieder hoch und läuft im Zimmer auf und ab. »Schau doch mal zum Fenster raus!«

Ich reibe mir die Schläfen. Eigentlich hatte ich vor, noch mindestens fünfzehn Minuten zu schlafen. Oder zwanzig, falls ich beschließe, mir nicht die Haare zu kämmen. Seufzend zwinge ich mich aufzustehen. Ich taumle zu dem kleinen Fenster, das sich genau in der Mitte der hinteren Zimmerwand befindet. Dieses Fenster bildet seit drei Jahren die Grenze zwischen uns – die linke Seite gehört mir, die rechte Georgia. In ihrer Hälfte sind die Wände gepflastert mit Bildern, die sie aus Modezeitschriften herausgerissen hat, und mit Fotos von ihr und ihren Freundinnen. Außerdem steht ihre gesamte Salzstreuer-Sammlung im Regal – Georgia ist total fasziniert von komischen Salzstreuern, die sie in irgendwelchen Secondhandläden auftreibt: Eulen, Lastwagen, Wölfe. Meine Wand ist leer.

Das Gras draußen ist mit Schnee bedeckt. Ich blinzle, weil die Sonne scheint – unser ganzer Garten glitzert. An den Stämmen der alten Eichen haben sich richtige Verwehungen gebildet, und so wie's aussieht, ist die Schneedecke zehn Zentimeter hoch.

»Ist das nicht irre?«, ruft Georgia hinter mir und klatscht in die Hände. »Die Schule fällt aus!«

»Es schneit sonst nie im März«, sage ich.

»Einmal hat es geschneit, als wir noch ganz klein waren, erinnerst du dich?«

Ich erinnere mich gut. Es war ein schöner Tag. Ich kann nicht älter als neun gewesen sein, das heißt, Georgia war dann sieben und Mike zwei. Dad hat mich hierhergefahren, damit ich den Tag bei Mom verbringe, weil er im Laden arbeiten wollte, in der Hoffnung auf zusätzliche Kundschaft, weil die Kinder nicht in die Schule konnten.

Mom hat Pfannkuchen mit Schokostückchen für uns

gemacht, und dann haben wir im Garten Schneemänner gebaut und sind mit dem Schlitten die Vine Street hinuntergerodelt. Wir waren eine richtige Familie an dem Tag – ich habe mich gar nicht wie ein Eindringling gefühlt, der nur am Wochenende zu Besuch kommt.

Das ist eine Ewigkeit her.

Ein paar Sekunden ist es still. Ich schaue aus dem Fenster auf den frischen Schnee, und Georgia schaut mir dabei zu. Wir wissen beide nicht mehr, wie wir miteinander reden sollen.

»Ich glaube, ich schlafe noch ein bisschen«, sage ich dann. Das ist es, was Schnee jetzt für mich bedeutet: nicht Pfannkuchen und Schneemänner, sondern ein paar zusätzliche Stunden im Bett. Allein.

Ich höre, wie Georgia ein Geräusch von sich gibt, das einem vorwurfsvollen Blick entspricht – ein empörtes Schnauben. »Bist du noch so k.o. vom Samstagabend?«

»Wie bitte?«

»Du warst lange unterwegs«, sagt sie.

Ich lasse mich auf mein Bett plumpsen und ziehe mir die Decke über den Kopf. Ich habe null Lust, mit Georgia über Roman zu reden. In tausend Jahren nicht.

Sie setzt sich wieder auf das Fußende meines Bettes. »Mit wem warst du weg? Hast du jetzt einen Freund oder was?«

Ich muss lachen. Wenn ich einen Freund hätte, hieße er Tod. Und ich bin mir ziemlich sicher, dass Roman ebenfalls in ihn verliebt ist. Es ist wie eine Dreiecksbeziehung, die nicht funktioniert. Oder vielleicht ist es ja auch eine Dreiecksbeziehung, die funktioniert. Wir sind beide mit dem Typen verabredet. Am siebten April.

Georgia schnaubt wieder, und ich merke, wie die Matratze sich bewegt, als sie sich erhebt. »Na gut. Du kannst mich ruhig auslachen. Ich wollte nur mal mit meiner großen Schwester reden. Entschuldige bitte, dass ich einen Versuch gewagt habe.«

Ach, plötzlich willst du mit mir reden? Am liebsten hätte ich wieder laut gelacht. Ganz schön absurd. Sie hat nur Interesse daran, mit mir zu reden, wenn zehn Zentimeter Schnee sie daran hindern, mit ihren Freunden und Freundinnen abzuhängen.

»Halbschwester«, verbessere ich sie, und einen Augenblick lang habe ich fast ein schlechtes Gewissen. Doch dann kommt mir die schwarze Qualle zu Hilfe.

»Du bist unmöglich«, sagt Georgia und seufzt. Wenn ich es nicht besser wüsste, würde ich denken, sie ist traurig. Sie lehnt an der Wand, die Hand auf dem Türgriff. »Nur zu deiner Information – Mom hat Pfannkuchen gemacht.«

Ich höre, wie Georgia beim Rausgehen die Tür hinter sich zuknallt. Ein paar Sekunden später öffnet sich die

Tür wieder. »Oh, nur damit du's weißt, Steve …« – sie spricht »Steve« genauso aus wie ich immer, indem sie den Vokal dehnt wie ein ausgeleiertes Gummiband. Und nach einer etwas peinlichen Pause fährt sie fort: »Also – Steve ist bei der Arbeit. Sparkle hat die Fabrik nicht geschlossen.«

»Du meinst deinen Vater«, verbessere ich sie wieder. »Dein Vater ist bei der Arbeit.«

»Ja, mein Vater. Den du hasst – aus völlig unerfindlichen Gründen. Der Mann, der dir hier ein Zuhause gibt.«

Das reicht. Ich werfe die Decke zurück und setze mich auf. »Wie großzügig von ihm. Und ich hasse ihn nicht, Georgia.«

»Ach, ja? Du benimmst dich aber so. Ich habe es echt satt, dass du dich dauernd selbst bemitleidest für das, was dein Vater getan hat. Ich hab eine Neuigkeit für dich: Du bist nicht dein Vater. Du solltest endlich mal aufhören, allen Leuten Vorwürfe zu machen für das, was er getan hat. Dich selbst mit eingeschlossen.«

Sag das bitte mal den anderen. Ich funkle böse, damit sie mich in Frieden lässt. Aber sie bleibt und starrt mich an, die Hände in die schmalen Hüften gestemmt. Ich erwidere ihren Blick, weil ich herausfinden will, wie es sein kann, dass wir Schwestern sind – zwar nur Halbschwestern, aber trotzdem. Mit ihrer hellen Haut, den honigblonden Haaren und dem winzigen Näschen sieht Georgia aus wie die typische Teilnehmerin eines Kentucky-Schönheitswettbewerbs. Sie ist die Sonne, und ich bin der schrumpelige, muffige Mond. Das Einzige, was wir gemeinsam haben, sind die Augen. Wir haben beide die dunklen, mandelförmigen Augen unserer Mutter.

Im Moment hat Georgia die Haare zu einem Zopf geflochten, und sie trägt Männer-Boxershorts und ein XXL T-Shirt der Kentucky Wildcats. Hält sie sich etwa nicht mehr an ihr Montags-Gesetz? Ich nehme schon Anlauf, um eine Bemerkung zu machen, aber da sagt sie: »Ich wollte, du wärst nicht die ganze Zeit so traurig, Aysel.«

Ich auch, Georgia, ich auch.

Da hole ich tief Luft und stehe auf. »Ich komme gleich runter zu den Pfannkuchen. Ich will mir nur noch schnell die Zähne putzen.«

Sie strahlt, als hätte ich ihr gerade gesagt, dass sie ihren Algebra-Test mit einer Eins bestanden hat, und hüpft aus dem Zimmer. Ich glaube, ich bin seit dem letzten Schneetag im März nicht mehr gehüpft.

Im Bad drücke ich Zahnpasta auf meine Zahnbürste und gehe dann den Gang hinunter zurück in unser Zimmer, wo ich mir die Zähne schrubbe, während ich aus dem Fenster schaue. Ich kann hören, wie Mom und Georgia und Mike sich in der Küche unterhalten.

»Sie kommt gleich runter«, verkündet Georgia.

»Wie schön!«, sagt Mom. »Ich freue mich, dass du es geschafft hast, sie aus dem Bett zu locken.«

Der Duft von Ahornsirup erfüllt das ganze Haus. Mike trommelt mit den Fäusten auf den Küchentisch und ruft: »Du musst gaaanz viele Schokochips in den Teig tun! Aysel mag das.«

Mir wird ganz warm ums Herz. Ich warte darauf, dass die schwarze Qualle das Gefühl wegfrisst, aber das tut sie nicht. Sie lässt es mir. Doch die Wärme verwandelt sich in einen kurzen Stich, der weh tut – es wird mir schwerer fallen, sie alle zu verlassen, als mir bisher bewusst war.

Als ich in meine Hausschuhe schlüpfe und die Treppe hinunterschlappe, wünsche ich mir, jeder Tag wäre so wie der heute. Wenn alle Tage so wären, dann hätte ich wahrscheinlich nicht diesen überwältigenden Wunsch, zu verschwinden.

Aber Schneetage im März sind ein Wunder. Und nur für Wunder kann man nicht leben.

Mittwoch, 20. März

noch 18 Tage

Tyler Bowen wartet an einem Tisch in der Schulbibliothek auf mich. Ich dachte, er würde die ganze Sache abblasen, aber anscheinend schätze ich die Menschen manchmal doch falsch ein.

Die Schulbibliothek ist eigentlich weniger eine Bücherei als ein Medienzentrum. Sie befindet sich in der Mitte unserer Highschool, ein offener Raum, den sie mit Computern, Tischen und unscheinbaren Bücherregalen aus Plastik vollgestellt haben. Vor kurzem wurden an der hinteren Wand drei Brian-Jackson-Banner aufgehängt. Es sind die gleichen wie bei TMC. Für mich gibt es einfach kein Entkommen.

»Hey, Georgias Schwester«, begrüßt mich Tyler, als ich mich zu ihm an den Tisch setze.

»Du weißt schon, dass ich auch einen Vornamen

habe, oder?« Ich hole mein Physikheft aus meinem Rucksack.

Tylers blasses Gesicht läuft rot an, wodurch seine Sommersprossen deutlicher hervortreten.

»Was ist?« Ich nehme den Deckel von meinem Stift und klopfe damit auf den Tisch.

»Ich weiß nicht, wie man deinen Namen ausspricht.«

Ich muss lachen, und er wird noch röter.

»Das ist nicht lustig.« Tyler starrt auf seine Schuhe. »Du hast echt einen seltsamen Namen. Hat dein Vater ihn ausgesucht?«

Ich blinzle erstaunt. Wie kommt es, dass er von sich aus auf meinen Vater zu sprechen kommt? »Nein, ich glaube, meine Mutter. Aber ich weiß es nicht genau.«

»Und wie spricht man ihn aus?«

»Aysel«, sage ich. »Reimt sich auf Karamell.«

Er kneift verwirrt die Augen zusammen, also füge ich noch hinzu: »Ah-sell.«

»Schon kapiert, Ah-sell«, sagt er etwas überbetont, aber es ist immerhin ein Anfang.

»Du hast echt nicht gewusst, wie man meinen Namen ausspricht?«

»Ich hatte eine vage Vorstellung, aber nicht so richtig. Der Name ist ja auch ungewöhnlich.«

»Stimmt.« Ich zucke die Achseln. Und plötzlich wird mir klar, dass ich mich selbst ganz ähnlich sehe wie

Tyler Bowen: als unbekannte Variable. »Sollen wir anfangen?«

»Ja, wäre nicht schlecht.« Er fährt sich mit den Händen durch die kastanienbraunen Haare. Bestimmt denkt er, das sieht lässig aus.

»Hast du einen Vorschlag für das Projekt?« Ich kaue auf meinem Stift herum und sorge so dafür, dass ich auf keinen Fall lässig wirke.

Tyler sagt nichts. Er lehnt sich zurück und winkt einem seiner Basketball-Kumpel zu, der gerade in die Bibliothek gekommen ist. Sein Freund ruft etwas, wird aber gleich von Ms Silver, der Schulbibliothekarin, zurechtgewiesen.

»Hey – wart mal kurz«, sagt Tyler.

»Klar.« Ich schaue ihm nach, während er quer durch die Bibliothek rennt, um mit seinen Freunden zu reden. Sie flüstern und zeigen in meine Richtung. Tyler scharrt mit den Füßen und zuckt die Schultern. Ich nehme an, er erklärt ihnen, dass er gezwungen wurde, mit mir zu arbeiten.

»Bis später, Mann«, sagt einer der Typen.

»Ja, und viel Glück«, fügt ein anderer hinzu.

Schließlich kommt Tyler zu mir zurück, betont langsam, als wolle er demonstrieren, dass das Ganze für ihn eine Strafe ist. Nicht seine freie Entscheidung.

»Entschuldige.«

Ich zucke wieder die Achseln. »Kein Grund, sich zu entschuldigen. Also dann, auf geht's.«

»Alles klar, Aysel.«

»Du musst echt nicht dauernd meinen Namen sagen.« Ich hole das Physikbuch aus meinem Rucksack und lasse es auf den Tisch knallen. »Hast du vielleicht eine gute Idee für ein Thema?«

»Für ein Thema?«

Offenbar passt Tyler Bowen im Physikunterricht nicht besonders gut auf. »Ja, genau – ein Thema. Mr Scott hat doch gesagt, unser Projekt braucht ein zentrales Thema.«

»Ach, das meinst du.« Er streckt die langen Beine aus. »Wie wär's mit Basketball?«

Ich starre ihn an. »Ernsthaft?«

»Ja, klar, ernsthaft!« Tyler beugt sich über den Tisch zu mir. »Mr Scott hat Basketball als Beispiel genannt, und das heißt ja wohl, dass er das Thema gut findet.«

»Oder es heißt, dass es schon tausendmal genommen wurde. Ich finde, wir sollten uns was Kreatives einfallen lassen.« Weshalb setze ich mich überhaupt für dieses Projekt ein? Dieses Treffen mit Tyler ist reine Zeitverschwendung. Meine Note spielt keine Rolle. Bevor wir unser Projekt abgeben, bin ich schon weg.

Aber ich will Mr Scott etwas Gutes abliefern. Selbst wenn ich nicht mehr da bin, um seine Reaktion zu sehen.

Ich möchte ihm zeigen, dass ich seinen Unterricht ernst genommen habe. Ich blättere zu einem leeren Blatt in meinem Heft und klopfe mit meinem Stift auf die Seite, in der Hoffnung, dass mir so etwas einfällt.

»Was meinst du mit ›was Kreatives‹?«, wiederholt Tyler in einem Tonfall, als wäre dieses Wort ihm so fremd wie mein Vorname.

»Na ja, was Kreatives halt. Wir könnten zum Beispiel in den Zoo gehen oder irgendwas.« Ich schreibe die Idee auf.

Tyler verzieht das Gesicht. »In den Zoo? Der Zoo ist doch was für kleine Kinder.«

»Na und? Ich wette, es hat dir früher dort gefallen.«

»Klar, als ich elf war.« Er streicht sich wieder über die Haare. Ich muss zugeben, sie glänzen sehr schön und sehen weich aus. Und ihm ist das auch bewusst.

Ich rede weiter: »Der Zoo ist perfekt. Es gibt jede Menge Fotomotive. Zum Beispiel die Fledermäuse, die mit dem Kopf nach unten hängen. Sie haben potentielle Energie. Und vielleicht können wir einen Löwen fotografieren, der rohes Fleisch frisst. Das wäre dann ein Beispiel für Energieübertragung.«

»Aber der Zoo ist hundert Stunden weg von hier in Louisville. Können wir nicht etwas nehmen, was nicht so kompliziert ist?«

Ich kann Tyler schlecht die Wahrheit sagen: nämlich

dass ich gern noch einmal in den Zoo gehen würde, bevor ich sterbe. Ich möchte die Löwen sehen, die in der Sonne dösen. Und die Eisbären, die in ihrem Schwimmbecken herumplantschen. FrozenRobot würde sicher sagen, ich bin eine Niete, weil ich so was denke, aber ich kann nicht anders.

»Die Fahrt ist ziemlich lang, das stimmt, aber wenn wir erst mal dort sind, ist alles ganz einfach. Wir können lauter verschiedene Sachen fotografieren«, versuche ich ihn zu überzeugen.

»Ist schon gut, Aysel-Karamell. Wir nehmen das Thema Zoo.« Er klaut meinen Stift, schnappt sich mein Heft und wedelt damit in der Luft. Ich will es ihm wieder wegnehmen, aber es ist zu spät.

Er reißt verwundert die Augen auf, als sein Blick auf die Seite fällt, die er zufällig aufgeschlagen hat. »Meine Fresse.«

Ich nehme das Heft wieder an mich, werfe einen kurzen Blick auf die Seite und seufze erleichtert. Es hätte noch wesentlich schlimmer kommen können. Zu sehen ist nur ein Strichmännchen mit einer Schlinge um den Hals. Ich glaube, ich habe es vor zwei Wochen im Unterricht gekritzelt, als Mr Scott pausenlos von Winkeln und Geschwindigkeit gesprochen hat und ich immer nur an die Vernichtung von Energie denken konnte.

»Was soll das mit diesem … Galgendingsda?«

»Ach, das habe ich gemacht, weil ich mich in der Stunde gelangweilt habe. Ist dir nie langweilig? Mr Scott redet ständig von Winkeln und so.« Mein Herz rast, aber ich konzentriere mich ganz darauf, dass meine Stimme normal klingt.

Tyler legt die Stirn in Falten. »Bist du sicher, dass ich mir keine Sorgen um dich machen muss?«

»Weil ich Galgenmännchen gespielt habe?«

»Das sieht ziemlich anders aus als das Galgenmännchen, das ich kenne«, sagt er leise.

Ich zucke die Achseln und zwinge mich zu einem Lächeln. »Ich habe eben eine eher ausgefallene Version gespielt.«

»Okay …«

Er schluckt, und ich merke, dass er nach Worten sucht. Ich habe Tyler Bowen sprachlos gemacht. Das kann ich also von meiner Liste der letzten zu erledigenden Dinge streichen.

Er erwidert mein verkrampftes Lächeln.

»Ich habe mal gehört, dass man sich am besten Fische ansehen soll, wenn es einem nicht so gutgeht oder was.« Er boxt mich leicht gegen die Schulter, als wären wir alte Freunde. »Und im Zoo gibt's ein tolles Aquarium.«

Heimlich schaue ich zu den Brian-Jackson-Bannern. Die Worte liegen mir auf der Zunge, und ich bin fast versucht, Tyler einzuweihen und ihm zu sagen, dass die

Zeichnung kein Witz ist, kein Spiel. Ich warte darauf, dass dieses Gefühl weggeht, aber es bleibt. Ich bin wie eine Granate aus Keramik – hart, kompakt, kalt, aber trotzdem zerbrechlich. Ich kann jede Sekunde explodieren. Ich will nicht vor Tyler explodieren.

So ruhig wie möglich sage ich: »Also – wann willst du in den Zoo? Am besten bald, würde ich sagen, damit wir in Schwung kommen. Du hältst mich wahrscheinlich für eine Streberin, aber ich möchte das Projekt wirklich gut machen.«

»Wie wär's am Samstag?«, schlägt er vor.

»Tagsüber?« Offiziell bin ich am Samstag bei der Arbeit eingetragen, aber ich kann bestimmt meine Schicht mit jemandem tauschen. Oder einfach wegbleiben – mein Job kommt mir jetzt noch sinnloser vor als sowieso schon.

Tyler verzieht den Mund, und seine blauen Augen funkeln vor Überraschung. »Wieso? Hast du was vor am Samstagabend oder wie?«

»Nein«, sage ich und mache mich schon auf einen blöden Witz gefasst.

Aber es kommt keiner. »Soll ich dich so um zehn abholen?«

»Das passt.« Ich muss ihm nicht erklären, wo ich wohne. Er ist schon ein paarmal mit meiner Schwester ausgegangen. Ich wette, sie kriegt einen Herzanfall, wenn sie Tyler Bowen in unserer Einfahrt sieht – und er auf mich wartet. Beim Gedanken daran muss ich fast grinsen.

»Was ist?«, fragt er.

»Nichts.« Ich falte die Hände vor mir auf dem Tisch. »Ich freue mich echt schon auf den Zoo.«

Donnerstag, 21. März

noch 17 Tage

Heute hat Mike Geburtstag. Er wird zehn. Wir sind alle in Pirate Jack's Laserplex, im Party-Hinterzimmer. Das Laserplex ist genau das, wonach es klingt – eine etwas heruntergekommene Location für Laserspiele, alle mit dem Thema Piraten. Sie befindet sich in einem Betonbau mit kleinen, staubigen Fenstern und fleckigen Fliesenböden.

Steves Schicht hat donnerstags immer frei. Und Mom hat sich einen Tag Urlaub genommen. Georgia und ich sind nach der Schule gleich hergekommen, um Mom dabei zu helfen, den Raum mit schwarzen und roten Papierschlangen zu dekorieren, mit Augenklappen und falschen Goldmünzen. Wenn man die Augen zumacht, sich die Ohren zuhält und sich ein paarmal im Kreis dreht, glaubt man fast, dass man sich auf einem Piratenschiff befindet und nicht in Langston, Kentucky, gestrandet ist. Aber eben nur fast.

Ich sitze ganz hinten im Raum, an einem Tisch für mich, und balanciere Mikes Geschenk auf meinem Schoß. In der linken Hand halte ich einen Plastikbecher mit Orangenlimo und bemühe mich, mir mit meinem Papier-Piratenhut auf dem Kopf nicht albern vorzukommen. Was mir ziemlich schwerfällt. Steve sitzt mit seinen Kumpeln weiter vorne. Sie kippen billiges Dosenbier hinunter und klatschen Beifall, wenn Mike einen Basketball oder einen Baseballhandschuh auspackt. Georgia, Mom und ein paar von Moms Freundinnen sitzen an dem Tisch neben dem von Steve, tratschen über das Cheerleader-Team und schimpfen darüber, dass Christine Beth Thomas bei dem Schönheitswettbewerb letzten Monat Sandra Dewitt geschlagen hat.

Zwischendurch schaut Mom immer wieder zu mir nach hinten. Wie gesagt, sie, Georgia und ich, wir haben alle drei die gleichen Augen, aber Mom hat andere Augenlider. Ihre sind dunkel und sehen irgendwie verwittert aus. Und sie wirken traurig. Mom merkt, dass ich sie anschaue, und ich wende schnell den Blick ab.

Mike hat sich wie ein Tornado durch seinen Geschenkeberg gewühlt. Jetzt bin wohl ich an der Reihe. Vorsichtig stelle ich meinen Becher auf den Tisch, aber die Limo schwappt trotzdem über den Rand, und meine

Hand wird nass. Ich wische sie an meinem T-Shirt ab und nehme Mikes Geschenk. Es ist ganz leicht, dabei wollte ich eigentlich, dass es sich schwer und bedeutungsvoll anfühlt. Ich gehe zu Mike.

Er reißt mir das Geschenk beinahe aus der Hand. »Hey, Aysel«, sagt er, und seine graugrünen Augen leuchten auf. Er sieht Steve unheimlich ähnlich, eine Miniversion seines Vaters. Sie haben beide lockige blonde Haare, kleine graugrüne Knopfaugen und ein spitzes Kinn.

»Hey, Mikey«, sage ich. »Alles Gute zum Geburtstag.«

Im Raum ist es ganz still geworden. Alle schauen auf uns. Ich habe mein Geschenk in $E=MC^2$-Papier verpackt. Mike bemerkt das gar nicht, glaube ich. Er zerreißt es ganz schnell und starrt dann fassungslos auf mein Geschenk. Seine Augen werden riesengroß.

Dann quietscht er vor Freude und wedelt mit dem Geschenk in der Luft herum. Es ist ein Comic, eine Ausgabe des *Amazing Spider-Man*, signiert von Stan Lee. Mike drückt es an seine Brust und strahlt mich an. »Spider-Man? Das ist total geil.« Fasziniert starrt er auf den Buchdeckel und fährt mit dem Finger die Unterschrift nach, als wäre er davon hypnotisiert. Dann legte er den Comic sorgfältig auf den Tisch neben ihm und fällt mir um den Hals. Er drückt mich richtig fest.

Mein Mund ist ausgetrocknet und mein Magen so schwer wie eine Bowlingkugel. Ich erwidere Mikes Umarmung etwas lasch und fahre ihm mit den Fingern durch die Locken. »Gern geschehen, Kumpel. Ich hoffe, dass du es noch tausend Jahre lang gern liest.«

Er kneift die Augen zusammen und schaut mich an, als wüsste er, dass irgendetwas nicht stimmt. Das Problem ist nur, dass ich das, was ich eigentlich sagen will, nicht aussprechen kann. Ich müsste ihm sagen, dass ich fünfzehn Lohnschecks ausgegeben habe, um ihm dieses Buch zu kaufen, weil ich unbedingt will, dass er etwas Schönes als Erinnerung an mich hat. Damit er mich als liebevoll, cool, warmherzig im Gedächtnis behält. Nicht als die durchgedrehte Tochter eines Mörders, die sich umgebracht hat, als er gerade zehn war.

Ich möchte mehr für ihn sein als das. Mir ist klar, dass das vielleicht nie passiert, aber ich habe diesen Traum: In ein paar Jahren, wenn ich schon lange tot bin, nimmt Mike diesen Comic in die Hand, weil er mich vermisst, und wenn er ihn liest, dann fühlt er sich besser. Er fühlt sich geborgen. Er weiß, dass er seine Dämonen auf eine Art vertreiben kann, zu der ich nicht fähig war.

»Hey!«, ruft da eine schroffe Stimme.

Ich lasse Mike los und drehe mich um. Es ist einer von Steves Kumpeln. Er hat strähnige braune Haare, die ihm bis auf die Schulter gehen, und eine Fernfahrermütze mit Tarnfarben.

»Hey!«, ruft er noch mal. »Diese Dinger sind ganz schön teuer.« Mit der Bierdose in seiner rechten Hand deutet er auf den Comic. »Hoffentlich hast du den legal beschafft.« Er grinst, so dass seine schiefen gelben Zähne sichtbar werden. Sein Blick sagt mehr als deutlich, woran er denkt: an meinen Vater.

»Keine Sorge«, entgegne ich. »Total legal erworben. Ich hab ihn mit meinem hart verdienten Geld gekauft.«

Der Typ dreht sich zu meiner Mutter. »Schlägt das Mädchen etwa dir nach, Melda?«

Mom nickt steif und geht nach vorne, legt Mike die Hand auf den Rücken und schaut mich an. »Das ist ein sehr schönes, einfühlsames Geschenk, Aysel. Vielen Dank!«

Ich schlucke die Wut hinunter, die in mir rumort. *Ich liebe meinen kleinen Bruder. Natürlich habe ich ihm ein schönes Geschenk gekauft. Warum tust du so erstaunt, Mom?* Ich beiße die Zähne zusammen, weil ich Angst habe, was herauskommen würde, wenn ich den Mund aufmache.

Mike ist der Einzige, der sich nie so verhalten hat, als wäre es komisch, dass ich zu ihnen gezogen bin. Am ersten Tag erwartete er mich auf den Stufen vor der Haustür, mit einem breiten Grinsen auf dem Gesicht. Ich war richtig gerührt von diesem Zahnlückengrinsen, und wenn ich jetzt daran denke, tut mir das Herz weh. Am Anfang habe ich ihm abends vor dem Einschlafen immer vorgelesen, wenn Mom Spätschicht arbeiten musste. Und manchmal bettelt er, ob ich nicht mit ihm hinten im Garten spielen könnte. Wir sind immer herumgerannt und haben den matschigen Fußball hin und her gekickt. Aber in letzter Zeit hatte ich für solche Sachen keine Kraft mehr.

Mom geht an mir vorbei und stellt sich hinter den kleinen Tisch mit dem Geburtstagskuchen. »Mike, komm zu mir und hilf mir den Kuchen anzuschneiden.«

Mike schaut zu ihr, dann zu mir. Noch einmal schlingt er die Arme um mich, dann hüpft er munter zu unserer Mutter. Er besteht nur aus Energie, aus Fröhlichkeit und Liebe. So war er schon immer.

Meine Kehle ist wie ausgetrocknet, als ich wieder an meinen Tisch gehe und zuschaue, wie meine Mom den Schokoladenkuchen schneidet. Der Guss fängt schon an zu schmelzen. Sie ermuntert die Gäste, sich bitte rasch zu bedienen, weil wir schon in zwanzig Minuten anfangen, Lasertag zu spielen.

Während sie Kuchen mampfen, bewundern Mikes Freunde die Geschenke. Als einer von ihnen mit seinen schokoladenverschmierten Fingern den Comic anfassen will, bringt Mike ihn in Sicherheit. »Den darfst du nicht schmutzig machen.«

Er schaut wieder zu mir, und mein Herz zieht sich zusammen. Ich kriege schon Angst, es könnte jeden Moment zerplatzen. Manchmal frage ich, ob mein Herz wie ein schwarzes Loch ist – eine Masse, so dicht, dass dort kein Raum für Licht bleibt. Aber das heißt trotzdem nicht, dass das schwarze Loch mich nicht aufsaugen kann. Mike werde ich am allermeisten vermissen. Ich werde ihn so sehr vermissen, dass ich es kaum ertragen kann.

Seufzend pikse ich meine Gabel in mein Kuchenstück. Dann stehe ich auf und gehe zur Tür. Mom kommt hinter mir her und legt mir die Hand auf die Schulter.

»Wohin gehst du?« Ihre schweren Augenlider senken sich, als würden sie sich jeden Moment schließen, damit sie mich nicht mehr sehen muss.

»Nur aufs Klo.«

»Okay. Aber beeil dich – wir fangen gleich an zu spielen.« Ihre Worte sind einfach. Freundlich. Aber ich weiß, was sie eigentlich meint. Führ dich hier bloß nicht auf wie eine beleidigte Leberwurst. Und sie hat ja recht. Das ist Mikes Geburtstagsparty, und ich muss mich zusammennehmen. Es wäre nicht fair, wenn ich ewig auf der Toilette bleiben und schmollen würde.

Am liebsten würde ich sie anschreien. Sie fragt mich nie, ob etwas nicht stimmt oder wie es mir geht. Das will sie nicht wissen. Obwohl Mom sich nie an dem Schönheitswettbewerb-Zirkus in Kentucky beteiligt hat, hat sie trotzdem gelernt, eine Show abzuziehen. Sie kann mühelos ein strahlendes Superlächeln anknipsen, selbst wenn ich weiß, dass sie lieber weinen würde. Und sie kann ruhig und bedächtig sprechen, selbst wenn ich weiß, sie würde lieber losschreien. Manchmal fände ich es besser, wenn sie schreien würde. Dass sie immer so tut, als wäre alles in bester Ordnung, gibt mir das Gefühl, noch verrückter zu sein, als ich sowieso schon bin.

Ich wüsste gern, ob diese Fassade bröckeln würde, wenn ich ihr sage, was ich tun werde. Wenn sie wüsste, was FrozenRobot und ich planen. Schnell schüttle ich diesen Gedanken ab. Mit ihr darüber zu reden würde mehr schaden als nützen. Nichts, was sie sagt, kann mich retten. Das darf ich nicht vergessen.

Ich gehe den Flur hinunter. Auf den Fliesen sind überall kleine Flecken. Ich stoße die Tür auf und gehe nach draußen. Und als mir der kalte Wind ins Gesicht bläst, schließe ich die Augen.

Ich fasse in den Schnee, der noch nicht ganz geschmolzen ist. Meine Fingerspitzen erstarren zu Eis.

Noch siebzehn Tage.

Freitag, 22. März

noch 16 Tage

»Ich kann es nicht fassen, dass du mich morgen sitzen lässt«, sagt Roman. Er sitzt auf der Matratze und federt auf und ab. Obwohl er so groß ist, wirkt er manchmal wie ein kleines Kind. Vielleicht sind es auch seine Klamotten, die mich aus dem Gleichgewicht bringen. Er trägt nicht wie üblich Hoodie und Jogginghose. Bestimmt hat seine Mutter ihn gezwungen, für diesen Anlass eine anständige lange Hose und ein Hemd anzuziehen. Aber so wie's aussieht, fühlt er sich nicht besonders wohl in dieser Verkleidung.

»Ich lasse dich sitzen?« Ich gehe in seinem Zimmer auf und ab. Es ist schlicht, also ungefähr so, wie ich es mir vorgestellt habe, was nicht heißen soll, dass ich viel Zeit darauf verschwendet hätte, mir Romans Zimmer auszumalen. Mit den beigefarbenen Wänden, dem unvermeidlichen Poster des Wildcats-Basketballteams der Universität von Kentucky und den dunkelbraunen Leisten könnte es jedem beliebigen Highschool-Schüler gehören. Es sind die kleineren Dinge, die sein Inneres offenbaren. Auf dem Nachttisch steht das Bild eines Mädchens mit Zahnlücken. Die Kleine lacht mit weit aufgerissenem Mund und streckt dem Fotografen die Zunge heraus. Ihre Haare sind ganz ähnlich wie die von Roman, und sie hat auch diese tiefliegenden, haselnussbraunen Augen. Das muss Madison sein.

Romans Mutter ist unten in der Küche und kocht das Abendessen. Sie versucht sich tatsächlich an einem türkischen Rezept. Könnte interessant werden. Sein Vater ist noch bei der Arbeit, aber angeblich will er pünktlich zu dem großen Ereignis zu Hause sein. Ich bin etwas überrascht, dass Romans Mom uns allein in seinem Zimmer sein lässt. Ich habe den Eindruck, sie denkt, zwischen Roman und mir bahnt sich etwas an, aber vielleicht hat sie mehr Durchblick, als ich ihr zutraue. Allerdings hat sie gesagt, er soll die Tür offen lassen. So viel dazu.

»Hey«, sage ich und drehe mich zu ihm. »Warum hast du deiner Mutter das eigentlich erlaubt?«

»Was meinst du mit ›das‹?«

Ich zucke die Achseln. »Dass sie dieses Schwindel-Essen kocht. Hast du kein schlechtes Gewissen, dass sie sich da unten abmüht?«

Er hört auf, herumzuhampeln, und schaut auf den Boden. »Irgendwie schon. Aber es muss sein.«

Wie bitte?

»Sie muss glauben, dass wir einander näherkommen«, erklärt er. »Damit sie nichts dagegen hat, wenn ich am siebten April mit dir allein bin. Sie würde bestimmt nicht wollen, dass ich Maddies ersten Todestag mit einer fremden Person verbringe. Dafür ist sie zu klug.«

Ich bin also eine Schachfigur in seinem Spiel. Irgendwie habe ich das schon gewusst. Deshalb braucht er einen Selbstmordpartner. Und eigentlich ist er für mich ja auch eine Schachfigur. Ein Mittel zum Zweck. Ich verfolge ein Ziel. Und dieses Ziel ist das Ende.

Ich sehe mich weiter in Romans Zimmer um. Er hat einen Baseball mit Unterschriften, den er strategisch in einer Kappe der Cincinnati Reds platziert hat. »Den hat mein Dad für mich organisiert«, sagt er. »Als ich noch klein war, sind wir zu einem Spiel gefahren.«

Ich nicke und berühre seine Sachen. Macht ihm das etwas aus? Dass ich seine Geheimnisse durchsuche, während er mir dabei zuschaut? Ich blicke über die Schulter, um zu sehen, was er macht. Er hat sich aufs Bett fallen lassen, das Kinn zur Decke gereckt. Falls meine Schnüffelei ihn stört, lässt er sich jedenfalls nichts anmerken. Vielleicht ist das eine Begleiterscheinung der Gewissheit, dass man bald stirbt. Geheimnisse spielen keine große Rolle mehr. Wenn man nicht mehr da ist, werden sie sowieso alle aufgedeckt. Von anderen Menschen, die in ihnen herumstöbern.

Der Gedanke, dass fremde Leute in meinen Geheimnissen stochern, gefällt mir überhaupt nicht. Andererseits weiß ich gar nicht, ob ich Geheimnisse habe. Außer FrozenRobot. Und dem Geheimnis, das ich ihm nicht offenbare: der Tat meines Vaters.

»Du gehst also morgen in den Zoo?«

»Ja.« Ich blättere in einem seiner Bücher: *Die Reise zum Mittelpunkt der Erde*. Irgendwie finde ich süß, dass er fast besessen zu sein scheint von Jules Verne. Ich stelle das Buch zurück ins Regal und hole mir *Zwanzigtausend Meilen unter dem Meer*.

»Als ich jünger war, fand ich die Bücher super.«

»Ah.« Ich studiere die schwarzweißen Illustrationen. Es ist eine sehr schöne Ausgabe, die bestimmt ziemlich teuer war. Ein Sammlerstück oder so was. Ein ekliges Meeresungeheuer starrt mich mit riesigen Augen an, so groß wie Grapefruits. Ich klappe das Buch schnell wieder zu. Dabei flattern ein paar lose Seiten heraus. Ich fange eine auf. Es ist eine Bleistiftskizze einer kleinen Schildkröte. Die Zeichnung ist erstklassig, so gut, dass sie dreidimensional wirkt. Man bekommt richtig ein Gefühl für den ledrigen Hals des Tiers und für den glatten Panzer. Aber da ist noch etwas anderes – es kommt einem so vor, als würde man die Schildkröte durch eine leicht verzerrende Linse betrachten. Irgendwie surrealistisch. Die Musterung des Panzers ist stark hervorgehoben, und die vorderen Gliedmaßen sind verlängert und sehr schmal.

Ich sammle auch die anderen Skizzen ein und sehe mir sie an. Sie sind fast alle von der Schildkröte. Aber dazwischen ist ein Bild von einem kleinen Mädchen, das aussieht wie Madison. Große Augen, routinierte Schattierung, und auch das Zahnlückenlächeln ist eingefangen. Aber obwohl Madison lächelt, wirkt das Bild eher traurig, als wüsste der Künstler, welches Schicksal sie erwartet, auch wenn sie selbst noch nichts davon ahnt. Wie gebannt schaue ich auf die Zeichnung. Sie ist irgendwie ergreifend.

FrozenRobot schreckt hoch und rutscht ans Fußende des Bettes. »Ach, die sind doch doof. Schau sie dir lieber gar nicht an.«

Ich nehme wieder die erste Skizze und trete näher an das Glasaquarium, in dem Captain Nemo lebt. Im Moment paddelt die Schildkröte mit ihren lederartigen Füßen munter in dem flachen Wasser hin und her. »Die Zeichnungen sind überhaupt nicht doof. Im Gegenteil. Sie sind echt gut.« Ich vergleiche die Skizze mit dem realen Captain Nemo. Er ist absolut präzise erfasst, bis auf die phantastischen Elemente. Die Schildkröte, die Roman gezeichnet hat, scheint bedrückt, beinahe so, als würde sie trauern. Die kleinen Knopfaugen sind ganz dunkel, und die hinteren Gliedmaßen wirken schwer und geschwollen – taugen sie überhaupt zum Schwimmen? »Hast du die gezeichnet?«

»Ja«, sagt er leise, und ich höre, dass er sich anders hinsetzt, denn die Matratze ächzt ein bisschen. »Würdest du sie bitte weglegen? Sie sind peinlich.«

»Warum sind sie dir peinlich? Ich meine – du hast Captain Nemo etwas emotionaler gezeichnet, als er vermutlich ist, aber sonst hast du ihn genau getroffen.« Ich halte die Zeichnung neben das Aquarium. »Ganz schön gut.«

Roman schweigt. Aber ich höre, dass er ein leises Protest-Stöhnen von sich gibt. Ich drehe mich zu ihm um. Er hat die Knie bis an die Brust gezogen und umklammert sie mit den Armen.

»Ich habe gar nicht gewusst, dass du zeichnest. Ich zeichne auch manchmal, aber ich kriege nur Strichmännchen hin.« Wieder betrachte ich die Skizze und streiche mit den Fingern über die glatte Oberfläche des Panzers. Irgendwie erwarte ich, dass ich etwas spüren müsste. »Echt klasse.«

»Wie du meinst. Ich bin jedenfalls kein Maler oder so was.« Er zuckt die Achseln. »Aber so habe ich wenigstens was zu tun, wenn ich allein bin. Damit kann ich die Zeit totschlagen.«

Ich nicke verständnisvoll und stecke die Blätter wieder in die Innenklappe der Sammelausgabe von *Zwanzigtausend Meilen unter dem Meer.* Als die Zeichnungen verschwunden sind, entspannt Roman sich sichtlich. »Ich würde vermuten, das Captain Nemo seinen Namen von Jules Verne hat, stimmt's?«

»Das habe ich dir doch schon gesagt – den Namen habe nicht ich ausgesucht.«

Ich ignoriere den abwehrenden Tonfall. »War's Maddie?«

»Ja.«

Ich verfolge das Thema nicht weiter, sondern studiere lieber die lebende Schildkröte noch ein bisschen. Ich verstehe nicht viel von diesen Tieren, aber die Schildkröte hier sieht aus, als würde sie extrem gut versorgt. Eine Schüssel mit frischem Obst, rote Tischtennisbälle, mit denen sie spielen kann, und eine große, glatte Schieferplatte für ein Sonnenbad. Wie kann Roman den Gedanken aushalten, Captain Nemo zurückzulassen? Weiß er denn, wer sich um das arme Wesen kümmert, wenn er nicht mehr da ist? Ich beiße mir auf die Zunge – ich bringe es nicht übers Herz, ihn zu fragen. Aber vielleicht will ich auch die Antwort nicht hören.

»Ist dieser Typ dein Freund oder was? Ich meine – der, mit dem du in den Zoo gehst?«, fragt Roman unvermittelt.

Ich muss mich beherrschen, um nicht laut loszulachen. Was für eine bekloppte Frage. Ich ignoriere sie einfach. Offensichtlich macht Roman sich nicht allzu viele Sorgen um Captain Nemos Schicksal. Oder er gestattet sich nicht, darüber nachzudenken. Ich beuge mich vor, damit ich das Regal mit seinen Trophäen besser inspizieren kann. Ich lese die Inschriften, vieles ist typisches Little-League-Zeug, aber da ist auch eine große Silbertafel, die wirklich ins Auge fällt. Darauf steht: *Willis High School Varsity Basketball MVP*. Ich nehme sie in die Hand, um sie mir genauer anzusehen. Sie ist ziemlich schwer.

»Also haben deine Freunde recht. Du warst ein richtig guter Basketballer. Warum hast du so bescheiden getan?«

Er zuckt die Achseln. »Darum.«

»Warum – darum?«

»Ich *war* nicht gut – ich bin es immer noch. Und es ist komisch, mit Sachen anzugeben, die man immer noch gut kann.«

»Aber du spielst nicht mehr?«

»Nein.« Er lässt sich aufs Bett zurückfallen. »Ich mache überhaupt nichts mehr.«

»Außer dass du mich unter Druck setzt, weil ich in den Zoo gehen will. Wir hatten doch gar nichts geplant, oder, FrozenRobot?«

»Nenn mich nicht so.«

»Okay, okay.«

Er wirft ein Kissen nach mir. Es trifft mich seitlich im Gesicht.

»Hey!«, schimpfe ich und reibe mir die rechte Wange, als hätte mir das Kissen weh getan.

»Entschuldige – ich wollte nur erreichen, dass du mir zuhörst, weil mir nämlich etwas eingefallen ist.«

»Was ist dir eingefallen?«

Er rutscht vom Bett auf und setzt sich dann am Fußende auf den Boden. Mit der Hand klopft er neben sich. Ich folge seiner Aufforderung. Wahrscheinlich will er nicht, dass ich weiter in seinen Geheimnissen herumschnüffle. Ich lehne den Kopf an den Rand der Matratze.

»Mir ist klargeworden, dass ich mit dir gemeinsam sterben werde, ohne zu wissen, was deine Lieblingsfarbe ist.«

Ich halte mir die Hand vor den Mund und schüttle den Kopf. *So bringst du alles wieder durcheinander, FrozenRobot.* Soll ich ihm antworten? Nach einer Weile nehme ich die Hand wieder weg und zupfe am Teppich herum. Er ist sauberer als der bei mir und Georgia im Zimmer.

Nirgends Kartoffelchips-Krümel oder irgendwelche Fussel.

»Was ist?«, fragt er.

»Durch meine Lieblingsfarbe erfährst du auch nicht mehr über mich.«

Er rutscht näher zu mir, so dass seine Schulter meine berührt. »Okay. Dann erzähl mir etwas über dich. Ich möchte etwas über dich wissen. Irgendwie finde ich es nicht richtig, dass ich dich überhaupt nicht kenne.«

»Dass du mich überhaupt nicht kennst? Du weißt schon einiges. Verdammt, deine Mutter kocht im Moment ein spezielles Essen für mich.« Er schaut mich verständnislos an, also füge ich hinzu: »Ein türkisches Gericht. Sie kocht ein türkisches Gericht für mich. Weil ich –«

Er fuchtelt mit der Hand, um mich zu unterbrechen. »Du weißt genau, was ich meine. Nicht dieses unechte Zeug.« Er reißt die Augen weit auf. Jetzt erinnert er mich an einen kleinen Hund. Ein trauriges kleines Hündchen. »Ich möchte etwas *Wesentliches* wissen. Etwas, was nicht jeder über dich weiß.« Sein Hündchengesicht wird noch trauriger, die Mundwinkel gehen nach unten.

»Ich kann nicht einschlafen, wenn ich Socken anhabe. Dabei habe ich immer kalte Füße – das ist also ein unlösbares Problem.«

Sein Gesicht erholt sich wieder, und sein Mund verzieht sich zu seinem schiefen Grinsen. Er schaut auf meine grauen Converse-Sneaker. »Maddie wollte auch nie Socken anziehen, sie hat sie gehasst.«

»Echt?«

»Ja, sie hat immer zu mir gesagt, wenn sie Socken anzieht, hat sie das Gefühl, ihre Füße ersticken.«

»Kluges Kind.«

»Stimmt. War sie«, sagt er, und dann lehnt er den Kopf an meine Schulter. Ich weiß nicht, wie ich mich verhalten soll. Ich glaube, er sucht Trost, aber ich kann nicht trösten. Wie erstarrt halte ich meine Hände an der Seite und summe Mozarts Symphonie Nr. 24.

Das scheint ihn allerdings nicht zu stören. Er bewegt sich nicht, und ich spüre, wie sich seine Schulter mit den Atemzügen hebt und senkt. In letzter Zeit achte ich verstärkt auf die Dinge, die wir tun, um am Leben zu bleiben – einatmen, ausatmen, der Herzschlag.

»Kann ich dich was fragen? Du musst mir aber versprechen, dass du nicht sauer wirst.«

»Was du willst«, sagt er.

»Ich weiß, dass du dir die Schuld an Maddies Tod gibst – aber tun deine Eltern das auch?«

Sein ganzer Körper spannt sich an, aber er nimmt den Kopf nicht von meiner Schulter. Im Gegenteil, es kommt mir vor, als würde er sich noch fester an mich lehnen, steif wie ein Brett. »Sie wollen es nicht wahrhaben. Aber ich höre doch jeden Abend, wie meine Mom weint. Sie gibt sich große Mühe und tut sehr tapfer, aber ich weiß, dass sie innerlich zerbrochen ist. Und das liegt an mir. Ich glaube nicht, dass meine Eltern mir Vorwürfe machen oder irgendwas. Jedenfalls nicht aktiv. Aber nur, weil sie solche Angst haben, dass sie mich auch noch verlieren könnten, glaube ich.«

Mein Herz zieht sich zusammen. Ich schließe die Augen ganz fest und versuche zu vergessen, was Roman gerade gesagt hat. Aber ich sehe trotzdem seine Mom vor mir, wie sie vor seiner Leiche steht – Romans Kleider sind klatschnass vom Flusswasser, sein Gesicht ist blau und kalt, sein Mund steht offen, und die Zunge ist geschwollen vom Sauerstoffmangel. Mir steigt die Galle hoch, und ich rücke ein Stückchen von ihm weg.

Als Reaktion darauf zuckt er zusammen und richtet sich auf. Er zieht wieder die Knie an die Brust, seine typische Campingstuhl-Haltung. Je länger man mit Leuten zusammen ist, desto deutlicher sieht man, dass sie immer wieder die gleichen Bewegungen machen. Wir wollen alle glauben, dass jeder Tag neu und anders ist, dass wir uns jeden Tag verändern, aber in Wirklichkeit sieht es eher so aus, als wären gewisse Dinge von Anfang an in uns kodiert.

Ich habe keine Ahnung, ob Roman schon immer ein Halbmond-Lächler und ein Campingstuhl-Sitzer war.

Aber eine Sache ist sonnenklar: Sein Körper ist stets in Alarmbereitschaft, als würde er hoch über dem Boden auf einem Drahtseil balancieren. Ich glaube, seine potentielle Energie schützt ihn vor dem Schmerz in seiner Welt und sagt zu ihm: »Lächle – bald ist alles vorbei« und »Pack dich gut ein, dann fühlst du nicht so viel«. Vielleicht wird seine Energie auch nach dem Tod weiterleben und diese Gesten machen. Ich wüsste gern, ob das die Dinge sind, an die auch seine Mutter sich erinnern wird. Oder stellt sie sich ihn eher auf dem Basketballplatz vor, wie er dribbelt? Zeichnend auf dem Sofa? Mit der Nase in einem Roman von Jules Verne?

Ich frage mich, was meine Energie tun wird, wenn ich tot bin. Kann es sein, dass unsere Energie uns überdauert?

Er berührt meinen Arm. »Aysel?«

»Ja?«

»Du siehst aus, als wärst du mit den Gedanken ganz woanders.«

»Sorry.«

»Also – ich habe mir was überlegt«, sagt er.

»Und das wäre?«

»Ich will gern mit dir in den Zoo. Ich möchte, dass du mich mitnimmst, wenn du mit diesem Jungen hingehst.«

Ehe ich reagieren kann, ruft Romans Mutter: »Hallo, ihr zwei, das Essen ist fertig! Kommt ihr bitte runter?«

Er erhebt sich langsam und hält mir die Hand hin. Ich ergreife sie, und er zieht mich hoch. Ich weiß, er wartet darauf, dass ich mich noch kurz zum Thema Zoo äußere, aber ich tue einfach so, als hätte er nichts gesagt. Mit einer spielerischen Verbeugung gibt er mir zu verstehen, dass ich vor ihm die Treppe hinuntergehen soll.

Romans Mutter erwartet uns im Flur. Sie nimmt mein Gesicht zwischen beide Hände und zieht mich zu sich. »Ich freue mich so, dass du kommen konntest. Hoffentlich schmeckt dir das Essen.«

Ich sollte ihr wahrscheinlich sagen, dass ich alles andere als eine Expertin bin und so gut wie keine Ahnung von türkischer Küche habe – sie hätte meinetwegen einen Cheeseburger zubereiten können, und ich hätte auch den als authentisch hingenommen. Aber irgendwie gefällt es mir, so im Mittelpunkt zu stehen. Allmählich begreife ich, warum Georgia das dermaßen genießt. Es ist schön, wenn einen die anderen hofieren. Ich falte das Gefühl zusammen und stecke es schnell weg. Aber ich bin froh, dass ich es vor dem siebten April noch kennengelernt habe.

»Aysel«, sagt sie, und ihre Aussprache ist einwandfrei. »Das hier ist Mr Franklin.« Romans Vater ist so groß wie sein Sohn, fast kahl, und er hat ein längliches, schmales Gesicht. Er reicht mir die Hand.

»Schön, dich kennenzulernen«, sagt er, und ich bemühe mich, ein freundliches Gesicht zu machen.

»Aysel und Roman haben sich auf dem alten Spielplatz kennengelernt«, erzählt ihm die Mutter und nimmt ihn am Arm.

Mr Franklin schaut Roman an. »Spielst du wieder Basketball?« Er klingt etwas überrascht. Meine Augen gehen von Mr Franklin über Roman zu Mrs Franklin und wieder zurück. Ist Mr Franklin uns auf der Spur?

»Ich habe richtig Hunger!«, verkünde ich, in der Hoffnung, so alle weiteren Fragen zum Thema Kennenlernen zu unterbinden.

»Ich auch«, stimmt Mr Franklin mir zu. »Dann wollen wir doch mal anfangen.«

Als wir am Tisch Platz genommen haben, spricht Romans Mom das Tischgebet. Ich schließe die Augen nicht und beobachte, dass Roman sie zumacht. Das ganze Zimmer riecht nach Oregano und Cumin, und plötzlich sehe ich die Frau des Freundes meines Vaters vor mir, die für uns alle ein großes Essen gekocht hat, als sie zu Besuch bei uns waren. Sie hat auch mein Gesicht zwischen beide Hände genommen, ganz ähnlich wie Mrs Franklin vorhin, und sie hat mir auf Türkisch etwas ins Ohr geflüstert. Ich habe kein Wort verstanden, aber ich habe mir eingebildet, sie hätte gesagt: »Alles wird gut, Aysel, du wirst sehen.«

Heute weiß ich, dass sie das höchstwahrscheinlich nicht gesagt hat. Und selbst wenn – gestimmt hat es sowieso nicht.

Mrs Franklin reicht mir eine warme Kasserolle. »Das ist Kuzu Güveç.« Sie schaut mich erwartungsvoll an. Offenbar will sie wissen, ob sie es richtig ausgesprochen hat. Ich habe nicht die geringste Ahnung und nicke matt. »Es ist eine Art Lammtopf«, fügt sie noch hinzu, und ich nicke wieder.

Auf dem Tisch stehen noch mehr Gerichte – gefüllte Weinblätter, Lamm- und Hühnerkebab, ein Reis-Pilaw und eine Joghurt-Soße. Außerdem noch eine kleine Schale mit Jalapeños für Roman. Mrs Franklin muss stundenlang geschuftet haben, um das alles zuzubereiten. Und es sieht phantastisch aus. Aber als ich die Gabel nehme und anfangen will, spüre ich, wie mein Appetit verschwindet. Ich schaue Mrs Franklin an, sehe ihr lächelndes *Ich-will-es-allen-recht-machen*-Gesicht. Und ich weiß doch, dass Roman und ich ihr das Herz brechen werden.

Das ganze Abendessen, ihre Bemühungen, einen freundlichen Kontakt zu mir aufzubauen, das ist mehr, als meine eigene Mutter je getan hat. Mrs Franklin lächelt mir immer noch zu. Sie will wissen, wie ich alles finde. Ihre Augen leuchten, und ich sehe diesen Funken in ihnen – den Funken der Hoffnung. Sie glaubt, es ginge

Roman besser, denn er hat eine neue Freundschaft geschlossen, er interessiert sich für ein Mädchen.

Ich schiebe mit meiner Gabel das Lammfleisch in den Reis. Es fällt mir extrem schwer, mein schlechtes Gewissen hinunterzuschlucken.

»Das schmeckt alles wirklich sehr gut, Liebling«, lobt Mr Franklin und wischt sich den Mund mit der Serviette ab. »Ich muss ja zugeben, dass ich vorher ein bisschen nervös war.« Er schaut zu mir. »Nicht, weil ich dachte, es schmeckt vielleicht nicht gut, sondern nur, weil ich noch nie so etwas gegessen habe.«

Ich nicke ihm zu, um ihm zu signalisieren, dass ich nicht gekränkt bin. Weil ich ja selbst kaum was über die türkische Küche weiß, ist es mir nicht so superwichtig, ob Mr Franklin die Sachen mag oder nicht. Wie wäre es wohl, wenn ich das Land, aus dem meine Eltern stammen, besser kennen würde?

Mrs Franklin freut sich sichtlich, weil Mr Franklin ihr so ein nettes Kompliment gemacht hat. »Schmeckt es dir denn auch, Aysel?«

»Ja, es ist sehr lecker«, antworte ich im Tonfall der Expertin.

»Oh, wie schön.« Sie presst die Hände aneinander und strahlt.

Ich möchte ihr wirklich nicht das Herz brechen.

Samstag, 23. März

noch 15 Tage

Georgia und ich sitzen am Küchentisch. Sie späht aus dem Fenster. Ich glaube, sie hofft, dass sie Tyler wenigstens kurz zu Gesicht bekommt, bevor wir abdampfen.

»Und wer ist dieser süße Junge da?« Sie drückt das Gesicht an die Fensterscheibe.

Ich trinke einen Schluck von meinem schwarzen Kaffee. Ich will mich unbedingt dazu bringen, gern Kaffee zu trinken, aber ich kann es noch so oft probieren, ich mag den bitteren Geschmack einfach nicht. »Ich dachte, du kennst Tyler?«

»Erzähl keinen Quatsch – der Typ da draußen ist nicht Tyler. Er ist größer und hat viel kürzere Haare.«

Ich schaue hinaus und sehe noch, wie Mrs Franklins roter Jeep aus unserer Einfahrt herausfährt. In dem Moment klingelt es, ich will öffnen, aber Georgia ist schneller als ich. Sie reißt die Tür auf, stemmt die Hände in die Hüften und flötet mit zuckersüßer Stimme: »Hallo, schön, dich kennenzulernen.«

»Äh – hallo!«, entgegnet Roman und kommt herein. Ich habe mich noch nie für irgendwas hier in Steves Haus geschämt, hauptsächlich deswegen, weil ich mich ja schon die ganze Zeit dafür schäme, dass ich ich bin, und das reicht. Aber kaum kommt Roman über die Schwelle, da fällt mir auf, was hier alles nicht stimmt. Unser Teppich hat Flecken, in der Spüle stapelt sich das schmutzige Geschirr. Es sieht völlig anders aus als in seinem makellosen, mustergültigen Elternhaus.

Eigentlich kann es mir ja total egal sein, was er denkt. Er wird schon nicht beschließen, lieber allein am Crestville Pointe über die Klippe zu springen, nur weil unser Haus eine Katastrophe ist. Aber die Vorstellung, dass er womöglich Mitleid mit mir haben könnte, gefällt mir überhaupt nicht. Ich wollte, die schwarze Qualle würde kommen und meine Beklommenheit auffressen und nicht nur immer meine Glücksgefühle.

Roman reicht Georgia die Hand, wie ein Politiker. Südstaaten-Manieren sind nicht totzukriegen, glaube ich.

»Ich heiße Roman«, stellt er sich vor. »Ich bin ein Freund deiner Schwester.«

Schon verwunderlich, dass er Georgia gleich als meine

Schwester identifiziert hat – wenn man bedenkt, wie wenig wir einander ähneln. »Halbschwester«, platze ich heraus, ehe Georgia etwas sagen kann.

Ein verärgerter Schatten huscht über Georgias Gesicht, aber sie sagt nichts, sondern widmet sich nun ausschließlich Roman. Sie macht einen Schritt auf ihn zu und zupft an ihrem glänzenden Pferdeschwanz herum. »Und woher kennst du Aysel?«

Roman schaut auf den Boden und scharrt mit den Füßen. »Wir sind uns vor ein paar Wochen auf dem Basketballplatz in Willis begegnet.«

Blitzschnell dreht sich Georgia zu mir um. »Was hast du denn in Willis gemacht?«

»Geht dich nichts an.« Mit einer Handbewegung gebe ich Roman zu verstehen, er soll doch bitte am Küchentisch Platz nehmen. »Kann ich dir was zu trinken anbieten?«

Ich sehe, dass er seinen Blick schweifen lässt. Am liebsten würde ich ihm die Hände vor die Augen halten und ihn nach draußen führen, bevor er noch mehr sieht. »Meine Mom arbeitet«, sage ich. Es ist ein Versuch, mich irgendwie für das Chaos zu entschuldigen.

»Ja, sie hat einen Job bei Swift Mart«, fügt Georgia hinzu und kommt herbei gehüpft. »Sechs Tage in der Woche. Die Ärmste.«

Die Ärmste? Es gibt Schlimmeres in Moms Leben als

dass sie bei Swift Mart arbeitet. Nummer eins: Ihr erster Ehemann ist ein rechtskräftig verurteilter Mörder. Nummer zwei: Ihre älteste Tochter ist ein depressives Monster.

»Musst du nicht los? Zum Cheerleader-Training oder irgendwas?«, erkundige ich mich und gehe zum Kühlschrank. Roman hat zwar meine Frage, ob er etwas trinken will, nicht beantwortet. Aber ich gieße ihm trotzdem Orangensaft in ein Glas, das ich dann vor ihn hinstelle.

»Danke«, sagt er zerstreut. Irgendwie ist er mit seinen Gedanken ganz woanders. Ich merke, dass das Glas verstaubt ist. Ach, du meine Güte. Manchmal braucht es den Blick eines anderen, um zu sehen, wie man lebt.

Georgia setzt sich neben ihn. »Heute ist kein Training. Ich dachte, ich könnte mit euch mitkommen.«

Ich muss mich sehr zusammenreißen, um sie nicht fassungslos anzustarren. Soll das ein blöder Witz sein? »Ähm – aber es ist für das Physikprojekt.«

Sie schaut Roman an. »Arbeitest du bei dem Physikprojekt mit?«

Er lächelt mir kurz zu und sagt dann: »Nein. Aber ich gehe gern in den Zoo. So ein Gefühl von Abenteuer. Und die Tiere.«

Georgia stützt die Ellbogen auf den Küchentisch und

grinst mich an. »Ich finde den Zoo auch super. Und für Abenteuer bin ich immer zu haben.«

In dem Moment klingelt es wieder. Ich gehe den Flur entlang zur Tür. Draußen steht Tyler Bowen, die Hände in den Hosentaschen. Er trägt eine weiße Baseballkappe, die seine blauen Augen überschattet. »Hey, Aysel.«

»Hey – möchtest du kurz reinkommen?«

Ein Achselzucken. »Ja, gern.« Er folgt mir in die Küche.

»Tyler!« Georgia springt von ihrem Stuhl auf, rennt zu ihm und fällt ihm um den Hals.

Er erwidert ihre Umarmung, drückt sie an sich und hebt sie hoch. Sie kichert begeistert. Roman und ich tauschen einen *Was-soll-das-denn*-Blick.

»Was geht?«, fragt Tyler. Ich bin mir nicht sicher, ob er uns alle fragt. Jedenfalls antwortet nur Georgia.

»Ich habe gerade gefragt, ob ich mitkommen kann.« Sie schaut Tyler flehentlich an, als könnte er das Zünglein an der Waage sein – zwischen meinem sturen Nein und Romans Gleichgültigkeit.

»Ich wusste gar nicht, dass ihr zwei manchmal gemeinsam unterwegs seid«, sagt Tyler zu Georgia. Das meint er total ernst. Jetzt würde ich ihn am liebsten umarmen.

»Ich finde, Georgia soll mitkommen«, verkündet Roman. Ihm hingegen würde ich jetzt am liebsten einen

Kinnhaken verpassen. Warum ist er von Mir-egal zu Ja übergegangen?

»Ich bin übrigens Tyler«, stellt Tyler sich vor und gibt Roman die Hand. »Und du, wer bist du?«

»Roman.« Er nimmt Tylers Hand und drückt sie kräftig. *Gut gemacht, FrozenRobot.* »Ich bin ein Freund von Aysel.«

Tyler versucht, sich nicht anmerken zu lassen, wie schockiert er ist, aber jeder kann sehen, was er denkt. Das Gleiche, was alle anderen in meiner Klasse dächten, wenn sie Roman und mich ohne Kontext sehen würden – ein gutaussehender Basketballspieler und das dunkle Mädchen aus der Schule mit dem Mördervater. Im Grunde sehen uns ja alle Leute außerhalb des eigentlichen Kontexts.

»Die beiden haben sich auf einem Sportplatz in Willis kennengelernt«, erklärt Georgia und strahlt Roman an.

»Verstehe«, sagt Tyler. »Also, ich finde, wir sollten jetzt los, weil die Tiere später am Tag immer schläfrig sind, oder? Wir brauchen Fotos, die sie in Bewegung zeigen.«

»Fährst du?«, will Georgia wissen.

»Ja«, antwortet Tyler und lässt seine Schlüssel in der Luft klimpern. »Wir passen alle in meinen Wagen.«

»Ich sitze vorne!«, ruft Georgia und springt auf.

Ich renne hoch in unser Zimmer und wühle in meinem Rucksack nach der Kamera, die ich aus der Schulbibliothek geliehen habe, verstaue sie in einer kleineren Handtasche, die ich mir aus Georgias Schrank borge. Die Tasche ist himmelblau, hat die Form einer Muschel und ist aus Kunstleder. So was würde ich mir in tausend Jahren nicht kaufen, aber für die Kamera ist die Tasche genau richtig, und wen kümmert die idiotische Farbe. Mode interessiert mich im Moment am allerwenigsten.

Ich setze mich kurz auf den Fußboden und atme ein paarmal tief durch. Dabei summe ich Mozarts Requiem und bereite mich im Kopf vor auf das, was jetzt bevorsteht. Als ich wieder nach unten gehen will, höre ich leise Schritte hinter mir.

»Das könnte spannend werden heute«, sagt Roman.

Na, super – wie kannst du es wagen, mir ohne Einladung nach oben zu folgen, FrozenRobot?

»Wem sagst du das? Ich verstehe ja immer noch nicht, warum du überhaupt mitkommen willst«, sage ich.

Er streckt die Hand aus und zieht mich hoch. »Jetzt mal ehrlich – du bist doch froh, dass ich mitkomme, sonst müsstest du nämlich die Tyler-Georgia-Show ganz allein überstehen.«

»Du bist doch derjenige, der gesagt hat, sie kann mitkommen«, brumme ich, während wir die Treppe hinuntergehen.

»Es ist besser so.« Er hält die Haustür für mich auf.

Ich nehme meine Jacke vom Garderobenhaken, hole den Hausschlüssel aus der Tasche und verschließe die Tür. »Ich habe da so meine Zweifel.«

»Aber es stimmt. Vertrau mir.«

Die Luft ist ziemlich kühl, der Himmel klar, und man kann den feuchten Frühlingsduft riechen. Der ideale Tag für den Zoo. Wir gehen zum Auto, und ich schaue zu Roman hoch. Vertraue ich ihm? Keine Ahnung. Ich denke, ich muss mich vor allem darauf verlassen können, dass er springt, wenn ich springe. Andererseits – eigentlich ist das ja gar nicht so entscheidend, solange ich selbst springe. Ich weiß, es ist ein schrecklicher Gedanke, aber das ist ein Punkt, in dem die Trolle im Internet, diese destruktiven Provokateure, vollkommen recht haben: Es ist ein egoistischer Akt. Es geht nur um einen selbst, und deshalb ist das ganze Selbstmordpartner-Konzept so bizarr.

Man braucht den Partner nur so lange, bis man ihn nicht mehr braucht.

Samstag, 23. März

noch 15 Tage

Etwa zwei Stunden später sind wir am Zoo. Die Fahrt war gar nicht so scheußlich, wie ich befürchtet hatte – alle waren mehr oder weniger still, die meiste Zeit hörten wir Georgia zu, die zum Radio mitsummte. Tyler stellte ihr immer mal wieder eine Frage, und sie antwortete in ihrem lebhaften Georgia-Stil.

Georgia ihrerseits fragte Roman aus, und er machte seine Sache ziemlich gut. Sie fragte ihn zwar nicht direkt, ob wir ein Paar sind, aber es war klar, dass sie genau das wissen wollte – und er ließ sie im Ungewissen. Nachdem ich seine Mutter kennengelernt habe, vermute ich, dass er einige Erfahrung damit hat, Schnellfeuer-Fragen abzuschmettern.

Tyler findet einen Parkplatz, und wir begeben uns zum Eingang, wo wir in der Kartenschlange warten müssen. Kurz entsteht eine peinliche Situation – ich ahne, dass Tyler überlegt, ob er eine Eintrittskarte für Georgia kaufen soll, aber dann würde er sich verpflichtet fühlen, auch für mich eine zu kaufen, und machen wir uns nichts vor: Tyler Bowen hat keine große Lust, für mich Geld auszugeben.

Roman schiebt sich an mir vorbei und überreicht der Frau am Schalter ein ganzes Bündel Geldscheine. »Viermal Schüler, bitte.«

»Roman!«, ruft Georgia mit gespielter Empörung. »Das ist doch nicht nötig!«

»Echt, Mann«, sagt Tyler. »Ich kann selbst für meine Karte bezahlen, kein Problem.«

»Mach dir keinen Kopf.« Roman grinst mir zu. Die Frau am Schalter zählt die Scheine und gibt ihm sein Wechselgeld. Mir fällt auf, dass ihre Hände wesentlich älter aussehen als ihr Gesicht. Ich schaue auf meine eigenen Hände und weiß nicht, ob ich froh oder traurig darüber bin, dass ich sie nie so runzelig sehen werde.

Als wir endlich im Zoo sind, zische ich Roman ins Ohr: »Was sollte das denn?«

Er zuckt die Achseln. »Du kannst dein Geld nicht mitnehmen.«

Tyler zieht die Augenbrauen hoch, als er sieht, wie ich Roman etwas ins Ohr flüstere. »Ich habe nicht gewusst, dass du aus unserem Physikprojekt eine private Verabredung machst.«

Georgia hakt sich bei ihm unter. »Deshalb bin ja ich hier, Ty. Damit du dich nicht ausgeschlossen fühlst.«

Er tätschelt ihren Arm, wendet sich aber wieder an mich: »Der Zoo war deine Idee, Aysel. Wo sollen wir hin?«

»Ich schlage vor, wir gehen ins Nachttierhaus. Dort können wir die Fledermäuse fotografieren. Sie hängen mit dem Kopf nach unten. Potentielle Energie.«

»Stimmt. Fledermäuse sind wie Galgenmännchen«, sagt Tyler mit einem etwas bissigen Unterton. Roman und Georgia sehen ihn fragend an, und ich bemühe mich, ebenfalls einen verwirrten Eindruck zu machen. Was nicht besonders schwierig ist, weil man Fledermäuse beim besten Willen nicht als lebendige Galgenmännchen bezeichnen kann. Allerdings ist jetzt wahrscheinlich nicht der geeignete Zeitpunkt, um Tyler darauf hinzuweisen.

»Hier entlang.« Ich übernehme die Führung. Im Grunde kenne ich den Louisville Zoo auswendig. Als ich noch klein war, ist meine Mom oft am Wochenende mit mir hierhergefahren. Sie dachte, es ist gut für mich, wenn ich immer mal wieder etwas mit ihr allein unternehme. Sie hat mit diesen Zoobesuchen aufgehört, als ich etwa acht war, weil Georgia älter wurde und weil

Mike als Kleinkind ganz schön anstrengend war. Sie würde es nie zugeben, aber sie war einfach sehr damit beschäftigt, sich eine neue Familie aufzubauen, und fand es ganz angenehm, mich an meinen Vater abzugeben. Damit sie mich wieder richtig wahrnahm, musste Dad erst einmal aus dem Bild verschwinden. Aber aus solchen Gründen möchte niemand wahrgenommen werden. Das ist, als wäre man eine invasive Pflanzenart, auf die keiner achtet, bis sie all die schönen einheimischen Gewächse erwürgt und vernichtet hat.

Im Nachttierhaus sieht es genauso aus wie in meiner Erinnerung: sehr dunkel. Und es riecht nach faulem Obst und Gemüse. Ich höre Georgia hinter mir kichern, also haben es wohl alle geschafft, mit mir Schritt zu halten. Ich laufe schnell an den Käfigen mit den Beutelratten und Waschbären vorbei und finde auch gleich die Vampirfledermäuse. Es stimmt: Sie hängen von der Decke herunter, ihre schwarzen, lederartigen Flügel um den Körper gefaltet.

Roman kommt von hinten und legt mir die Hand auf die Schulter. Ich zucke zusammen.

»Ich bin's nur«, sagt er.

»Ich weiß.« *Und genau das ist der Grund, weshalb ich so schreckhaft bin.* Ich hole die Kamera aus der Tasche.

»Danke, dass du mich gefragt hast, ob du meine Handtasche nehmen kannst«, meckert Georgia.

»Ihr müsst leise reden, sonst erschreckt ihr die Tiere«, entgegne ich.

Georgia funkelt mich an und zieht die Oberlippe hoch. Ihre weißen Zähne leuchten in dem dunklen Raum. »Sehr witzig. Ausgerechnet du sagst anderen Leuten, sie sollen niemanden erschrecken.«

»Georgia!«, zischt Tyler.

»Was denn?« Sie wirft den Kopf zurück. Ihre gehässige Bemerkung schwebt in der Luft wie Rauch von einem Lagerfeuer.

Roman schaltet sich ein: »Äh – wie wär's, wenn wir Aysel einfach fotografieren lassen?« Er tritt von einem Fuß auf den anderen.

»Einverstanden«, sagt Georgia. »Sie bleibt hier, und wir können ja schon mal zu den Gürteltieren gehen. Die sind so niedlich.«

»Ja, klar, wie du meinst«, sagt Roman, und sie gehen den Gang hinunter.

Ich mache die Kamera an und blicke durch den Sucher. Ich knipse ein paar Bilder, dann scrolle ich die Fotos durch. »Hier!«, sage ich und halte Tyler die Kamera hin. »Ich glaube, das da taugt was.«

»Ja, ich würde auch denken, das gefällt Mr Scott«, murmelt Tyler.

Schade, dass ich Mr Scotts Reaktion nicht mehr mitbekommen werde. Ich schiebe die Kamera wieder in die hellblaue Handtasche. »Sollen wir auch zu den Gürteltieren gehen?«

»Sie möchte doch nur deine Freundin sein, weißt du«, sagt Tyler.

Ich ziehe den Reißverschluss der Tasche mit so viel Schwung zu, dass er fast kaputtgeht. »Hm – glaub ich nicht.«

»Doch, es stimmt. Deshalb ist sie heute mitgekommen.«

»Ja, klar.«

»Das merkt doch jeder.«

Ich mustere ihn ungläubig.

»Sie will doch nur, dass du sie beachtest«, fährt er fort. »Und sie möchte dich zum Lachen bringen. Glaub mir, sie ist gar nicht so übel.«

Während wir den dunklen Korridor hinuntergehen, denke ich über das nach, was Tyler gesagt hat. Georgia will meine Freundin sein? Das ist doch absoluter Quatsch. Georgia ist mitgekommen, weil sie sich an Tyler ranschmeißen möchte. Wenn er ihr Freund wäre, würde ihre soziale Stellung nach oben schießen: Cheerleader aus der neunten Klasse geht mit Basketballstar aus der elften Klasse. Wie in einem dieser bescheuerten Teenie-Filme. »Ich glaube, da irrst du dich. Sie wollte nicht meinetwegen mitkommen«, sage ich. »Der eigentliche Grund bist du.«

Bei den Gürteltieren sehen wir schon von weitem Roman und Georgia dicht nebeneinander stehen, die Nasen an die Glasscheibe gepresst. Sie beobachten die Tiere und kichern dabei vergnügt, wie zwei alte Freunde.

»Ich bin mir gar nicht so sicher, ob ich derjenige bin, für den sie sich interessiert!« Tyler stupst mich an der Schulter.

Ich verdrehe die Augen. »Von mir aus kann sie Roman gern haben.« Ich verkneife es mir, hinzuzufügen: *Aber viel bringen wird es ihr nicht, weil er in ein paar Wochen tot ist.*

Roman grinst, als er uns sieht. »Wohin als Nächstes?«

»Zu den Löwen?«, schlage ich vor. »Ich glaube, sie werden um die Mittagszeit gefüttert. Wenn wir uns beeilen, kann ich sie beim Fressen knipsen.«

»Ich habe wahnsinnigen Durst«, verkündet Georgia und dreht sich zu Roman. »Kommst du mit, was zu trinken kaufen?«

Roman schaut mich fragend an. Ich zucke die Achseln. »Ihr könnt ja zu den Löwen nachkommen.«

»Ich bin auch wahnsinnig durstig«, sagt Tyler. »Ich gehe mit dir.«

Georgia runzelt leicht die Stirn. »Oh – okay.«

»Dann gehe ich mit Aysel.« Roman stellt sich neben mich. »Wir kommen dann nach.«

Als Georgia und Tyler außer Hörweite sind, sage ich:

»Jetzt hast du die Chance verpasst, am Getränkestand mit Georgia rumzumachen.«

»Ich dachte, du hättest mir versprochen, dass du keine blöden Witze mehr machst.«

Ich mache mein *Du-hast-mich-ertappt*-Gesicht. Wir verlassen das Nachttierhaus in Richtung Löwengehege. Der Himmel hat sich verdunkelt, und die Sonne ist hinter bedrohlich aussehenden Gewitterwolken verschwunden. Ich vergrabe die Hände in den Jackentaschen und taste mit den Fingern über das Fleecefutter. »Das war kein Witz. Ich glaube, dass sie dich echt am liebsten auffressen würde.«

»Ihr seid so verschieden, ihr zwei. Wie kommt das?«

Ich starre in die Ferne und vermeide jeden Blickkontakt. »Wir haben nicht denselben Vater.«

»Ja, stimmt, du hast ja gesagt, sie ist deine Halbschwester. Aber trotzdem. Sie ist wie ein Löwe und du bist wie … wie ein Gürteltier.«

»Ein Gürteltier?«

Er berührt meine Schulter. »Du weißt schon, wie ich das meine.«

»Mein Vater ist der entscheidende Unterschied.« Ich blicke ihm fest in die Augen. Hoffentlich lässt er das Thema fallen. »Ich erwarte nicht, dass du es verstehst, aber durch ihn gibt es wirklich einen Riesenunterschied zwischen uns.«

Wir kommen zu den Löwen. Nur drei sind zu sehen, und es sieht nicht so aus, als würden sie gerade fressen. Mist. Wir haben die Fütterung verpasst. Der männliche Löwe ruht sich auf einem großen Felsen aus, während in der entgegengesetzten Ecke des umzäunten Geheges die beiden Weibchen dicht beieinander liegen. Der Löwe reißt das Maul auf und gähnt. Der kleine Junge neben uns hüpft auf und ab vor lauter Begeisterung. Ein anderes Kind, das offensichtlich nicht so unerschrocken ist, schmiegt sich an seine Mutter. Ich hole meine Kamera aus der Tasche. Schade, dass ich sie nicht griffbereit hatte, um diese Szene einzufangen.

»Wo ist dein Dad jetzt?«, fragt Roman.

Die Antwort auf Romans Frage lautet: im Gefängnis. Soweit ich weiß, sitzt mein Vater in irgendeinem winzigen Kaff ein, viele Meilen entfernt.

»Fort. Weg«, sage ich und mache ein paar Fotos von den Löwen. Vielleicht kann ich ja eins verwenden. »Ich will nicht darüber reden, okay?«

Roman drückt meine Hand. »Ich kapiere nicht, wie jemand, der nicht mehr Teil deines Lebens ist, so einen entscheidenden Einfluss haben kann.«

Daraufhin entferne ich mich ein Stück von ihm, weg vom Löwengehege, und setze mich auf eine Bank. Roman folgt mir. »Entschuldige. Ich sage nichts mehr.«

Ich stütze die Ellbogen auf die Knie und beuge mich

nach vorn. »Ich weiß, es ist schwer zu verstehen, aber es stimmt. Mein Dad …« Ich hole tief Luft. »Mein Dad hat mein Leben zerstört.«

Ich sage Roman nicht, dass mein Vater mit dem, was er getan hat, nicht nur mein Leben ruiniert hat, sondern dass ich seinetwegen auch Angst davor habe, wer ich bin und was in mir ist.

Bei diesem Gedanken verschiebt sich irgendetwas in mir. Ich weiß nicht, ob die schwarze Qualle in meinem Bauch herumkriecht oder ob es etwas Neues ist, etwas, was ich noch nicht kenne, aber ich spüre, dass es knistert und knackt und explodiert, wie ein winziger Feuerwerkskörper in meinem Inneren.

»Ich sollte ihn besuchen«, sage ich auf einmal, bevor mir wieder einfällt, dass ich ja mit Roman nicht über meinen Vater reden will. Weil Roman Brian Jackson kennt. Weil er mich hassen würde, wenn er die Wahrheit wüsste.

Er räuspert sich. »Wie bitte?«

Ich springe auf. »Ich habe beschlossen, dass ich meinen Vater noch mal sehen will, bevor ich sterbe.«

Roman bleibt sitzen. Als ich es endlich schaffe, ihn anzuschauen, sehe ich, dass er ein grimmiges Gesicht macht. »Du stirbst nicht an Krebs, Aysel«, knurrt er, und seine Stimme wird immer lauter. »Du bist nicht todkrank.«

»Was willst du damit sagen?«

»Wir machen keine letzte Wunschliste. Bei uns geht es nicht darum, was wir noch tun wollen, bevor wir sterben. Es geht nur um den Tod selbst. Nur um den Tod.« Er mustert mich misstrauisch. »Lässt du mich im Stich?«

Das Blut steigt mir ins Gesicht. »Ich lasse dich nicht im Stich! Ich muss ihn nur noch einmal sehen. Ich will ihm in die Augen blicken und …«

Jetzt steht Roman auf. Er legt mir den Arm um die Schulter, und diesmal zucke ich nicht zusammen bei seiner Berührung. Ich lehne mich an ihn. »Und was? Was erhoffst du dir davon? In meinen Ohren klingt das so, als würdest du nach einem Grund suchen, um weiterleben zu können.«

Es schnürt mir die Kehle zu, und die Wörter stehen Schlange, um endlich herauszukommen, aber die schwarze Qualle frisst eines nach dem anderen. »Das stimmt nicht«, presse ich hervor. Es klingt ziemlich piepsig.

»Was ist es dann?«

»Ich muss ihn einfach sehen, Roman. Ich glaube, wenn ich ihn gesehen habe, kann ich von der Klippe springen. Dann hält mich nichts mehr zurück.«

Er dreht das Gesicht zum Himmel. »Und jetzt hält dich etwas zurück?«

Ich weiß nicht, wie ich es ihm erklären soll – dass ich

nicht sicher bin, ob ich meine potentielle Energie wirklich zerstören kann, bevor ich die Wurzel des Ganzen verstehe. Und wie schon vor ein paar Minuten bin ich davon überzeugt, der Schlüssel dazu ist eine letzte Begegnung mit meinem Vater.

Roman senkt das Kinn und schaut mich wieder an. »Wir können zu deinem Vater fahren. Wenn du das brauchst, dann helfe ich dir dabei.«

Ein Teil von mir möchte ihm um den Hals fallen, sich an ihn kuscheln, das Gesicht an seine Brust schmiegen und ihm danken. Aber ich weiß ja, dass das nicht zur Abmachung gehört. Ich wollte, jemand würde mein Herz an einen Lügendetektor anschließen. Es lügt und windet sich und ändert permanent seine Meinung. Ich kann nicht sagen, was mir wichtiger ist – dass Roman bei mir ist, wenn ich meinen Vater sehe, oder dass er die Wahrheit nicht erfährt.

Ich sehe, wie er mich anschaut, seine haselnussbraunen Augen groß und wehmütig. Da geht ein leises Beben durch meine Brust. Vielleicht bin ich naiv, aber so allmählich denke ich fast schon, dass Roman mich verstehen könnte. Dass er mich nicht für die Tat meines Vaters verantwortlich machen würde. Vielleicht sollte ich ihm die Chance geben, mir zu beweisen, dass er wirklich anders ist als alle anderen.

Ich studiere sein Gesicht. Gibt es irgendwelche Anzeichen dafür, dass er schon Bescheid weiß? Mein Name wird in den Internet-Artikeln über meinen Vater nicht erwähnt (und ich habe sie alle überprüft), aber ich bin mir ziemlich sicher, dass selbst eine oberflächliche Google-Suche ihn auf die richtige Spur bringen würde. Es gibt nicht viele Menschen türkischer Herkunft in Langston und überhaupt in Kentucky. Aber während ich das Gesicht betrachte – seine tiefliegenden Augen, seine vollen Lippen, seine Wangen, die von der Sonne ein wenig gerötet sind –, entdecke ich keinerlei Anhaltspunkte dafür, dass er Bescheid weiß. Ich sehe nur jemanden, der fürsorglich ist und voller Empathie, und das macht mich fast genauso befangen wie die Tatsache, dass er jederzeit alles über meinen Vater herausfinden könnte.

Vielleicht wäre es ja besser, wenn ich es ihm erzähle? Wenn er es von mir hört, und nicht von jemand anderem? Die Worte bilden sich in meiner Kehle, und ich bin kurz davor, ihm alles zu sagen, aber dann nimmt er meine Hand, drückt sie und streicht über meine Finger. »Es ist absolut okay, Aysel. Tut mir leid, dass ich dich vorhin angemeckert habe. Wir gehen zusammen zu deinem Vater, okay?«

»Okay.« Mehr bringe ich nicht heraus. Ich presse meine Zunge gegen den Gaumen und nehme mir fest vor, ihm bald die Wahrheit über meinen Vater zu sagen. Nicht heute, aber bald.

Wieder drückt er meine Hand. »Und was kommt jetzt?«

»Möchtest du zu den Eisbären? Ich könnte sie beim Schwimmen fotografieren.«

»Ja, klar.« Er schenkt mir sein Halbmondlächeln. »Ich fände es schön, die Eisbären zum Abschied noch mal zu sehen. Sie waren Maddies absolute Lieblinge.«

Das ist der Moment, in dem ich mich frage, ob FrozenRobot nicht doch eine Liste von Dingen hat, die er tun möchte, bevor er stirbt, und es nur noch nicht weiß.

Ich möchte es wissen.

Dienstag, 26. März

noch 12 Tage

Ich mache bei der Arbeit früher Schluss und fahre so schnell wie möglich nach Hause. Ich möchte da sein, bevor alle anderen zum Abendessen kommen, damit ich noch ein bisschen im Arbeitszimmer herumschnüffeln kann. Wenn meine Mutter irgendetwas über meinen Vater aufgehoben hat, dann bestimmt dort.

Ich öffne die Haustür und bleibe kurz mit angehaltenem Atem im Flur stehen. Hoffentlich ist noch keiner da.

»Hallo?«, höre ich Mike rufen.

»Hallo, Mike – ich bin's nur«, antworte ich leise. Ich will nicht, dass meine Anwesenheit bemerkt wird, falls sonst noch jemand da ist.

»Was gibt's zum Essen?« Seine laute Stimme bringt fast das ganze Haus zum Zittern. Mike hat Steves

Stimmbänder geerbt. Wenn ich ihn nicht so gern hätte, würde mich das nerven. Aber auf Mike kann ich einfach nie sauer sein.

»Keine Ahnung, Mikey. Mom kommt auch gleich, dann kannst du sie fragen, okay?«

»Okay«, ruft er. »Willst du raufkommen und mit mir FIFA spielen?«

Mein Mund zuckt, und ich bin kurz davor zu lächeln. »Vielleicht später. Ich habe massenhaft Hausaufgaben.«

»Okay«, ruft er wieder, aber ich höre die Enttäuschung in seiner Stimme.

Ich versuche, seine Reaktion zu ignorieren und mich ganz auf meinen Plan zu konzentrieren: Moms Sachen zu durchsuchen. Ich gehe den engen Flur hinunter zum Arbeitszimmer. Es ist vollgestellt mit allem möglichen Zeug und kaum größer als ein Wandschrank. Ich muss über ein paar Kartons klettern, um hinter den wackeligen Plastikschreibtisch zu gelangen.

Ich lege den Kopf in den Nacken, damit ich die Schachteln ganz oben im Bücherregal betrachten kann. Wenn ich meine Mutter auch nur ein bisschen kenne, was ziemlich fragwürdig ist, hat sie unseren Familienskandal bestimmt in der unzugänglichsten Ecke verstaut.

Ich klettere auf den Schreibtischstuhl, um an einen Pappkarton mit braunen Ordnern ranzukommen. Der

Stuhl wackelt und dreht sich, ich will mich festhalten, verliere aber das Gleichgewicht, und zwei Kartons sowie mehrere Bücher landen auf dem Fußboden.

Ich selbst ebenfalls. Mit den Händen versuche ich, den Aufprall abzufedern, indem ich die Handflächen in den abgewetzten Teppich drücke. Meine Gelenke brennen, und überall liegen lose Blätter herum. Fuck.

»Aysel?«

Erschrocken blicke ich hoch und sehe Mike vor mir stehen. Fuck, fuck.

Er presst seinen Gamecontroller an die Brust und starrt mich mit offenem Mund an. »Alles okay?«

»Ja. Tut mir leid, sorry, dass ich so einen Krach mache.« Mit einer Handbewegung deute ich auf das verstreute Papier. »Ich hab das Gleichgewicht verloren.«

Er kneift die Augen zusammen. »Was suchst du?«

Ich krabble auf den Knien herum und fange an, die Blätter einzusammeln. Ohne jedes System stopfe ich sie wieder in einen der Kartons. So viel zu Moms durchorganisiertem Arbeitszimmer. Ein Blatt fällt mir ins Auge. Mein Zeugnis aus der vierten Klasse. Ich hebe es hoch und fahre mit den Fingern über das dünne Papier. Seltsam, dass meine Mutter es aufbewahrt hat.

»Aysel!« Mikes Stimme wird lauter. »Wieso wühlst du in Moms Sachen rum?«

Ich halte das Zeugnis hoch. »Ich – äh, sorry – ich suche ein paar alte Schulunterlagen. Ich brauche sie für die College-Bewerbungen, weißt du.«

»Warum sagst du dauernd sorry?« Er nimmt den Gamecontroller in die linke Hand und fährt sich mit der rechten durch seine blonden Locken. Er fasst sich immer an die Haare, wenn er nervös ist oder sich irgendwie unwohl fühlt.

Ich gebe mir größte Mühe, nett zu bleiben. »Ich sage sorry, weil ich denke, ich habe dir einen Schrecken eingejagt.«

Er grinst sein Zahnlückengrinsen. »Du hast mir überhaupt keinen Schrecken eingejagt.«

Ich wechsle das Thema. »Hey – willst du nicht lieber wieder nach oben gehen?«

»Kann ich dir nicht beim Suchen helfen?« Er runzelt besorgt die Stirn.

»Ich glaube, Mom wäre ziemlich sauer, wenn ich dir erlaube, hier zu spielen.«

Jetzt schiebt Mike beleidigt die Unterlippe vor. »Ich würde ja gar nicht spielen. Ich würde dir helfen.«

»Ich weiß. Aber sie möchte nicht, dass du im Arbeitszimmer bist.«

»Okay«, seufzt er.

Als er davontrottet, rufe ich ihm nach: »Hey, Mikey?«

»Ja?«

»Kannst du mir einen Gefallen tun?«

»Kommt drauf an, was für einen.«

»Bitte sag Mom nicht, dass ich hier im Zimmer war.«

»Ist das so 'ne Art Geheimnis?«, fragt er begeistert.

»Ja, unser Privatgeheimnis.«

»Cool. Kommst du nachher auch hoch und spielst mit mir?«

Ich nicke enthusiastisch. Sofort tut mir der Nacken weh. Ich bin es nicht gewöhnt, den Kopf so schnell zu bewegen. »Klar! Versprochen.«

Als er weg ist, sammle ich weiter die Blätter ein und entdecke dabei alles Mögliche. Alte Geburtstagskarten, Rechnungen, Bankauskünfte. Mir scheint, dass das alles völlig chaotisch abgelegt ist, aber vielleicht habe ich auch die gesamte Ordnung zerstört, als ich die Kartons hinuntergeworfen habe.

Ich bin schon kurz davor, die Hoffnung aufzugeben, als ich einen Briefumschlag entdecke. Er ist leer, aber dann lese ich den Absender: *McGreavy Correctional Facility*. Der Umschlag hat also etwas mit meinem Vater zu tun, denn so heißt die Justizvollzugsanstalt, in der er sich befindet. Aber wo ist der dazugehörige Brief? Ich suche weiter, doch dann höre ich, wie die Haustür aufgeht.

»Hallo?«, schreit Mike.

»Ich bin's, Schätzchen!«, antwortet meine Mutter.

Schnell werfe ich die restlichen Papiere in die Kartons. Und als ich gerade dabei bin, sie wieder ins Regal zu wuchten, höre ich Schritte hinter mir.

»Aysel, was tust du hier?«

Ich drehe mich um. Mom trägt noch ihre Arbeitskleidung – eine rote Polobluse und Khakihosen mit Bügelfalte. Das heißt, eigentlich müssten die Khakihosen eine Bügelfalte haben, aber Moms Hose ist ein bisschen zerknittert und fängt schon an auszufransen. Mir fällt auf, dass auch ihre Schuhe ziemlich alt und ausgetreten sind. Wenn ich nicht mehr da bin und sie ein Kind weniger hat, um das sie sich Sorgen machen muss, dann kann sie vielleicht ihre Stundenzahl reduzieren. Oder sie kann sich wenigstens neue Schuhe leisten.

»Ich suche nach Unterlagen, die ich für meine College-Bewerbungen brauche.«

Die Art, wie meine Mutter mich anschaut, zerreißt mir das Herz. So warm und überrascht und voller Hoffnung. »Ach, ehrlich?«

»Ja, ich muss wissen, welche Note ich in der neunten Klasse in Bio hatte.« Ihr Mund verzieht sich zu einem schmalen Strich, weil sie offensichtlich nicht so ganz überzeugt ist, also füge ich hinzu: »Du weißt doch, meine Noten entscheiden darüber, an welchen Colleges ich mich bewerbe.«

Sie fixiert mich mit ihrem Blick und legt nachdenklich die Finger an die Lippen. »Gibt es denn in der Schule niemanden, der dir dabei behilflich sein kann?«

»Ja, aber ich bin so neugierig. Deshalb wollte ich nicht mehr warten.« Durch die Lüge fühlt sich meine Zunge an, als wäre sie geschwollen. Aber Mom strahlt wieder.

»Und – hast du gefunden, was du suchst?« Sie schaut auf die Kartons, als wüsste sie schon, dass der Inhalt völlig durcheinander ist.

»Ja.« Ich stelle mich vor das Regal, um ihren Blick abzulenken, und wippe auf den Fußballen vor und zurück. »Tut mir leid, dass ich die Kartons runtergeholt habe, aber ich stelle sie gleich wieder hoch.«

Mom schüttelt den Kopf. »Nein, nein, dabei kannst du dir weh tun. Das soll Steve machen, wenn er nach Hause kommt.«

Sie bleibt im Türrahmen stehen – sie wartet darauf, dass ich an ihr vorbei in den Flur gehe. Also bleibt mir nichts anderes übrig. Mom knipst dann das Licht im Arbeitszimmer aus, und wir gehen schweigend in die Küche. Aber ich bleibe nicht, sondern sage, dass ich nach oben muss.

In meinem Zimmer lasse ich mich aufs Bett fallen und versuche, das Bild des strahlenden, hoffnungsvollen Gesichts meiner Mutter in mir zu löschen. Ich ziehe mir dir Bettdecke über den Kopf, lege mir die Hand auf den Bauch und bitte die schwarze Qualle, mich daran zu erinnern, dass es für Mom besser ist, wenn ich nicht mehr da bin. Weniger gefährlich. Das, was am siebten April passiert, ist letzten Endes das Beste für sie.

Es ist das Beste für alle. Besonders für mich.

Mittwoch, 27. März

noch 11 Tage

Heute findet bei der Arbeit ein Telefon-Marathon für Langston statt. Jedes Jahr organisiert die Stadtverwaltung eine Art Frühlingsfest auf dem Gelände der Middle School, um Geld zu sammeln. (Vor allem für das Basketball-Programm, aber sie tun so, als wollten sie das Geld für die Naturwissenschaften und für das Mathematikprogramm verwenden.) Es werden immer ein paar harmlose Fahrgeschäfte angekarrt – ein Riesenrad und die Rotierenden Teetassen. Außerdem gibt es Imbissbuden, die klebrige Zuckerwatte und supersüße Limo verkaufen, und das Cheerleader-Team führt ein paar gewagte Tanznummern vor. Die gruseligen älteren Männer von Langston finden dieses Frühlingsfest großartig.

Ich nehme den Hörer und wähle die nächste Nummer auf meiner Liste. John Gordon, wohnhaft 415 Mound

Street. Vielleicht gehört John zu der Altersgruppe, die sowieso zum Jahrmarkt geht, dann muss er nicht darauf hingewiesen werden. Es klingelt zweimal, dann nimmt John ab. Pech gehabt.

»Hallo?«, meldet er sich. Sein Akzent ist total Kentucky.

»Hallo, Mr Gordon«, sage ich. »Mein Name ist Aysel, und ich rufe von Tucker's Marketing Concepts an, im Auftrag der Stadtverwaltung von Langston.«

»Ja – und?« Er klingt etwas ungeduldig, aber weniger genervt als die meisten Leute, mit denen ich rede.

»Wie Sie vielleicht schon wissen, veranstaltet die Stadt zur Zeit ihr jährliches Frühlingsfest.« Ich spule meine Sätze ab: dass das Geld, das bei diesem Event eingenommen wird, den Schulen von Langston zugutekommt und ihnen unschätzbare Dienste leistet. Ich schwärme von den Auftritten der Cheerleader und wie toll (ja, und auch wie sicher) das Riesenrad ist. Ich schließe mit dem vorgeschriebenen Satz: »Es ist eine wunderbare Veranstaltung für alle Altersgruppen. Ein Fest für die ganze Familie.« Ich erwähne natürlich nicht, dass die Cheerleader meistens Bikini-Tops mit Leopardenmuster tragen und im Freien auftreten, obwohl es kaum zehn Grad Celsius hat.

Schweigen am anderen Ende der Leitung.

»Mr Gordon?«

»Ja, ich weiß über das Frühlingsfest Bescheid«, sagt er. »Meine Familie hat vor, morgen Nachmittag hinzugehen.«

»Das ist großartig. Vielen Dank, Mr Gordon.« Eins muss man den Einwohnern von Langston lassen: Wenn es um ihre Stadt geht, dann sind sie dabei.

Irgendwie bin ich heute bei der Arbeit konzentrierter als sonst. Ich will meine Liste abhaken. Vor allem aber sehne ich mich danach, dass meine Schicht vorbei ist. Neulich ist mir so richtig bewusst geworden: Wenn ich bei der Arbeit tatsächlich *arbeite*, vergeht die Zeit wesentlich schneller. Nachdem ich sechs Leute nacheinander angerufen habe, schaue ich zu Laura hinüber. Sie macht ein ganz ernstes Gesicht und blinzelt immer wieder.

»Ist was?«, frage ich sie und will schon meine nächste Nummer wählen.

»Du bist komisch heute.« Sie steht auf und geht zur Kaffeemaschine. »Man könnte fast schon denken, du wärst glücklich. Hast du endlich einen gefunden?«

Ich muss lachen. Es klingt wie ein trockenes Rasseln. *Glücklich? Weil ich einen gefunden habe?* Das Traurige daran ist nur, dass Laura gar nicht so unrecht hat. Ich habe tatsächlich jemanden gefunden. Aber anders, als sie denkt. »Findest du es komisch, dass ich arbeite?«

Sie nickt. »Ja. Sehr komisch.«

»Ich möchte nur, dass du stolz auf mich bist, Laura.« Ich salutiere, und sie schüttelt den Kopf.

Zwei Minuten vor Ende meiner Schicht mache ich den Internetbrowser auf. Ich war den ganzen Tag nicht auf Abwegen, deshalb finde ich, dass es mir jetzt zusteht. Ich suche nach der Telefonnummer der Haftanstalt McGreavy. Dafür brauche ich ein bisschen Zeit, aber schließlich finde ich die Nummer. Ich schreibe sie auf den Notizblock neben meinem Telefon, reiße die Seite ab, falte sie zusammen und stecke sie in die Tasche.

Dann stehe ich auf und hänge meinen Rucksack über die Schulter. Auf dem Weg nach draußen winke ich Mr Palmer zu. Er sieht aus, als würde ihm vor Schreck gleich das Herz stillstehen.

»Tschüs, Aysel«, ruft er matt.

Laura hat es ja schon angesprochen, und ich weiß selbst, dass ich den Eindruck mache, als wäre ich besser gelaunt, aber ich kann gar nicht mit Sicherheit sagen, ob ich besserer Laune bin oder ob mein Kopf mir einen Streich spielt. Weil mir klar ist, dass alles demnächst vorbei ist, und ich mir deshalb über nichts mehr Gedanken zu machen brauche. Ich habe alles genau durchgeplant. Ich weiß, wie ich meine letzten Tage verbringen will, und dieses Zielbewusstsein tut mir gut.

Sonst sind mir die Tage immer endlos lang vorgekommen, das hat mich total fertiggemacht. Die Zeit dehnte sich wie Gummi, erbarmungslos und unveränderlich. Und wie John Berryman sagte: so langweilig. Fühlt sich ein Marathonläufer bei den letzten Kilometern so wie ich jetzt? Er weiß, das letzte Stück schafft er auch noch, also gibt es keinen Grund mehr, müde zu werden.

Ich werfe meinen Rucksack auf den Beifahrersitz und setze mich hinter das Lenkrad. Dann öffne ich den Reißverschluss der vorderen Rucksacktasche und hole mein Handy heraus. Ich ziehe den zusammengefalteten Zettel aus meiner Tasche, atme tief durch und wähle die Nummer.

Ich rufe bei der Arbeit den ganzen Tag über unbekannte Nummern an, also sollte mich das eigentlich nicht nervös machen, aber mein Herz rast. Deshalb stelle ich den Sender mit klassischer Musik ein, ganz leise. Bachs h-Moll-Messe. Während ich der Musik lausche, habe ich das Gefühl, als würde mir jemand eine warme Decke um die Schultern legen. Ich drehe das Radio noch ein bisschen leiser, damit die Musik nicht stört, falls sich in der Justizvollzugsanstalt doch noch jemand aufrafft, den Hörer abzunehmen.

Ich stemme die Beine gegen das Armaturenbrett und kippe den Fahrersitz so weit nach hinten, dass ich flach liege. Ich summe die Melodie mit und klopfe mit den

Fingern auf den zerrissenen Stoff. Als sich endlich eine Stimme meldet, zucke ich richtig zusammen.

»Hallo, hier spricht Tom. Wie kann ich Ihnen helfen?«

Ich schnelle hoch. »Ist dort die Justizvollzugsanstalt McGreavy?«

»Jawohl«, antwortet Tom mit einem genervten Seufzer.

»Ich rufe an, weil ich gern erfahren würde, ob ich meinen Vater besuchen kann.«

»Wie bitte?«

»Ich möchte meinen Vater besuchen. Er ist ...« Ich suche das adäquate Wort. »Er ist einer Ihrer Häftlinge.«

»Ah.« Offensichtlich ist Tom ziemlich wortkarg. »Ich stelle Sie durch zur Besuchsabteilung.«

Ehe ich etwas erwidern kann, ist die Verbindung weg, und ich höre wieder die alberne Fahrstuhlmusik. Ich drehe mein Autoradio auf.

Es dauert nicht allzu lange, da meldet sich eine neue Männerstimme. »Ich bin Bob.« Die Angestellten dieser Justizvollzugsanstalt sind nicht nur sehr einsilbig, sie haben auch eine Vorliebe für einsilbige Namen.

»Guten Tag, Bob.« Ich bemühe mich, nett zu sein, damit er mir hilft. »Ich rufe an, weil ich gern wissen möchte, ob und wie ich meinen Vater besuchen kann.«

»Ihr Vater sitzt hier ein?«

»Jawohl.« Ich sage das möglichst lässig, als würde ich mich im Gefängnissystem bestens auskennen.

»Stehen Sie auf der Liste?«

»Wie meinen Sie das?«

»Auf seiner Besucherliste. Wenn Sie die Tochter sind, müssten Sie draufstehen.«

Ich schlucke. »Ich weiß nicht genau, ob ich auf der Liste stehe.«

Mom hat mir nie erlaubt, dass ich meinen Vater besuche. Kein einziges Mal.

»Tja, also, wenn Sie nicht auf der Liste genannt werden, kann ich leider nichts für Sie tun. Aber ich würde mal annehmen, dass Sie draufstehen. Wenn Leute eingesperrt werden, lassen sie meistens die nächsten Verwandten auf die Liste setzen, für alle Fälle. Falls einer von ihnen je zu Besuch kommen will.«

»Okay«, sage ich langsam. »Heißt das, ich kann einfach so vorbeikommen?«

Er gibt ein seltsames Geräusch von sich, eine Mischung aus Lachen und Schnauben. »Ja, klar. Sie kommen während der Besuchszeit hierher. Wer zuerst kommt, mahlt zuerst. Wenn die Besucherkabinen alle besetzt sind, wenn Sie erscheinen, dann müssen Sie auf die Warteliste. Und da kann ich für nichts garantieren.«

So viele Listen. »Und wann sind die Besuchszeiten?«

»Junge Frau«, sagt Bob, und ich kann praktisch hören,

wie er genervt den Kopf schüttelt. »Diese Informationen stehen alle auf unserer Homepage. Aber weil ich Sie sympathisch finde, werde ich Ihnen die Zeiten sagen.«

Sieht so aus, als hätte sich meine Freundlichkeit bezahlt gemacht. »Vielen Dank, Bob.«

»Also: Dienstag bis Samstag, morgens von zehn bis zwölf und nachmittags von halb eins bis fünf. Darf ich Ihnen noch einen guten Rat geben?«

»Sehr gerne, Bob.«

»Versuchen Sie, möglichst früh hier zu sein. Dann sind Ihre Chancen besser. Gegen Abend kann es passieren, dass das System klemmt.«

»Gut zu wissen. Dann bis Samstag.«

»Alles klar.« Bob legt zuerst auf.

Ich stelle meinen Autositz wieder hoch, damit ich aufrecht sitzen kann, aber ich bleibe noch auf dem Parkplatz von TMC stehen. Mein Kopf ist überfüllt – zu viele Gedanken, die miteinander konkurrieren. Ich stütze ihn in die Hände und hole immer wieder tief Luft. Nach ein paar Minuten rufe ich FrozenRobot an. Ich weiß, es ist bekloppt, aber ich kann nicht anders. Ich brauche jemanden, dem ich meine Gedanken mitteilen kann, und er ist der Einzige, der dafür in Frage kommt. Ich nehme an, das ist auch so ein Grund, weshalb Menschen einen Selbstmordpartner wollen. Er kann manchmal ganz praktisch sein.

»Hey«, meldet sich Roman.

»Hey – was machst du gerade?«

Keine Antwort.

»Hängst du einfach nur in deinem Zimmer rum?«

»Was soll ich sonst tun?«

»Keine Ahnung. Basketball spielen.«

Ich stelle mir vor, dass er mich böse anfunkelt. Während er auf seiner Bettdecke liegt, die goldbraunen Augen zusammengekniffen. Einen Bleistift in der Hand und einen Skizzenblock auf den Knien. Ich sehe Captain Nemo vor mir, wie er zu Roman sagt, er soll ein bisschen chillen, und das ärgert ihn nur noch mehr. Ich fürchte, ich habe gelacht, denn Roman sagt: »Hör bitte auf.«

»Okay. Ich höre auf. Versprochen.«

»Das versprichst du mir schon die ganze Zeit, aber du hörst nicht auf. So langsam nervt es mich echt.«

Ich kralle meine Fingernägel in den Autositz. Ich will FrozenRobot nicht nerven. Eigentlich kann es mir egal sein, wie er mich findet. Aber einem kleinen Teil von mir ist es überhaupt nicht egal.

»Sorry«, murmelt Roman. »Das hätte ich nicht sagen sollen.«

»Nein, nein, ist schon okay. Ich hab's verdient.«

»Nein, hast du nicht.«

Ich schweige einen Augenblick. Roman sagt auch nichts, ich kann nur seinen flachen Atem hören. Zu gern würde ich ihn fragen, ob er gerade zeichnet. Aber ich traue mich nicht.

»Kann ich vorbeikommen und dich abholen?«

»Und warum, wenn ich fragen darf?«

Ich hole wieder einmal tief Luft und überlege, wie ich das am besten sagen kann. In meinem Kopf dreht sich alles, und ich muss an die Telefonanrufe bei der Arbeit denken. »Ich habe gedacht, wir könnten vielleicht zum Frühlingsfest gehen.«

»Bist du völlig übergeschnappt?«

»Ist das ein Ja?«, ziehe ich ihn auf, korrigiere aber sofort meinen Tonfall. »Ich meine – du bist doch derjenige, der immer wieder sagt, es ist leichter für dich, am siebten abzuhauen, wenn deine Mom denkt, wir sind richtig gut befreundet.«

»Stimmt, aber ich kapiere trotzdem nicht, warum du zum Frühlingsfest willst.«

»In einer Viertelstunde bin ich bei dir«, sage ich nur und lege auf.

Er hat ja recht. Wenn man es sich richtig überlegt und wenn man nach meinen eigenen Maßstäben urteilt, würde man denken, dass mich so was wie das Frühlingsfest nicht lockt. Aber je näher der siebte April rückt, desto unbekümmerter werde ich.

Doch da ist noch was anderes: Das Frühlingsfest ist der Ort, an dem ich, in meiner Erinnerung, das letzte

Mal richtig glücklich war. Ich bin nicht sicher, wie alt ich war, als das anfing mit der schwarzen Qualle, die jeden einzelnen positiven Gedanken in mir auffrisst. Aber ich weiß ganz genau, als ich das letzte Mal bei dem Fest war, hielt mein Vater mich an der Hand, und das Glücksgefühl verschwand nicht.

Es blieb.

Mittwoch, 27. März

noch 11 Tage

Ich schicke ihm eine SMS, als ich vor seinem Haus stehe, und innerhalb von Sekunden kommt FrozenRobot zu meinem Auto gelaufen. Die Kapuze seines blauen Sweatshirts hat er über den Kopf gezogen, und er geht nach vorn gebeugt, als müsste er sich vor einem unsichtbaren Feind verstecken.

Als er im Auto sitzt und wir aus seiner Straße fahren, sagt er: »Und warum gehen wir zum Frühlingsfest?«

»Ich dachte, damit tue ich dir einen Gefallen. Deine Mom ist doch bestimmt begeistert, wenn du ganz normale Sachen machst.«

Er knallt mit dem Kopf gegen die Kopfstütze. »Ja, klar, das hast du schon am Telefon gesagt. Ich will aber wissen, warum du zu dem Frühlingsfest gehen möchtest.«

Ich schaue kurz zu ihm hinüber. Sein Kiefergelenk arbeitet, und er hat den Blick gesenkt. Insgesamt sieht er nicht so aus, als wäre er zu Scherzen aufgelegt. *Kein Grund, so sauer zu sein, FrozenRobot.* »Okay, gut. Ich sag's dir. Ich habe die Justizvollzugsanstalt McGreavy angerufen.« Nach einer kurzen Pause rede ich weiter: »Da ist mein Dad. Er sitzt dort ein. Und außerdem wollte ich dir erzählen, dass ich rausgefunden habe, wann ich ihn besuchen kann.«

Er hebt den Kopf und starrt durch die Windschutzscheibe. Anscheinend beeindruckt es ihn nicht besonders, dass mein Dad im Knast sitzt. Es ist fast so, als hätte ich ihm gerade eröffnet, dass mein Vater in einem Restaurant hier in der Gegend Pfannkuchen bäckt oder irgendwas. »Hast du überhaupt gehört, was ich gesagt habe? Mein Vater ist in Haft. In der Justizvollzugsanstalt McGreavy.«

Roman schaut mich nicht an, sondern glotzt weiterhin stur nach vorne. »Hättest du mir das nicht am Telefon sagen können?«

Ich zucke die Achseln, obwohl ich weiß, dass er mich gar nicht sieht. Komisch, was wir alles tun, selbst wenn niemand zuschaut. »Ja, klar, aber ich dachte, es ist vielleicht lustig bei dem Frühlingsfest, und dann kann ich es dir persönlich sagen.«

»Lustig?« Er spuckt das Wort aus, so wie er am ersten

Tag das Wort »Freunde« ausgespuckt hat. Endlich dreht er sich zu mir. »Wer bist du?«

Ich trete aufs Gaspedal und schaue nach vorn. Er soll nicht merken, wie sehr sein Tonfall mich verletzt. Seine Frage beantworte ich nicht, weil ich ja selbst keine Ahnung habe, wie die Antwort lauten würde. Wir schweigen also beide während der restlichen Fahrt.

Dann parke ich den Wagen auf dem matschigen Platz gegenüber von der Langston Middle School, wir gehen nebeneinander zum Eingang, und ich kaufe Karten für uns beide. Das ist das Mindeste, was ich tun kann, wenn man bedenkt, dass ich ihn mehr oder weniger gezwungen habe mitzukommen. Und er hat ja beim Zoo für mich bezahlt.

An den Toren zum Hauptgelände hat jemand fünf riesige Brian-Jackson-Banner aufgehängt. Ich beobachte Roman aus dem Augenwinkel, während er die Fotos auf den Bannern studiert. Mein Mund ist wie ausgetrocknet, aber ich zwinge mich zu fragen: »Wann hast du das letzte Mal mit ihm gesprochen?«

Ein Achselzucken. »Ist schon 'ne ganze Weile her. Ich kenne ihn eigentlich gar nicht mehr richtig.« Vielleicht bin ich paranoid – das heißt, ich weiß, dass ich paranoid bin, aber es klingt fast so, als würde unter der Oberfläche von Romans Stimme irgendetwas lauern. Als wüsste er etwas, will aber nicht, dass ich weiß, dass er es weiß.

»Warst du echt so schnell wie er?« Ich denke an meine erste Begegnung mit Roman und wie seine Freunde mit seinen athletischen Qualitäten angegeben haben.

Roman lacht ein kaltes Lachen. »Nein. Bri war immer schneller als ich.« Jetzt wendet er den Blick von den Bannern ab und schaut mich mit einem triumphierenden Grinsen an. »Aber ich konnte Kreise um ihn herum dribbeln.«

Eine kleine Welle der Erleichterung schwappt über mich weg. Vielleicht hat ja das, was ich in Romans Stimme gehört habe, gar nichts mit meinem Vater zu tun. Vielleicht weiß er es wirklich noch nicht. Vielleicht war es einfach nur Neid – weil er wieder daran erinnert wurde, wie sehr sich sein Leben seit Maddies Tod verändert hat. Ich würde gern noch mehr Fragen stellen, aber Roman deutet mit einer Kopfbewegung in Richtung Festgelände. »Also – gehen wir jetzt oder nicht?«

Ich reiche ihm seine Karte. »Okay, dann mal los.«

Auf dem Gelände ist schon viel Betrieb. Kinder rennen an uns vorbei und jagen einander, die Hände klebrig von Zuckerwatte, ihre Lippen blau verfärbt, weil sie zu viele Slushys getrunken haben. Mir wird schwer ums Herz. Ich wäre gern wieder so alt wie diese Kinder. Bevor ich richtig verstanden habe, dass mit meinem Vater etwas nicht stimmt. Dass mit mir etwas nicht stimmt.

Roman legt mir die Hand auf den Rücken. Ich verstehe diesen FrozenRobot nicht. Für jemanden, der so kalt sein kann, ist er ausgesprochen berührungsfreudig. »Alles okay?«

»Ach – nur Erinnerungen.« Der Boden ist weich unter meinen Füßen, und meine Turnschuhe sinken in den Schlamm. Es riecht penetrant nach Popcorn und Frittierfett und Matsch.

Er nickt und nimmt die Hand von meinem Rücken. »Maddie fand das Frühlingsfest immer total super.«

Ich weiß nicht, was ich dazu sagen soll, deshalb mache ich einen lahmen Vorschlag: »Willst du Riesenrad fahren?«

Er zuckt mal wieder die Achseln. »Ja, klar, warum nicht.«

Wir warten in der Schlange. Ich sehe ein paar Leute aus meiner Klasse. Sind sie hier, weil sie den Auftritt meiner Schwester sehen wollen? Ich sollte wahrscheinlich auch hingehen. Obwohl meine Anwesenheit bestimmt mehr schaden als nützen würde. So ist das immer.

Ich sehe, wie Stacy Jenkins sich zu Nate Connors beugt und ihm etwas ins Ohr flüstert. Vermutlich geht es um mich. Ich beiße auf die Innenseite meiner Wange und ignoriere die beiden.

Roman mustert mich. Irgendwie spürt er, dass ich mich verkrampfe. »Was ist los? Hast du Probleme mit –«

Ich falle ihm ins Wort. »Mach dir keine Gedanken.«

Er dreht sich um und wirft Stacy und Nate böse Blicke zu. Wenn sie nicht sowieso schon über mich tuscheln, dann spätestens jetzt. Ich hasse das Gefühl, wenn ich ihre Blicke im Nacken spüre, als wäre ich eine Zielscheibe, die sie möglichst schnell treffen wollen. Ich schlinge die Arme um mich und versuche, die ganze Szene auszublenden. Ich summe Mozarts Requiem vor mich hin und wippe langsam auf den Ballen auf und ab. Auf keinen Fall darf Roman mit meinen Klassenkameraden über mich reden. Dann wird er nämlich sehr schnell dahinterkommen, wer mein Vater ist, und das wäre die übelste Art, wie er alles erfahren könnte.

Als wir dran sind, bugsiert uns ein Mann, der nur noch die Hälfte seiner Zähne hat, in den nächsten Wagen. Wir hüpfen hinein, und langsam lösen wir uns vom Boden.

»Glaubst du echt, dass es dir hilft, wenn du deinen Dad besuchst?«, fragt Roman. Er schaut mich an statt nach unten, was ja eigentlich der Sinn und Zweck einer Fahrt mit dem Riesenrad ist.

»Keine Ahnung, ob es mir hilft, aber ich muss ein paar Dinge wissen.«

Ich blicke hinunter auf die Imbissstände und die Spielbuden, die immer kleiner werden. Ist es so ähnlich, wenn man stirbt? Alles, was man weiß und denkt und fühlt, wird immer kleiner, bis es schließlich ganz verschwindet.

»Was für Dinge?« Roman lässt nicht locker. »Du hast gesagt, der Besuch bei deinem Vater würde nichts daran ändern, dass du – na ja, du weißt schon.« Seine Hände zucken. Ich überlege, ob ich ihm sagen soll, dass er doch eigentlich mit dem Thema Tod vertraut genug sein müsste, um das Wort »sterben« auszusprechen. Aber ich sage nichts. Ich will auf keinen Fall wieder mit ihm streiten.

»Hör zu«, sage ich. Meine Stimme wird lauter. »Mein Dad war ein übler Typ. Er hat etwas ganz Schlimmes getan. Ich möchte einfach wissen, warum.«

»Aber wozu der ganze Aufwand? Wenn es sowieso keine Rolle spielt, weshalb musst du es dann wissen?« Er spricht sanft und ruhig, übt keinen Druck aus und urteilt auch nicht.

Mich überkommt plötzlich der Wunsch, FrozenRobot zu umarmen. Ich finde es ganz wunderbar, dass er nicht fragt, was mein Dad getan hat. Die widerlichen Einzelheiten interessieren ihn nicht. Ich starre auf seine breiten Schultern und stelle mir vor, wie ich mein Gesicht an seine Brust drücke. Aber ich darf so was nicht denken! Also senke ich lieber den Blick und schaue zu dem Bagelstand hinunter. Mein Vater liebte Bagel. Er sagte immer wieder lachend, sie seien das Beste an Amerika. Er hat jedes Jahr einen süßen Bagel mit Zimt für mich gekauft und für sich selbst einen mit Käse und Zwiebeln. Dann sind wir mit unseren Bageln in der Hand über den Festplatz geschlendert und haben darüber diskutiert, welches Karussell wir noch ausprobieren könnten. Das waren die seltenen Augenblicke, in denen ich mich sicher und geborgen fühlte.

»Hey – wach auf!« Roman tippt mir auf die Schulter und wedelt mit der Hand vor meinem Gesicht herum.

»Sorry – ich glaube, ich bin total abgedriftet. Ich sehe so gern nach unten. Mir gefällt es, wenn alles immer kleiner wird.«

»Mir auch. Aber du hast meine Frage noch nicht beantwortet. Ich möchte dich verstehen, Aysel. Ehrlich. Aber ich kann dir nicht folgen. Wenn du mit mir am siebten April springen möchtest, warum spielt es dann noch eine Rolle, weshalb dein Vater das getan hat, was er getan hat?«

Ich knabbere an meinem Daumennagel und zwinge mich, an die Wochen vor dem Verbrechen meines Vaters zu denken. Er war damals nervös und gereizt, noch mehr als normalerweise. Er glaubte, dass er Geld verlor, weil irgendwelche Kids Süßigkeiten und Zeitschriften klauten, wenn er mal nicht aufpasste. Besonders erinnere ich mich an einen Tag, als ich nach der Schule in den Laden gerannt kam, und er saß hinter der Theke und blätterte völlig hektisch in irgendwelchen Unterlagen. Mit rot unterlaufenen Augen schaute er mich an. »Ich bemühe mich so, Sellie, Aber ich weiß nicht, ob es je reichen wird.« Ein Teil von mir wollte davonlaufen, weit weg von diesen Augen, aber ich schluckte meine Angst hinunter und ging zu ihm hinter die Theke. Ich schlang die Arme um ihn und presste die Nase in den Stoff seines Hemdes, das immer leicht nach Knoblauch roch. Nach einer Weile begann er ein Thema aus dem 1. Brandenburgischen Konzert von Bach zu summen.

Ich schließe die Augen ganz fest. Manchmal kann ich im Kopf noch die tiefe, gedämpfte Stimme meines Vaters hören. »Ich weiß nicht, Roman«, seufze ich und öffne die Augen. »Aber er hat mich großgezogen, und ich brauche so eine Art Abschluss.«

Unten angekommen, hält unsere Kabine an, und wir hüpfen heraus. Roman legt den Arm um meine Schulter und zieht mich an sich. »Solange du nicht kneifst.«

»Ich hab's dir doch gesagt: Ich kneife nicht.«

»Das höre ich gern.«

Mein Herz stolpert kurz, als er das sagt, und ich muss mich zusammennehmen. Aber Roman hat sowieso nicht recht: Ich kneife nicht, ich suche auch nicht nach Gründen, um weiterzuleben. Ich möchte die Gründe, weshalb ich sterben will, überprüfen. Aber als ich zu ihm hochblicke und die dunklen Ringe unter seinen Augen sehe, bin ich mir nicht mehr sicher, ob ich ihn oder mich selbst zu überzeugen versuche. *Ich kneife nicht*, wiederhole ich in Gedanken. *Ich kneife nicht. Ich will das.*

»Was geht in dir vor?« Roman runzelt die Stirn.

»Nichts«, antworte ich. Ach, wenn das nur stimmen würde. »Kommst du am Samstag mit?«

»Zu deinem Dad?«

»Ja.«

»Ich denke schon. Ich muss mir nur irgendwas für meine Mutter einfallen lassen, damit ich weg kann.«

»Okay. Ich hol dich am Samstagmorgen ab. Ziemlich früh, würde ich denken. Geht das?«

Er zuckt die Achseln. »Schick mir 'ne SMS.«

»Okay.«

Eine Weile stehen wir beide stumm und verlegen da. »Also – nachdem du mich hierher geschleppt hast, können wir ja auch versuchen, ein bisschen Spaß zu haben.« Er spricht das Wort »Spaß« aus, als wäre es ein Fremdwort, ein Scherz.

Dann lenkt er mich zu der Mini-Basketball-Bude. Er reicht der Angestellten ein paar zerknitterte Dollarscheine, und sie gibt ihm einen Basketball. Ich kenne die Frau nicht, aber sie ist vermutlich die Mutter irgendeines Mitschülers. Jedenfalls mustert sie mich mit einem Blick, als wüsste sie, wer ich bin und wer mein Vater ist, aber sie sagt nichts.

Roman nimmt den Basketball und fixiert den Korb mit den Augen. Ich beschreibe in meinem Kopf die physikalische Problemstellung und versuche, die potentielle Energie des Balls zu berechnen. Roman schaut mich an. »Du tust es schon wieder, stimmt's?«

»Was?« Ich verschränke die Arme vor der Brust. Die Angestellte mustert mich mit hochgezogenen Augenbrauen. Ich merke, sie gehört zu den Müttern, die sich an Teenager-Dramen hochziehen. Na, super.

»Dein Physik-Nerd-Ding. Du denkst immer nur an Physik.«

Meine Wangen brennen. »Wie hast du das gemerkt?«

Da ist es wieder, das vertraute schiefe Lächeln. »Du hast das gleiche Gesicht gemacht, als du im Zoo die Tiere geknipst hast. Man merkt, dass du dich ganz auf etwas konzentrierst.« Dann wendet Roman sich wieder dem Basketballkorb zu und wirft. Schwupp. Der Ball geht mühelos durch das Netz. FrozenRobot wirft erstklassig.

Die Frau, der die Bude gehört, hebt einen dürren Finger, um anzuzeigen, dass er einen Punkt gemacht hat. *Besten Dank! Bis eins können wir zählen. Wir sind lebensmüde, suizidal, aber rechnen können wir.* Ich nicke ihr zu, um ihr mitzuteilen, dass wir verstanden haben.

Roman dreht den Ball in seinen Händen. »Mir gefällt dieser nachdenkliche Blick. Irgendwie niedlich.«

Ich muss lachen. Ich glaube, in meiner gesamten Lebensgeschichte hat mich noch nie jemand als niedlich bezeichnet. Selbst als ich klein war, galt ich immer als »besonders« – eine Umschreibung der Tatsache, dass ich nicht aussah wie alle anderen in Langston. Oder als »süß«, eine Umschreibung für leise und anspruchslos. Aber nie niedlich.

»Was?« Roman geht leicht in die Hocke und wirft den Ball wieder in die Luft. Er prallt gegen den Ring, rutscht dann aber doch durch das Netz. Ich zeige der Frau zwei Finger, und sie lächelt müde.

»Jawohl!«, sagt sie. Mit einem dicken Südstaatenakzent. »Zwei Punkte hat er schon, und er kann noch zwei machen.«

Roman studiert die verschiedenen Kuscheltiere. Es gibt reihenweise rosarote Pandas und Tiger in Neon-Orange. Ich entdecke sogar ein paar blaue Elefanten. »Was kann ich gewinnen?«, fragt Roman.

Die Frau springt hoch, richtet sich kerzengerade auf und legt ihre optimale Showmaster-Nummer hin: Sie streckt die Arme nach vorn und zeigt dann mit weit ausholender Geste auf die Tiger, Pandas und Elefanten. »Und wenn Sie vier Mal treffen, können Sie auswählen, was Sie wollen.«

»Sogar den Riesenlöwen?«, will Roman wissen und reckt den Hals, um den gigantischen Löwen, der ganz oben im Regal sitzt, besser betrachten zu können. Die

Mähne sieht aus, als würde sie furchtbar kratzen, wenn man sein Gesicht hineindrückt, aber er ist schon ziemlich imposant.

Jetzt lächelt die Dame mir strahlend zu. »Ja, auch den Riesenlöwen. Hätten Sie den gern?«

»Ich?« Ich blinzle.

»Ja, Sie. Er gewinnt den Preis doch für Sie, mein Kind. Oder?« Sie gackert leise. Ich habe nie begriffen, warum die Frauen in Langston gern solche Geräusche von sich geben. Vermutlich empfinden sie eine gewisse Verwandtschaft mit dem Hühnerhof.

»Ich glaube nicht.« Ich vergrabe die Hände in den Taschen meiner schwarzen Jeans und verlagere das Gewicht vom rechten Fuß auf den linken.

Roman tut so, als hätte er die Bemerkung der Frau gar nicht gehört. Er bereitet sich auf den nächsten Wurf vor. Während ich ihn beobachte – sein Gesicht hochkonzentriert, seine tiefliegenden Augen groß und gerichtet, seine sehnigen Muskeln angespannt. Ich frage mich, ob er etwas Ähnliches sieht, wenn er mich anschaut und ich gerade über Physik nachdenke. Klar, er wirkt trotzdem noch ziemlich unglücklich, noch ziemlich Frozen-Robot-mäßig. Aber da ist etwas, wie diese Schatten, die sich manchmal in ein Foto schleichen. Ein Teil von mir möchte dieses Etwas ergreifen und in den Vordergrund holen.

Plötzlich wird mir klar, was dieses schattige Etwas ist. Es ist Freude. FrozenRobot liebt Basketball. Er wirft gern Körbe. Egal, wie sehr er versucht, diese Freude zu unterdrücken – sie ist da. Ich frage mich, ob Freude potentielle Energie besitzt. Oder ob es eine potentielle Energie gibt, die zu Freude führt, wie eine Art Glücks-Serum, das im Magen der Menschen wartet und langsam nach oben blubbert, um dann das Gefühl hervorzurufen, das wir als Glück kennen.

Wenn das stimmt, dann frisst die schwarze Qualle mein gesamtes Glücks-Serum. Nein, stimmt nicht. Den größten Teil davon. Während ich zuschaue, wie FrozenRobot Basketball spielt, fange ich fast an zu lächeln. Das entscheidende Wort: fast.

Roman trifft auch beim dritten und vierten Wurf. Ich verfolge eigentlich gar nicht das Werfen selbst, sondern wie er sich darauf vorbereitet. Das gefällt mir besser als der Moment des Wurfs. Der ist zu schnell vorüber. Man bekommt ihn kaum zu fassen.

»Und – was darf's sein?«, fragt die Frau. Auf ihrem vorderen Schneidezahn ist eine Schmierspur ihres maulbeerroten Lippenstifts zu sehen.

»Die Lady wählt aus«, sagt Roman, und ich bin völlig überrumpelt.

Die Frau mit dem Lippenstiftfleck auf dem Zahn wendet sich zu mir. »Also – der Löwe?«

Alle Wörter, die ich gern sagen würde, verheddern sich in meiner Kehle. FrozenRobot sollte nicht für mich beim Frühlingsfest einen Preis gewinnen. Das Letzte, was ich brauche, ist noch mehr Krempel, den ich zurücklassen muss. Das Letzte, was ich brauche, ist noch mehr Verwirrung. Ich schüttle den Kopf. »Ich möchte gar nichts.«

Sie legt die Stirn in Falten, und Roman schubst mich mit der Schulter an. »Komm schon, Aysel. Du musst was aussuchen. Ich habe gewonnen.«

»Ich weiß«, stammle ich. »Aber ich möchte lieber was anderes.«

Die Frau guckt immer mürrischer. »Andere Preise gibt's hier nicht, Schätzchen.«

Ich schüttle wieder den Kopf, aber diesmal etwas energischer. »Nein, nein. Ich möchte keinen anderen Preis. Ich will nur den Preis, den er gewonnen hat, jemand anderem schenken.«

Jetzt zieht die Frau konsterniert die Augenbrauen hoch.

Ich versuche mein Bestes, um mich verständlich zu machen. »Also – wenn ein Kind kommt und spielt, aber nie trifft. Können Sie dem dann trotzdem einen Preis geben?« Ich beiße mir auf die Unterlippe.

Sie stemmt die Hände in die Hüften. »Aber wie soll ich wissen, welchem Kind?«

Ich zucke die Achseln. »Geben Sie den Preis einem Kind, das besonders einsam aussieht.«

Ihre Nase zuckt, als sie darüber nachdenkt, und dann lächelt sie ein bisschen. »Okay, Darling. Wie Sie wünschen. Sie werden irgendeinem Kind den Tag versüßen.«

»Der Riesenlöwe wird irgendjemandem den Tag versüßen«, sage ich und füge, an mich selbst gerichtet, flüsternd hinzu: »Hoffe ich wenigstens.«

Als wir von der Bude weggehen, streckt Roman die Hand aus, ich nehme sie, und er fädelt seine Finger durch meine. Ich sage nichts. Ich weiß, es ist nicht das, wonach es aussieht. Es ist eine andere Art von Händchenhalten. So werden wir uns voraussichtlich am siebten April an der Hand halten.

Aber obwohl ich das im Kopf genau weiß, breitet sich auf meiner Haut trotzdem eine Wärme aus. Hoffentlich merkt er das nicht. Vielleicht denkt er ja, ich habe immer schwitzige Hände.

»Das war echt cool.« Roman schwingt unsere Hände hoch in die Luft und wieder nach unten. Ich lasse es zu, dass er meine Hand bewegt, als wären wir eine Einheit. »Warst du ein einsames Kind?«

Ich überlege kurz. »Nicht immer.«

Er senkt den Kopf, um mir direkt in die Augen sehen zu können. Er sagt nichts, aber das muss er auch nicht. Ich weiß ja, er will, dass ich ihm das etwas näher erkläre.

»Nach dem, was mit meinem Vater passiert ist, habe ich alle meine Freundinnen verloren. Manche haben sich sofort von mir abgesetzt, aber manche habe ich auch selbst weggestoßen. Ich hatte solche Angst davor, jemanden dichter an mich ranzulassen.« Ich seufze. »Keine Ahnung, wie ich das beschreiben soll.«

Roman nickt. Hier draußen im Freien sind seine Augen goldgrün, wie Gras, das in der Sommersonne leuchtet. »Ich verstehe, was du meinst. Es ist so ein Gefühl, dass die Trauer dermaßen tief und übermächtig ist, dass man Angst hat, alle würden darin ertrinken, wenn sie einem zu nahekommen.«

Er kapiert, was ich meine.

»Ganz genau«, murmle ich.

Mit seiner freien Hand streicht er mir eine Haarsträhne aus dem Gesicht. »Ich habe das auch gemacht, weißt du. Ich habe meine Freunde weggestoßen. Aber das muss man tun, glaube ich. Es ist die einzige Möglichkeit.«

Er hält immer noch meine Hand, seine Finger durch meine geflochten. Ich wüsste gern, wie schnell er loslassen würde, wenn er wüsste, was mein Vater Timothy Jackson angetan hat.

»Erzähl mir doch noch ein bisschen mehr von deiner Traurigkeit«, sagt er.

»Warum?«

»Ich möchte dich besser verstehen. Mir gefällt es, wenn ich dich verstehe. Es ist schon ziemlich lang her, dass ich mich auf jemanden eingelassen habe, aber dich kapiere ich irgendwie.«

Mein Herz, dieses schwarze Loch, stolpert und saugt alle Luft aus meiner Lunge. So kann das nicht weitergehen. Sonst wird der siebte April nur noch schlimmer. Ein paar Typen aus der Middle School rennen an uns vorbei, machen »Oooh!« und »Aaah!«, und Roman läuft rot an, lässt aber meine Hand trotzdem nicht los. Ich spüre, dass ich ebenfalls rot werde.

Eine Weile bleiben wir stehen, dann zieht er leicht an meiner Hand, um mir zu signalisieren, dass er weitergehen möchte. So schlendern wir schweigend über das Gelände, und unsere Sneaker knirschen über das Stroh, das auf dem Boden ausgelegt wurde, um den Matsch aufzunehmen.

Als wir uns den Rotierenden Teetassen nähern, beginnt Roman wieder zu reden: »Für mich fühlt es sich manchmal so an, als würde mich mein Schmerz bei lebendigem Leib auffressen. Ich habe immer gedacht, die schlimmsten Augenblicke sind die, wenn mich etwas an sie erinnert. Aber das stimmt nicht. Die schlimmsten Augenblicke sind die, wenn ich sie in der Zukunft vermisse. Klar, Feiertage sind schwer, aber ich denke mehr an die kleinen Dinge. Zum Beispiel beim Einkaufen, wenn ich an der Gefrierabteilung vorbeigehe und mir vorstelle, wie Madison meine Mutter anbettelt, sie soll doch bitte eine große Packung Popsicles kaufen.« Er verstummt und lacht kurz auf. Es klingt, als würde er gleich ersticken. »Ein halbes Jahr lang hat meine Mutter mich nicht eine Sekunde aus den Augen gelassen. Deshalb hat sie mich immer gezwungen, mit ihr einkaufen zu gehen.« Er lässt den Kopf hängen, den Blick auf die matschverschmierten Turnschuhe gerichtet. »Das Allerschlimmste ist, dass ich weiß, ich bin schuld daran, dass sie nicht um Popsicles betteln kann. Was würde ich nicht alles dafür geben, sie noch einmal zu sehen und mit ihr zu tauschen.«

Ich klammere mich fester an seine Hand, als hätte ich Angst, dass er verschwindet – dass sein Schmerz ihn hier an Ort und Stelle verschlingt.

»Deshalb zeichne ich«, fährt er fort. »Vor Madisons Tod habe ich auch schon Skizzen gemacht, aber die habe ich keinem gezeigt. Ich habe das Zeichnen nicht ernst genommen. Und, ehrlich gesagt – meine Basketball-Kumpel hätten mich ja auch ganz schön fertiggemacht deswegen. Aber jetzt zeichne ich, weil ich oft einfach nicht reden kann. Es kommt mir dann vor, als wäre ich in einem tiefen Loch gefangen, und ich kann nicht rausklettern. Ich zeichne, um dem zu entfliehen, obwohl ich weiß, das geht nicht.«

Ich schlucke den Kloß im Hals hinunter und versuche, all das, was er mir gerade erzählt hat, irgendwie zu verdauen. Ich glaube, ich habe FrozenRobot noch nie so lang am Stück reden hören. Mein ganzer Körper fühlt mit ihm. Ich würde so gern etwas für ihn tun. Aber ich weiß, es gibt gar nichts, was ich tun könnte. Niemand kann ihn aus dem tiefen Loch retten. Niemand kann mich vor meiner schwarzen Qualle retten.

»Aber du hast wenigstens das Recht, Madison zu vermissen«, sage ich leise.

Er muss verstanden haben, was ich damit sagen will, denn er fragt: »Vermisst du ihn? Deinen Dad?«

»Ja«, sagte ich ohne Zögern. »Ja, sehr sogar. Und das ist auch der Grund, warum ich weiß, dass ich verrückt bin.«

Roman bleibt wieder stehen und dreht sich zu mir. Ganz dicht steht er vor mir. Sozusagen auf Augenhöhe – oder besser, mein Kinn an seiner Brust. Er lässt meine Hand immer noch nicht los und legt seine andere Hand auf meinen Nacken. Sie ist warm und feucht. Vielleicht, ganz vielleicht ist er auch ein bisschen nervös und verwirrt.

»Ich finde nicht, dass du verrückt bist«, flüstert er. »Aber ich verstehe, warum es dich durcheinanderbringt. Ich wollte, es wäre anders für dich. Ich wollte, das wäre alles nie passiert .«

»Ich auch«, antworte ich genauso leise.

Dann drückt er mit der rechten Hand ein wenig gegen meine Schulter, damit der Abstand zwischen uns sich wieder vergrößert und er mich anschauen kann. »Darf ich dich etwas fragen?«

»Ja, klar.«

»Du bist doch Naturwissenschaftlerin – glaubst du an andere Welten? Denkst du, es gibt eine andere Dimension, in der wir glücklich sind? In der du immer noch deinen Vater hast und ich Maddie? So dass wir einfach ein normaler Junge und ein normales Mädchen auf einem Frühlingsfest sind?«

Ich lasse seine Hand los und zucke die Achseln. »Ich kann darüber nicht nachdenken.«

Roman verzieht das Gesicht und reibt sich den Nacken. »Und wieso nicht?«

»Es ist zu verwirrend.«

»Und der ganze Mist mit der potentiellen Energie ist nicht verwirrend?«

Mein Gesicht brennt. »Keine Ahnung. Aber irgendwie kommt mir das anders vor, weniger hypothetisch.«

Ich würde jetzt gern etwas Schlaues sagen. Etwas, was ihm begreiflich macht, dass ich es knallhart naturwissenschaftlich meine, wenn ich über potentielle Energie rede, und nicht wie Science Fiction. Aber bevor mir der perfekte Satz einfällt, sagt Roman: »Weißt du, was wirklich verwirrend ist?«

Ich nicke, damit er weiterredet.

»Wenn ich sehe, wie glücklich und froh du bist, wenn du über Physik nachdenkst. Das macht mich irgendwie … glücklich.« Er lässt die Schultern hängen und scharrt mit den Füßen. »Und das ist echt verwirrend.«

In meiner Kehle entsteht ein seltsamer Druck, und ich weiß, ich sollte jetzt etwas sagen über das, was mir aufgefallen ist, als er die Körbe geworfen hat, aber ich schweige. Ich denke an meine schwarze Qualle, die in mir herumwabert und meine potentielle Glücksenergie aufsaugt. Ich presse die Hand auf den Bauch und wünsche mir sehnsüchtig, dieses Ekelwesen würde nicht existieren und es gäbe eine Chance, dass alles wieder gut wird für mich. Und für ihn. Ich kralle die Fingernägel in meine Haut und zucke zusammen.

Roman legt seine Hand auf meine. »Aber was ich noch verwirrender finde – die Verwirrung darüber, dich glücklich zu sehen, ändert nichts an der Ausgangssituation.« Er senkt die Stimme, so dass nur ich ihn hören kann. »Ich will trotzdem am siebten April sterben. Und ich brauche dich immer noch bei mir.«

Plötzlich erscheint mir dieses Frühlingsfest viel zu laut: Ich höre das Metall des Riesenrads klacken, ich höre, wie die Teetassen sich drehen und wie die Kinder vor Begeisterung schreien. Ich will mir an die Stirn fassen, aber Roman unterbricht die Bewegung, nimmt meine Hand und zieht sie zu sich.

»Ich weiß, was du sagen willst«, flüstere ich angespannt. »Ich kneife nicht.«

Er drückt meine Hand so fest, dass ich sie gar nicht mehr spüre. Wenn das doch jemand mit meinem Herzen machen würde.

Freitag, 29. März

noch 9 Tage

Ich husche an meinen Platz und werfe den Rucksack unter meinen Tisch, gerade noch rechtzeitig vor dem Klingeln. Tyler nickt mir zu. Das macht er in letzter Zeit öfter, als dächte er, wir seien jetzt beste Freunde oder was, nur weil wir zusammen im Zoo waren. Garantiert tuscheln meine Klassenkameraden schon darüber.

Mr Scott schreibt mit krakeligen blauen Buchstaben *Einstein* auf das Whiteboard. Dann klopft er mit dem Deckel seines Markers gegen die Tafel und wartet, bis alle still sind. »Guten Morgen, guten Morgen.«

Manche Schüler murmeln eine Art Begrüßung. Ich nicht.

»Heute möchte ich die ganzen mathematischen Gleichungen mal beiseiteschieben und über Theorie reden. Wir nennen das Spaß-Freitag.« Die Klasse stöhnt, und

Mr Scott dreht sich wieder zur Tafel und kritzelt: *Die spezielle Relativitätstheorie.*

»Wer hat schon von dieser Theorie gehört?« Ein paar Leute melden sich, und er klopft wieder auf die Tafel.

Ich habe natürlich schon davon gehört. Einstein kennt jeder. Ich wette, sogar Mike würde ihn bei einer Gegenüberstellung erkennen. Und ich weiß auch so ungefähr, was seine Theorie besagt, aber ich werde mich auf keinen Fall freiwillig melden. Ich beteilige mich nicht gern am Unterricht.

Mr Scott deutet auf Melanie Taylor. Hat sie sich etwa gemeldet? »Möchtest du die Theorie den anderen erläutern?«

Melanies runde Wangen röten sich, »Äh – also – ich weiß echt nicht so besonders viel darüber.« Sie dreht an einem der knalligen Messingknöpfe an ihrer Jacke. »Aber von Einstein hab ich schon gehört. Den kennt doch jeder, stimmt's? Das ist dieser geniale Typ mit den verrückten Haaren.«

Stimmt. Jeder kennt Einstein. Sogar Melanie Taylor.

»Okay«, sagt Mr Scott bedächtig. »Sonst noch jemand?« Er lässt den Blick über die Klasse schweifen und zeigt dann auf mich. Dabei habe ich mich gar nicht gemeldet. Ich weiß nicht, was er vorhat.

»Aysel«, beginnt er. »Kannst du etwas über die Relativitätstheorie sagen?«

Ich zucke kopfschüttelnd die Achseln. Es ist eine Kombination von Bewegungen, die irgendwie an einen Tanz erinnert – an den *Keine-Ahnung*-Tanz und den *Bitte-bitte-bitte-zwingen-Sie mich-nicht-zu antworten*-Tanz.

»Komm schon. Du weißt bestimmt etwas darüber. Nach deinem letzten Test zu urteilen, interessierst du dich doch für Physik.«

Ein paar Leute in der Klasse fangen an zu pfeifen und zu grölen.

Ich habe noch nie verstanden, warum Lehrer glauben, es erhöhe das allgemeine Ansehen, wenn sie laut verkünden, dass jemand in einem Test gut abgeschnitten hat. Außerdem beweist meine Note bei der letzten Arbeit sowieso nur, dass ich fähig war, nachzuvollziehen, was Mr Scott mir beigebracht hat, aber nicht, dass ich darüber hinaus noch irgendwas weiß. »Komm schon«, sagt er noch mal. »Wer wagt, gewinnt.«

Ich wage bald noch ganz andere Sachen, denke ich verbittert und trommle mit den Fingern auf meinen Tisch. Nur gut, dass ich das nicht laut gesagt habe. Stacy Jenkins und ihre Anhänger würden völlig durchdrehen. Schon der Gedanke macht mir Angst, und ich wollte, ich könnte ihn zurücknehmen, löschen.

»Aysel!« Mr Scott lässt nicht locker, aber seine Stimme klingt schon ganz verzweifelt. Ich habe fast Mitleid mit ihm. Sein Leben muss insgesamt ziemlich beschissen aussehen, wenn ich die Schülerin bin, auf die er angewiesen ist. Am liebsten würde ich ihm sagen, er soll lieber auf andere Schüler setzen, weil ich eine Niete bin. Ich wüsste gern, was der physikalische Begriff dafür ist. Klar, es gibt tote Sterne. Aber die waren immerhin mal Sterne, bevor sie gestorben sind.

Und ihr Tod war eine Supernova – er hat Aufmerksamkeit erregt. Ich würde annehmen, dass mein Tod nicht in die Kategorie Supernova gehören wird. Niemand wird da sein, um zu sehen, wie meine Energie verschwindet. Außer Roman vielleicht, aber ich glaube nicht, dass er darauf achten wird.

»Aysel.« Warum wiederholt Mr Scott meinen Namen? Denkt er vielleicht, Aysel ist das Zauberwort, mit dem er mein Gehirn ankurbeln und mich in das Mädchen verwandeln kann, das die Antwort weiß?

Unsere Blicke verhaken sich. Wer blinzelt zuerst?

Ich gebe schließlich auf und sage: »Hat die Theorie nicht etwas damit zu tun, dass wir unserer Wahrnehmung nicht immer trauen können? Weil das menschliche Gehirn zu langsam ist, um Dinge, die schnell sind, vollständig zu begreifen?«

»Dinge, die schnell sind?« Er dreht die Hände in der Luft, um mich zum Weiterreden zu bringen.

»Ja, zum Beispiel die Lichtgeschwindigkeit. Geht es nicht um die Lichtgeschwindigkeit? Ich glaube, die spezielle Relativitätstheorie hat was mit Licht zu tun, und dann hat Einstein noch diese andere Theorie entwickelt –«

»Die allgemeine Relativitätstheorie«, sagt Mr Scott.

»Ja, genau. Und bei der kommt die Schwerkraft mit in die Gleichung.«

»Genau.« Mr Scott hält die Daumen hoch, was total bekloppt aussieht, und ich würde mich am liebsten in Luft auflösen. In solchen Momenten habe ich immer das Gefühl, meine Haut ist zu dünn und jeder kann direkt in mein Inneres blicken und die Leere sehen, die Dunkelheit.

»Völlig richtig, Aysel. Bravo.« Er grinst – und hat offensichtlich nicht die geringste Ahnung, wie unangenehm die Situation für mich ist.

Ich zupfe am Ärmel meines gestreiften T-Shirts und starre wie gebannt auf die weiße Tafel. Mr Scott erklärt jetzt ausführlich, wie Einstein mit seiner Theorie die gesamte Physik verändert hat. Er gibt uns eine absolut elementare Erklärung der speziellen Relativitätstheorie: Nichts bewegt sich schneller als das Licht, und wenn man die Geschwindigkeit des Lichts misst, bekommt man immer das gleiche Ergebnis, gleichgültig, wie schnell man selbst sich bewegt oder in welche Richtung man sich bewegt. Die Lichtgeschwindigkeit ist konstant. Wir können nie schneller sein als das Licht, und wir haben kein Mittel, seine Geschwindigkeit zu verlangsamen.

Die Zeit hingegen ist keine Konstante. Jedenfalls nicht die Zeit, wie wir Menschen sie verstehen. Einstein vertritt die These, dass wir, je schneller wir uns bewegen, die Geschwindigkeit der Zeit umso langsamer empfinden. Die Uhren ticken unbekümmert mit derselben Geschwindigkeit – aber hier geht es um die Wahrnehmung des Betrachters.

Ich vermute, bei so ziemlich allem im Leben geht es um die Wahrnehmung des Betrachters.

Mr Scott sagt: »Und es gibt ein sehr berühmtes Zitat von Einstein zur Relativität. Hat irgendjemand es schon einmal gehört?«

Die ganze Klasse schweigt.

Mr Scott nimmt den Whiteboard-Marker und beginnt auf die Tafel zu schreiben. Als er fertig ist, liest er es uns laut vor: »Halt deine Hand eine Minute lang auf einen heißen Herd, und es kommt dir vor wie eine Stunde. Verbringe mit einem Mädchen eine Stunde, und es kommt dir vor wie eine Minute. Das ist Relativität.«

Ich drücke meinen Bleistift auf das Papier und hinterlasse überall auf der Seite kleine Graphitpunkte. Ich frage mich, ob Einsteins Theorie wirklich zutrifft. Seitdem ich Roman kenne und beschlossen habe, mit ihm vom Crestville Pointe zu springen, vergeht die Zeit wie im Flug. Ich möchte gern glauben, dass das nichts mit Roman zu tun hat. Dass die Zeit sich gegen Schluss einfach schneller bewegt. Meiner Meinung nach wäre das irgendwie logisch. Bald wird alles vorbei sein, und bestimmt lässt deshalb mein Wunsch, dass alles schnell vergehen soll, ein bisschen nach.

Ich mache in den letzten Tagen alles ein wenig langsamer. Wenn ich zum Beispiel einen Müsli-Schokoriegel esse, kaue ich ganz aufmerksam, um die Schokostückchen intensiver zu schmecken. Und ich drehe den Orangensaft ein paarmal im Mund hin und her, um das süßsäuerliche Zitrusaroma auszukosten. Vielleicht hat Einstein recht. Vielleicht vergeht die Zeit jetzt schneller, weil ich mich langsamer bewege. Vielleicht funktioniert das Universum einfach so, und es hat nichts, rein gar nichts mit Roman zu tun und damit, dass sich meine Perspektive durch ihn verändert hat.

Aber – ehrlich gesagt, ich weiß es nicht. Ich weiß es wirklich nicht.

Es klingelt, als Mr Scott gerade verkündet, dass er uns übers Wochenende keine Hausaufgaben aufgibt. Die Klasse applaudiert, und ich versuche, meine Enttäuschung zu kaschieren. Ich löse so gern Übungsaufgaben. Dann habe ich nachts um zwei etwas zu tun – wenn es im Haus still ist und dunkel, und Georgia leise vor sich hin schnarcht. Durch die Übungsaufgaben fühle ich mich weniger allein. Komisch, dass man sich besser geerdet fühlt, wenn man die Schwerkraft, die ein beliebiger Gegenstand ausübt, berechnen muss.

Ich stehe auf und stecke das Physikheft in meinen Rucksack. Als ich gerade nach draußen eilen will, sehe ich Mr Scott auf mich zukommen. »Aysel«, sagt er. »Warte doch noch einen Moment.«

Ich setze mich wieder hin und sehe ihn fragend an.

Er legt eine Hochglanzbroschüre vor mir auf den Tisch. »Die Universität von Kentucky sponsert ein zweiwöchiges Sommerprogramm für Schüler, die sich für Naturwissenschaften interessieren.« Er nimmt einen Stuhl aus der Reihe vor mir und setzt sich mir gegenüber, schlägt die Broschüre auf und deutet auf die dritte Seite. »Es gibt sogar ein spezielles Physikprogramm. Ich glaube, das würde dir gefallen.«

Ich hole tief Luft. Leider kann ich Mr Scott schlecht sagen, dass ich im Sommer an keinem Kurs teilnehmen werde, weil ich dann nicht mehr lebe. »Ich muss im Sommer arbeiten.«

Sein Mund verzieht sich zu einem verständnisvollen Lächeln. Mir ist noch nie aufgefallen, wie dunkel und sanft seine Augen sind. Sie erinnern mich an ein Pferd. Habe ich mich etwa in ihm geirrt? Vielleicht wollte er doch immer schon Lehrer werden. Vielleicht gehört er zu den Menschen, die dazu geschaffen sind, sich um andere zu kümmern. »Um das Geld brauchst du dir keine Gedanken zu machen, wenn du angenommen wirst. Dann bekommst du nämlich ein Stipendium und musst keine Gebühr bezahlen. Unterkunft und Verpflegung, alles kostenlos, zwei Wochen lang.« Er schiebt den Prospekt näher zu mir hin. »Ich glaube, das wäre eine tolle Erfahrung für dich, Aysel.«

Ich nehme die Broschüre und verstaue sie ganz tief unten in meinem Rucksack. Mr Scott verspreche ich, dass ich es mir überlege, und bedanke mich dafür, dass er an mich gedacht hat. Später, in der Mathestunde, hole ich die Broschüre wieder hervor und streiche mit den Fingern über die Hochglanzfotos. Wie viele tolle Erfahrungen werde ich verpassen? Und wie relativ ist der Begriff »toll«?

Samstag, 30. März

noch 8 Tage

Morgens um kurz nach halb acht parke ich vor Romans Haus. Ich will ihm gerade eine SMS schicken, dass er runterkommen soll, als die Tür aufgeht und Mrs Franklin in ihrem cremefarbenen Bademantel und den flauschigen rosaroten Hausschuhen auf die vordere Veranda tritt. Sie winkt mir zu, und ich zwinge mich, das Winken zu erwidern.

Sie kommt zum Auto, und ich steige aus. »Guten Morgen.«

»Guten Morgen, Aysel!« Sie breitet die Arme aus. Ich zucke zusammen – ich bin es nicht gewöhnt, dass Leute mich umarmen wollen, die meisten halten sich lieber von mir fern, als könnte ich sie, wenn sie mich anfassen, mit Dads Wahnsinn anstecken.

Aber Mrs Franklin hat keine Ahnung, wer mein Dad

ist, und drückt mich ganz fest an sich. Ich kann ihre Pfefferminz-Zahnpasta riechen und höre ihren schnellen Puls. Dann lässt sie mich frei, aber ihre Hände bleiben auf meinen Schultern. »Und – freust du dich auf euren Campingtrip?«

Campingtrip? Offenbar hat Roman ihr gesagt, dass wir zelten gehen, um zu begründen, warum wir so lange weg sind. Ich habe nicht daran gedacht, dass seine Mom immer wissen möchte, wo er hingeht und was er macht. Meiner eigenen Mutter habe ich erklärt, dass ich dieses Wochenende Spätschicht arbeite und sie abends nicht auf mich warten soll. Georgia schläft samstagnachts meistens bei einer Freundin. Außerdem bin ich sowieso davon überzeugt, dass ich eine ganze Woche an der Antarktis verbringen kann, bis jemand bei mir zu Hause sich besorgt fragt, wo ich eigentlich stecke.

»Ja, und wie! Ich war schon ewig nicht mehr campen«, antworte ich. Mrs Franklin lässt meine Schultern los, geht um mein Auto herum und späht auf den Rücksitz. Statt »schon ewig nicht mehr« hätte ich wahrheitsgemäß sagen müssen »noch nie«.

Hat sie etwa meine mangelnde Erfahrung bemerkt? Sie fragt nämlich: »Hast du einen Schlafsack dabei?«

»Ja, klar, er ist im Kofferraum«, lüge ich. Roman und ich planen, irgendwo in der Nähe der Justizvollzugsanstalt McGreavy zu übernachten, damit ich die Strecke nicht an einem Tag hin- und zurückfahren muss. Und außerdem weiß man ja nicht, wie lang ich warten muss, um meinen Vater zu sehen. Eigentlich wollten wir in einem billigen Hotel absteigen. Er kann im Bett schlafen, ich auf dem Boden. Aber nun hat er sich fürs Zelten entschieden. Oder zumindest seine Mutter dazu gebracht, alles entsprechend zu planen.

»Dann ist ja gut. Bei den Temperaturen braucht man wirklich einen Schlafsack«, sagt sie. »Na ja – Roman ist ein bisschen spät dran. Ihm fällt es nicht so leicht, morgens früh aufzustehen. Ich musste ihn praktisch aus dem Bett zerren! Im Augenblick ist er noch unter der Dusche, aber lang wird es nicht mehr dauern. Möchtest du kurz reinkommen und noch was frühstücken?«

»Danke, ich hab schon gefrühstückt.« Ich lüge wieder, und in Gedanken verfluche ich Roman, weil er noch nicht fertig ist. Genau solche Situationen versuche ich nämlich zu vermeiden. Ich will seine Mutter nicht noch näher kennenlernen. Ich kenne sie schon viel zu gut.

»Ach, aber komm doch wenigstens rein und trink eine Tasse Kaffee.« Ich verziehe das Gesicht, woraus sie schließt, dass ich keinen Kaffee mag. »Oder lieber eine Tasse heiße Schokolade? Du musst wirklich nicht hier draußen warten.« Sie geht in Richtung Haustür und winkt mir zu, damit ich ihr folge.

Leise stöhnend trotte ich hinter ihr her, den Blick auf den makellos gepflegten Steinweg geheftet. Drinnen zwingt Mrs Franklin mich, am Küchentisch Platz zu nehmen. Sie füllt den Kessel mit Wasser und stellt ihn auf die vordere Flamme. »Das Wasser kocht gleich.«

Ich nicke ihr zu, als würde ich mir auf der Welt nichts sehnlicher wünschen als eine Tasse heiße Schokolade. Neugierig blicke ich mich in der Küche der Franklins um. Die Wände sind kanariengelb gestrichen, und die Schränke sind aus Kirschholz. Auf der elfenbeinfarbenen Arbeitsplatte steht ein gerahmtes Foto von Roman und Madison. Madison hat die Arme um Romans Hals geschlungen, und Romans Augen sind ganz klein, weil er lacht. Ich wende den Blick ab und schaue lieber auf den Fliesenboden. Dieses Foto überfordert mich.

Keine Ahnung, wie Mr und Mrs Franklin es ertragen können, das Bild jeden Tag anzuschauen.

Mrs Franklin stellt einen Becher vor mich hin und setzt sich auch an den Tisch. »Erzähl mal – wohin wollt ihr denn fahren? Ich finde Camping wunderbar. Früher haben wir mit der Familie sehr viel gezeltet. Ich versuche schon die ganze Zeit, Jim und Roman dazu zu bringen, dass wir diesen Sommer wieder eine Campingreise machen. Roman war früher immer so gern draußen in der Natur. Er hat jede Art von Abenteuer geliebt.«

Ich trinke einen Schluck Schokolade und zucke zusammen, weil ich mir die Zungenspitze verbrannt habe.

»Oh, Vorsicht! Sehr heiß.«

»Ich weiß nicht genau, wo wir hinfahren«, sage ich. »Die Idee stammt von Roman.«

Mrs Franklins Miene verdunkelt sich. »Ach so. Ja, wie gesagt, er hat solche Unternehmungen immer geliebt. Das tut ihm bestimmt gut.« Nun blickt sie mir direkt ins Gesicht. »Ich bin so froh, dass er dich kennengelernt hat, Aysel.« Sie wirft einen Blick über die Schulter, zur Treppe, dann beugt sie sich zu mir. Mit leiser Stimme fährt sie fort: »Das ist alles neu für mich. Ich meine, dass ich ihn weggehen lasse, ohne Aufsicht. Klar, ich könnte nein sagen. Aber er wirkt immer so glücklich, wenn er von dir erzählt. Die Reise tut ihm bestimmt gut.«

Ihre Augen verschleiern sich, als würde sie in Erinnerungen versinken. »Du passt auf ihn auf, ja? Dass ihm nichts zustößt?«

Ich habe diesen unangenehmen Druck im Bauch, und das schlechte Gewissen zieht sich wie eine Schlinge langsam immer enger um meinen Hals. Meine Hände werden feucht, ich umklammere krampfhaft meinen

Becher. Der Dampf, der von der heißen Schokolade aufsteigt, kitzelt mich im Gesicht.

»Hey!« Das ist Roman, der endlich in die Küche kommt. Seine braunen Haare sind noch nass, und er hat einen Rucksack über der Schulter. »Sorry, ich habe den Wecker nicht gehört.«

Ich begrüße ihn mit einem Achselzucken und nehme mir vor, ihn in Stücke zu zerreißen, sobald wir im Auto sind. Es gibt höchstwahrscheinlich keine Benimmregeln für Selbstmordpartner, aber eigentlich wäre so was dringend erforderlich. Wenn ich mich nicht in acht Tagen verabschieden würde, dann würde ich einen Regelkanon verfassen. Regel Nummer eins wäre: Wache nie zu spät auf an einem Tag, an dem du etwas mit deinem Partner geplant hast. Regel Nummer zwei: Zwinge deinen Partner nie dazu, mit deiner Mutter zu frühstücken.

»Ich hole das Zelt aus der Garage«, verkündet Roman. »Kann ich deinen Autoschlüssel haben, Aysel? Dann verstaue ich es gleich im Kofferraum.«

»Ach – Roman?«, sagt Mrs Franklin.

»Ja, was ist, Mom?«

»Ich habe was zu trinken in die Kühltasche gepackt und die Tasche in die Garage gestellt. Ich dachte, die könntet ihr mitnehmen. Und ein paar Würstchen habe ich auch dazugelegt. Die kann man gut grillen. Und ich habe verschiedene Snacks in einen Korb gepackt. Der

Korb steht neben der Kühltasche. Vielleicht könnt ihr ja unterwegs noch in einem Laden vorbeischauen und euch ein paar Brötchen für die Würstchen holen. Damit kann ich leider nicht dienen.« Sie breitet die Hände aus und lächelt mir entschuldigend zu. »Ich habe keine in meinen Vorräten. Roman hat mir nämlich erst gestern Abend eröffnet, dass ihr campen geht. Sonst wäre ich besser vorbereitet gewesen.« Mit den Händen streicht sie über ihren hellen Bademantel.

»Das ist alles ganz wunderbar, Mom. Mach dir keine Sorgen. Wir halten kurz am Laden und kaufen alles, was wir noch brauchen.«

»Auf jeden Fall müsst ihr Marshmallows mitnehmen und sie grillen. Das kennst du doch sicher, Aysel – Cracker mit Schokolade und Marshmallows gegrillt – wir sagen S'mores dazu.« Seufzend legt sie die Hand auf's Herz. »S'mores sind das Allerbeste beim Camping.«

»Das stimmt, Mom. Ich mach das schon, keine Sorge.«

»Ja, klar«, stimme ich mit ein. »Und vielen Dank für alles.« Ich werfe Roman meinen Autoschlüssel zu, und er rennt nach draußen, zur Garage.

Mrs Franklin steht auf und geht zur Vorratskammer. »Ich mache ihm rasch ein Sandwich mit Erdnussbutter und Gelee. Das kann er unterwegs essen. Dann könnt ihr nämlich jetzt losfahren.«

»Ach, wenn er will, kann er meinetwegen auch gern noch frühstücken.«

Sie dreht sich um und schaut mich an, ein strahlendes Lächeln auf dem Gesicht. Ich sehe sie heute das erste Mal ohne Make-up. Sie lächelt zwar, aber die dunklen Ringe unter den Augen sind nicht zu übersehen. Vielleicht stimmt es, was FrozenRobot gesagt hat. Vielleicht weint sie jede Nacht. Das muss schon schwer für sie sein – nachts die Tränen und tagsüber fröhlich den Haushalt schmeißen. Ich glaube, ich könnte das nicht, mein Leben in zwei Teile spalten. Aber vielleicht tut man so was für die Menschen, die man liebt.

Ich runzle die Stirn. Wie sehr sie Roman lieben muss! Als sie merkt, dass ich ein ganz ernstes Gesicht mache, sagt sie: »Ach, Schätzchen, ich will euch wirklich nicht länger aufhalten.«

»Nein, nein – kein Problem«, erwidere ich hastig und stolpere dabei über meine eigenen Wörter. »Ich hab's nicht eilig.«

Sie wedelt mit dem Geschirrtuch und klatscht es auf die Arbeitsfläche. »Guck doch nicht so traurig. Ihr habt bestimmt viel Spaß bei eurem Campingtrip.«

Wenn sie wüsste, dass es bei unserer Unternehmung weder um Spaß noch um Camping geht. S'mores, Würstchen und Schlafsäcke werden keine Rolle spielen. Es gibt nur ein Thema: meine Vergangenheit, der ich mich stellen will. Damit ich bestätigen kann, was ich schon mit an Sicherheit grenzender Wahrscheinlichkeit über meine (nicht existierende) Zukunft weiß. Und das wird kein Spaß.

»Na, jedenfalls solltet ihr allmählich aufbrechen. Wie gesagt, Roman kann ja im Auto was essen.« Sie widmet sich dem Sandwich, und ich starre auf meine heiße Schokolade. Da ist zwar kein Spiegelbild, aber ich stelle es mir vor. Das Mädchen, das ich sehe, gefällt mir nicht. Ein Mädchen, das Mrs Franklin großen Schmerz zufügen wird. Das sie nicht warnt.

Gibt es verschiedene Arten, jemanden umzubringen? Vielleicht hat mein Vater nicht nur Timothy Jackson getötet, sondern auch Timothys Mutter, weil er ihr das Herz gebrochen hat. Er hat letztlich die gesamte Familie zugrunde gerichtet. Ich glaube, deshalb will Brian Jackson unbedingt zu den Olympischen Spielen – er muss den Schaden wiedergutmachen, den mein Vater angerichtet hat.

Egal – ich will Mrs Franklin das jedenfalls nicht antun. Ich will nicht ihr Leben zerstören. Langsam drehe ich meinen Becher zwischen den Händen. Meine Handflächen werden ganz feucht. Endlich trinke ich einen kleinen Schluck. Dann einen größeren. Ich trinke mein imaginäres Schokoladenspiegelbild weg. Ich sorge dafür, dass dieses Mädchen verschwindet.

Als Roman zurückkommt, überreicht seine Mutter ihm das Sandwich und umarmt ihn fest. »Hast du die Sachen gefunden?«

»Ja, Mom. Alles im Auto. Vielen Dank.«

Sie strahlt ihn an und zieht ihn noch enger an sich.

»Ach, da fällt mir noch was ein, Mom –«

»Ja?«

»Vergiss bitte nicht, Captain Nemo zu füttern.«

Sie legt ihm die Hände auf die Schultern und schaut ihm in die Augen. »Aber natürlich, mein Schatz. Ich werde mich bestens um ihn kümmern. Und mich mit den neuesten Nachrichten bei dir melden.«

Roman entzieht sich ihrer Umarmung, schüttelt sie ab. Er ist rot geworden, und die Sommersprossen auf seiner Nase glühen. »Bitte, Mom – sorg einfach nur dafür, dass er genug zu fressen hat, okay?«

Mrs Franklin scheint sich über sein etwas schroffes Verhalten nicht zu ärgern. Sie umarmt ihn noch einmal. »Wie du meinst, Liebling.« Sie schaut über seine Schulter, um mit mir Blickkontakt aufzunehmen. »Aber ihr solltet jetzt wirklich los, ihr zwei. Gute Fahrt, passt auf euch auf – und ruft mich an, wenn ihr auf eurem Campingplatz angekommen seid.«

Meine Haut juckt, und ich weiß, dass ich nicht noch mal mitansehen kann, wie die beiden sich umarmen. Ich will mir auch nicht noch mal anhören, wie sie ihm eine gute Fahrt wünscht. Also winke ich ihr zu und gehe zur Tür. »Vielen Dank für alles, Mrs Franklin!«

»Viel Vergnügen!«, ruft sie mir nach. »Und, Roman – vergiss nicht anzurufen!«

Ich setze mich ins Auto und schlage mit den Händen auf das Lenkrad. Wo bleibt Roman? Ich schaue durch die Windschutzscheibe. So wie's aussieht, hat der Frost Mrs Franklins Blumenbeet ganz schön zugesetzt. Da, wo der Schnee geschmolzen ist, wirkt die Erde immer noch ganz nass. Einer der Büsche hat sich braun verfärbt, die Zweige sind kahl. Ich habe keine Ahnung, ob der späte Frost bedeutet, dass es länger dauert, bis alles gedeiht. Hoffentlich blühen die Blumen bald für Mrs Franklin. Sie wird sie brauchen.

Endlich kommt Roman aus dem Haus und schlendert lässig den Weg entlang. Seine Haare sind immer noch feucht, wodurch sie dunkler aussehen, als sie sind, was wiederum zur Folge hat, dass er bleicher wirkt als sonst. Erfroren. *Frozen*. Aber seine Haltung ist aufrechter, sein Gang fast beschwingt, nicht so zögernd wie sonst meistens. Vielleicht hat Mrs Franklin ja recht, und er findet campen wirklich klasse.

Er kommt an die Fahrerseite und klopft an mein Fenster. Ich kurble es herunter. »Was ist?«

»Ich habe mein Handy in der Garage vergessen. Bin gleich wieder da.«

»Beeil dich, bitte.« Seufzend schaue ich ihm nach, wie er zu der Garage hinter dem Haus läuft. Die Garage sieht eher aus wie ein Schuppen, mit den alten Dachschindeln und dem abblätternden heidelbeerblauen Anstrich. Roman ist blitzschnell zurück und fuchtelt mit dem Handy in der Luft, um mir zu zeigen, dass er es wiederhat.

»Ach, was soll's«, brumme ich, als er endlich einsteigt. Das ganze Auto riecht nach seinem Fichtennadel-Spray. Ich schlage die Hände vor den Mund, weil ich davon fast einen Hustenanfall bekomme.

»Was ist los?«

»Du hast zwei Verbrechen begangen.« Ich fahre aus der Einfahrt.

»Wie bitte?« Er reibt sich die Augen. Offenbar kann man frühmorgens nicht viel mit ihm anfangen. Wir haben noch nicht besprochen, um welche Uhrzeit wir am siebten April zum Crestville Pointe fahren wollen, aber lieber nicht zu früh.

»Verbrechen Nummer eins: Du hast viel zu viel Spray oder irgendwas verwendet.«

Er lässt sich tiefer in den Sitz sinken und lehnt den Kopf an die Kopfstütze. Den Rucksack deponiert er auf dem Boden und stellt die Füße drauf. »Ich verwende kein Spray.«

»Egal – jedenfalls riechst du wie ein Weihnachtsbaum.«

Er schnuppert an seiner Schulter und zupft an seinem T-Shirt. »Und was ist das zweite Verbrechen?«

Ich halte mich am Lenkrad fest. »Das zweite Verbrechen – ja, das ist wirklich ein Kapitalverbrechen.«

»Fahren wir deswegen zum Gefängnis? Wie viele Jahre bekomme ich? Ich sag's dir nur ungern, aber ich kann nicht versprechen, dass ich meine gesamte Strafe absitzen werde.«

Ich ignoriere diese kleine Spitze. »Deinetwegen war ich in einer intimen Situation mit deiner Mutter. Genauer gesagt: schon wieder in einer so intimem Situation mit deiner Mutter. Darauf steht die Höchststrafe.«

»Intim? Was heißt das denn?« Er dreht sich zu mir. Ich bin es nicht gewohnt, einen Beifahrer in meinem Auto zu haben. Mir ist bisher gar nicht bewusst gewesen, wie klein der Innenraum ist und wie bedrängt man sich fühlt, wenn jemand sich vom Beifahrersitz herüberbeugt. Ich müsste nur den Kopf ein bisschen neigen, dann könnte ich meine Wange an seine legen. Ich rücke weg und drehe den Hals in die entgegengesetzte Richtung.

»Das, wonach es klingt.« Ich setze mich wieder normal hin. Schließlich kann ich nicht auf der ganzen Strecke bis zum Gefängnis den Kopf nach links legen. »Und tu nicht so, als wüsstest du nicht, was ich meine. Es bricht mir das Herz, wenn ich deine Mom so sehe. Sie ist so was von lieb.«

Roman schnaubt und schüttelt den Kopf. »Du kennst meine Mutter doch gar nicht richtig.«

»Ach, ja?«

»Ja.« Er holt sein Sandwich aus der Plastiktüte, reißt die Brotrinde ab und beißt dann hinein. »Aber könnten wir bitte das Thema wechseln? Was mit ihr ist, geht dich gar nichts an.«

»Einverstanden. Aber dann sorge gefälligst dafür, dass es mich nicht doch was angeht.«

Wir verlassen sein Viertel und fahren die kurvige Straße hinunter zum Highway. Die Hügel gehen in das flache, sumpfige Flusstal über. Ich vermeide es, zum Ohio River zu blicken. Im Moment will ich ihn nicht sehen. Es ist, als würde er mein Geheimnis kennen. Manchmal fühlt es sich an, als würde der Fluss mich verurteilen. Als wäre er enttäuscht von mir. Ich weiß, das findet alles nur in meinem Kopf statt, aber manche Gefühle lassen sich schwerer abschütteln als andere.

Ich widme mich wieder Roman. Immerhin habe ich schon ganze fünf Sekunden nicht über seine Mutter gesprochen. »Ich kann es kaum glauben, dass sie uns erlaubt, zusammen wegzufahren. Das sieht ihr gar nicht ähnlich.«

Roman grinst. Es ist ein ganz bewusst kalkuliertes Grinsen, nicht das schiefe, an das ich mich schon gewöhnt habe. »Vor Maddie hätte sie das nie erlaubt. Aber weil ich das letzte Jahr quasi dauernd in meinem Zimmer rumgehockt habe, ist sie megafroh, dass ich etwas außerhalb des Hauses unternehme.«

Ehe ich etwas dazu sagen kann, zieht er eine zerknitterte Landkarte aus seinem Rucksack. »Hier – ich habe die beste Strecke nach McGreavy rausgesucht.« Er gibt mir Anweisungen, als ich auf den Highway fahre. Ich stelle den Klassiksender ein, und sofort gibt Roman Protestgeräusche von sich.

»Was ist?«

»Wieso gefällt dir diese stinklangweilige Musik?«

»Das hast du mich schon mal gefragt.«

»Ich weiß. Aber du hast mir keine gute Antwort gegeben.«

Ich zucke die Schulter. »Okay, dann sag ich's noch mal: Die Musik hilft mir beim Denken.« Und vor langer Zeit hat jemand zu mir gesagt, dass ich dort Antworten finde, wenn ich aufmerksam genug zuhöre.

»Aber sie hat irgendwie keine Persönlichkeit.«

»Stimmt doch gar nicht. Ihre Persönlichkeit ist nur nicht so angeberisch. Sie geht viel tiefer. Sie verlangt mehr vom Zuhörer. Deswegen gefällt sie mir. Sie ist nicht seicht.«

»Okay. Wie du meinst.« Er lehnt den Kopf ans Fenster. »Also dann – bist du bereit?«

Ich trommle mit den Fingern aufs Lenkrad und summe mit dem Radio mit. Keine Ahnung, ob ich bereit bin. Bin ich überhaupt zu irgendwas bereit? Gestern Nacht konnte ich nicht schlafen. Ich habe die ganze Zeit wachgelegen und mir alle möglichen Szenarien ausgedacht, und jedes Mal sah ich mich, wie ich vor der Glasscheibe sitze, den orangeroten Telefonhörer in der Hand – aber ich konnte nicht erkennen, wer sich auf der anderen Seite der Scheibe befindet. Das Bild war verschwommen, und so lang ich auch draufstarrte, ich konnte meinen Vater nicht sehen.

Als ich dann endlich eingeschlafen bin, hatte ich einen Albtraum: Ich stand am Crestville Pointe und wartete auf Roman, aber er kam nicht. Ich wartete und wartete und wartete, meine Knie waren blutig, weil ich hingefallen war. Und dann erschien Roman endlich, aber er kam gemeinsam mit Brian Jackson. Die beiden lachten mich aus. Ihr kaltes, verächtliches Gelächter umzingelte mich wie ein Wolfsrudel. Roman und Brian johlten und schrien, ich soll springen, und ich ging immer näher an den Abgrund, konnte mich dann aber nicht mehr bewegen.

»Aysel?«

Ich kann ihm nicht von meinem Traum erzählen. Ich kann ihm auch nicht sagen, dass ich überhaupt noch nicht so weit bin, diese Fahrt zu machen – dass ich Angst habe, die Unternehmung könnte alles, was Roman und mich verbindet, kaputtmachen. Dann weiß er nämlich auch, dass ich ihm nicht die ganze Wahrheit gesagt habe, nicht die wirkliche Wahrheit.

Er macht das Radio aus. »Aysel, sieh mich an.«

»Ich dachte, ich soll auf die Straße achten.«

»Ja, klar, aber trotzdem.«

Ich werfe ihm einen kurzen Blick zu. »Was ist los?«

»Bist du bereit?«

»Ja, ich bin bereit«, lüge ich. »Das heißt – ich glaube, ich bin bereit.«

»Aber du musst dir sicher sein und es nicht nur glauben.«

Das Problem ist, dass ich mir überhaupt nicht sicher bin. Ich bin mir bei nichts mehr sicher.

Er fasst in seinen Rucksack und holt einen Skizzenblock heraus. »Hast du was dagegen, wenn ich zeichne?«

Ich sehe wieder kurz zu ihm hinüber. Er mustert mich sehr intensiv. »Du willst mich zeichnen?«

Er zuckt die Achseln. »Ja, will ich. Aber wenn du nicht einverstanden bist …«

»Nein, ist schon okay«, sage ich leise und mache das Radio wieder an. Ich zwinge mich, stur nach vorne zu schauen, auf die offene Straße, damit ich vergesse, dass er ganz dicht neben mir sitzt und mich betrachtet.

»Bleib locker. Wenn du dich verkrampfst, kann ich dich nicht gut zeichnen.«

»Okay«, sage ich, aber mehr zu mir selbst als zu ihm. Nach ein paar Minuten schiele ich kurz zu ihm hinüber. Er sitzt an die Beifahrertür gelehnt, den Kopf ein bisschen vorgestreckt, einen Kohlestift in der Hand, und starrt hochkonzentriert auf das Blatt vor ihm. Er wirkt entspannter, zufriedener, als ich ihn je gesehen habe.

Er merkt, dass ich ihn anschaue. »Hör auf!«

»Womit?«

»Wenn du daran denkst, dass ich dich zeichne, kriege ich kein natürliches Bild hin. Ich möchte dich gern so zeichnen, wie ich dich sehe, und nicht so, wie ich dich deiner Meinung nach sehen soll.«

Ich kräusle die Nase. »Keine Ahnung, was das heißen soll.«

»Vertrau mir einfach.«

»Wie du meinst.« Ich mache mir nicht die Mühe, ihn zu fragen, warum ihm das so wichtig ist. Ich spüre ein Flattern im Bauch. Eine Leichtigkeit, die ich seit einer Ewigkeit nicht mehr empfunden habe. Wenn überhaupt jemals. Dieses Gefühl macht mir Angst. Was hat es zu bedeuten? Und ich befürchte, seine Antwort könnte alles ruinieren, deshalb halte ich lieber den Mund.

Ich drehe das Radio lauter und konzentriere mich wieder ganz auf die Straße. Ich rede mir ein, dass ich das

Geräusch von Romans Stift und seine schweren, langsamen Atemzüge gar nicht höre, und fange an, die Meilen bis zur Justizvollzugsanstalt zu zählen. Die Meilen, bis ich meinen Vater wiedersehe.

Samstag, 30. März

noch 8 Tage

Am Nachmittag sind wir da. Die Sonne brennt, während wir in Richtung Eingang gehen. Mein Gesicht wird ganz heiß. Die Anstalt wirkt weniger bedrohlich, als ich erwartet habe: ein großes, eingeschossiges Backsteingebäude. Klar – es ist von zwei nicht gerade attraktiven Außenbereichen umgeben, die mit hohen Drahtzäunen gesichert sind. Aber wenn oben auf den Zäunen keine Stacheldrahtrollen angebracht wären, dächte man nicht, dass es sich hier um einen Gefängnishof handelt.

Roman nimmt meine Hand. »Willst du da wirklich hin?«

Ich drücke seine Hand kurz und lasse sie dann wieder los. Irgendwie möchte ich ihm zu verstehen geben, dass alles okay ist. Aber mein Mund ist wie ausgetrocknet, und die ehrliche Antwort würde lauten, dass ich selbst nicht weiß, ob ich das kann. Oder ob ich das überhaupt will. Ich hatte mich mit dem Gedanken angefreundet – mit der Vorstellung, dass ich meinen Vater ein letztes Mal sehen muss, bevor ich mich umbringe –, aber jetzt habe ich irgendwie vergessen, was ich dabei gedacht habe. Was erhoffe ich mir von McGreavy, Kentucky? Was suche ich hier? Je länger ich auf das Gebäude vor mir starre, desto weniger glaube ich, dass das, was ich suche, hier zu finden ist. Suche ich überhaupt etwas? Vielleicht hat Roman recht. Vielleicht suche ich nur nach Ausreden, um weiterleben zu können.

Die Justizvollzugsanstalt McGreavy ist nicht der richtige Ort, um so eine Ausrede zu finden.

Meine Knie werden weich, und mir wird schwer ums Herz. Hat der Mann, dem ich gleich begegnen werde, noch etwas mit dem Vater zu tun, an den ich mich erinnere? Mit dem Vater, der in mir die Liebe zu Mozart geweckt hat und der sich an entspannten Nachmittagen irgendwelche Süßigkeiten mit mir geteilt hat? Ich fürchte fast, dieser Vater hat nie existiert. Denn dieser Mann hätte niemals kaltblütig jemanden umgebracht.

Vielleicht ist das ja der Sinn und Zweck des Ganzen. Dass ich endlich den Tatsachen ins Gesicht sehe – dass ich ihm ins Gesicht sehe, so wie er wirklich ist. Vielleicht.

Roman hält mir die Tür auf, und wir treten ein. Begrüßt werden wir von einem Metalldetektor und vier Sicherheitsleuten. Die erste Etappe schaffen wir problemlos. Ich gehe zur Rezeption.

»Ihr seht nicht so aus, als solltet ihr hier sein«, sagt der Mann am Schreibtisch. Er trägt eine Uniform, hat ihr aber eine spezielle Note verliehen, denn er hat eine Baseballkappe der Kentucky Wildcats auf dem Kopf. Auf dem Namensschild steht: JACOB WILSON.

Warum sagt er so was, dieser Jacob Wilson?

»Ich möchte gern zu meinem Vater«, sage ich und krame in meiner Tasche nach meinem Geldbeutel. Darin befindet sich mein Führerschein. Den lege ich brav auf den Schreibtisch und schiebe ihn Mr Wilson hin. »Mein Vater heißt Omer Seran. Ich habe vor ein paar Tagen hier angerufen, und man hat mir mitgeteilt, dass samstags bis vier Uhr Besuchszeit ist. Ich nehme an, dass ich als Tochter auf seiner offiziellen Besucherliste stehe.«

Ich habe keine Ahnung, wie es sich mit dieser Liste verhält, aber irgendwie erscheint es mir richtig, sie ins Spiel zu bringen. Ich werfe einen kurzen Blick auf mein Handy. 14:17 Uhr. Die Besuchszeit ist also noch lange nicht vorbei.

Jacob Wilson tippt etwas in den Computer. Der Computer ist groß und klotzig, so ähnlich wie unsere

Geräte bei TMC. Jacob drückt noch ein paar Tasten und runzelt nachdenklich die Stirn. Er klickt etwas an, stößt ein pfeifendes Stöhnen aus.

Ich mache mich innerlich schon darauf gefasst, zu hören, dass ich nicht auf der mythischen Besucherliste stehe. Mein Vater wird mir noch nicht einmal die Chance geben, ihm gegenüberzutreten und von ihm auf die Frage, warum er damals so durchgedreht ist, eine Antwort zu verlangen. Ehe ich etwas sagen kann, schaltet Roman sich ein: »Stimmt etwas nicht?«

»Dein Dad ist gar nicht mehr hier«, sagt Jacob zu mir.

»Wie bitte?« Ich kapiere nicht, wovon er redet.

»Er ist verlegt worden.«

Ich blinzle ein paarmal, aber immerhin halte ich die Hände still, obwohl ich in meiner Nervosität gern herumfuchteln würde. *Nimm dich zusammen!* Schließlich ist es nicht Ziel und Zweck der Reise, hier eingesperrt zu werden. »Wie kann das sein?«

Er breitet die Hände aus und zieht die Schultern hoch. »Die Details weiß ich nicht, Kindchen. Ich weiß nur, was der Computer sagt. Und der Computer sagt, dass dein Dad verlegt wurde.«

Roman tritt ganz dicht an den Schreibtisch, haut mit der Hand darauf und beugt sich zu Jacob. »Müssen Sie nicht die Familie informieren, ehe Sie jemanden verlegen?«

»Immer mit der Ruhe, junger Mann«, sagt Jacob mit einem leisen Lachen. »Schalt mal ’ne Stufe runter, ja?«

»Entschuldigung.« Roman weicht einen Schritt zurück.

»Aber du hast recht. Wir informieren die Familie.« Mit zusammengekniffenen Augen studiert er den Bildschirm und rutscht auf seinem Stuhl ein Stück nach vorn. Dann sieht er mich an. »Hier steht, dass eine gewisse Mrs Melda Underwood angerufen wurde. Und außerdem haben wir einen Brief verschickt.« Leicht irritiert schaut er noch einmal auf den Schirm. »Underwood?«

»So heißt meine Mutter.«

Der Beamte mustert mich fragend, also füge ich hinzu: »Sie hat wieder geheiratet.«

Jetzt zieht er die Oberlippe rechts über die Zähne, eine Art Halbgrimasse. »Das passiert häufig, wenn einer einsitzt. Harter Schlag.«

Ich würde nichts im Leben meines Vaters als »harten Schlag« bezeichnen. Aus meiner Perspektive war sein Leben eher ein »harter Schlag« für andere. »Und wo ist er jetzt?«

»Laut Computer ist er im Saint Anne’s Behavioral Health Hospital.«

In einer Klinik für Verhaltensstörungen? »Wo ist Saint Anne’s?«

»Weiß ich nicht genau«, sagt Jacob. »Ich würde vermuten, irgendwo in Kentucky. Ich kann mir nicht vorstellen, dass man ihn außerhalb des Staates untergebracht hat. Aber man kann nie wissen.«

»Haben Sie eine Idee, wie man mit ihm Kontakt aufnehmen kann?«, mischt sich Roman wieder ein.

Ich weiß nicht, warum Roman sich befugt fühlt, das Gespräch an sich zu reißen, bin ihm aber seltsam dankbar dafür. Normalerweise würde mich so was ärgern, aber im Moment kann ich nicht geradeaus denken. Ich habe nur einen Gedanken: *Mein Dad ist in eine Psychoklinik gesperrt worden.*

Jacob lächelt uns traurig an. »Wie gesagt – er ist im Saint Anne's Hospital. Wenn ihr wollt, kann ich dort anrufen und fragen, ob jemand dir Informationen geben kann, wie du deinen Vater erreichst.«

»Okay«, sage ich müde. »Würden Sie das für mich tun?«

Er wirft einen Blick über die Schulter, als würde er Ausschau halten nach seinem Vorgesetzten oder so. »Jetzt im Augenblick geht das leider nicht, aber später kann ich es gern mal versuchen. Du kannst natürlich auch in der Klinik anrufen, aber ich glaube, es würde dich wesentlich mehr Zeit kosten als mich, die notwendigen Informationen zu kriegen. Du weißt schon, die Bürokratie.« Er zwinkert mir zu. »Ich darf so was eigentlich nicht, Kindchen, aber ich möchte dir gern helfen.«

Er reißt ein Blatt von seinem Notizblock und schiebt es mir hin. Dann reicht er mir einen Stift. »Hier. Schreib deine Nummer auf. Ich werde sehen, ob ich jemanden finde, der weiß, wie du deinen Vater kontaktieren kannst. Und wenn es klappt, dann melde ich mich.«

Schnell notiere ich meine Handynummer. Der Zettel ist goldgelb. Irgendwie passt die Farbe nicht zur Umgebung. Die Leute, die das Büromaterial fürs Gefängnis bestellen, sollten auf so was achten.

Ich gebe ihm den Zettel. »Vielen Dank für Ihre Bemühungen.«

»Das ist das Mindeste, was ich für dich tun kann. Tut mir leid, dass es nicht mehr ist. Ich weiß, wie frustrierend es sein kann, wenn einem die Eltern etwas verheimlichen.« Er rückt seine Baseballkappe zurecht. »Du solltest mal mit deiner Mutter darüber reden.«

Ich nicke. Als würde ich je mit meiner Mutter über irgendwas reden! »Ja, stimmt vermutlich. Danke noch mal für Ihre Hilfe.«

»Kein Problem. Ich hoffe, du findest, was du suchst.« Die Art, wie er mich anschaut, lässt mich denken, dass er meine Situation besser versteht, als er zugibt. Ich mustere ihn noch einen Moment, dann zupfe ich Roman am Ärmel, und schließlich verlassen wir beide das Gefängnis, ein klägliches Pärchen.

Draußen hält Roman die Hand über die Augen und schaut in die Ferne, als stünden wir am Grand Canyon oder irgendwo und nicht vor einem verlassenen Gefängnishof. »Ich dachte, du hast angerufen.«

»Ja, hab ich auch. Ich habe mich nach den Besuchszeiten erkundigt.«

»Du bist nicht auf die Idee gekommen, zu fragen, ob dein Dad überhaupt noch da ist?«

Ich kaue auf der Innenseite meiner Wange herum. »Ich bin gar nicht auf die Idee gekommen, dass er nicht mehr da sein könnte.« Ich schaue Roman an, aber er erwidert meinen Blick nicht, sondern starrt weiterhin in die Ferne. »Moment mal – machst du mir etwa Vorwürfe oder was?«

Er scharrt mit seinem Schuh über den Beton. Die Sonne schimmert auf seinen Haaren, wodurch sie eher blond als braun scheinen. Die Luft ist schwüler als vorher, wie der Dampf nach einer heißen Dusche, nicht wie die Luft im März. Vielleicht ist der Frühling da. Vielleicht fangen Mrs Franklins Blumen bald an zu blühen. »Ich weiß auch nicht, Aysel«. Er kratzt sich im Nacken. »Aber für mich sieht es so aus, als würdest du Gründe suchen, um es rauszuschieben.«

»Um was rauszuschieben?«

»Schon gut.«

Ich verschränke die Arme vor der Brust. »Nein. Sprich es aus.«

Er sieht mich an, die Augen weit aufgerissen, aber leer. »Wenn du vor dem siebten April nicht mit deinem Dad geredet hast, springst du dann trotzdem?«

Ich sage Ja, aber ich blicke ihm nicht in die Augen. Ich kann es nicht.

Samstag, 30. März

noch 8 Tage

Beim Campingplatz stelle ich den Motor ab. Falls man das überhaupt einen Campingplatz nennen kann. Für mich sieht das Gelände eher aus wie eine Matschwiese. Ich bin keine Expertin, aber ich würde vermuten, anspruchsloser als das hier geht's kaum. Der einzige Luxus weit und breit ist eine Feuerstelle – samt halbverbrannten Holzblöcken und kalter Asche. Außerdem gibt es eine riesige Eiche und einen rostigen Abfalleimer.

Roman steigt aus und geht um den Wagen herum, um das Zelt aus dem Kofferraum zu holen. In der Ferne sehe ich ein steiniges Ufer. Das Wasser des Flusses schwappt sanft über die Kiesel. Vielleicht ist es ja gar nicht so übel hier. Vielleicht haben wir Zeit, um richtig zu reden. Vielleicht finde ich die richtigen Worte, um ihm begreiflich zu machen, was in mir vorgeht.

Ich angle meinen Rucksack vom Rücksitz und folge Roman zu der Stelle, wo wir unser Zelt aufstellen wollen. Als er den Reißverschluss der Zelthülle aufzieht, bemerke ich, dass er zwei Flaschen Wein darin verstaut hat.

»Sehr stilvoll«, sage ich.

»Rotwein kann man auch warm trinken, aber warmes Bier ist ekelhaft. Ich habe einfach ganz selbstherrlich eine Entscheidung getroffen.«

»Du hättest das Bier in die Kühltasche stellen können.« Ich ignoriere die Tatsache, dass er mit mir redet, als hätte ich noch nie Alkohol getrunken und wäre sowieso total ahnungslos. Allerdings muss ich zugeben, dass ich tatsächlich ahnungslos bin und noch nie Alkohol getrunken habe. Es sei denn, man zählt die paar Schluck Bier, die ich mal bei Steve probiert habe, als ich etwa elf war und er und Mom mit ein paar Freunden bei uns im Garten grillten.

»Ja, klar, aber meine Mom hat die Kühltasche gepackt. Sie hätte es gemerkt.«

»Du hättest die Flaschen ja später reintun können.«

»Du lieber Gott, willst du unbedingt ein Bier? Ich kann ja schnell in die Stadt rennen und welches kaufen.«

Ich vergrabe die Hände in den Taschen meiner schwarzen Jeans und gehe ein paar Schritte in Richtung Fluss. »Nein, nein. Alles bestens. Ich wollte dich nur ärgern.«

Er zieht das Zelt aus der Hülle und fummelt damit herum. Kurz überlege ich, ob ich ihm meine Hilfe anbieten soll, aber ich habe null Ahnung, wie man so was aufbaut. Roman flucht leise vor sich hin, und ich beschließe, lieber zum Fluss zu gehen.

»Ich bin gleich wieder da«, rufe ich über die Schulter. Er antwortet nicht.

Ich wandere die andere Hügelseite hinunter. Meine Sneaker versinken tief im nassen Gras. Kein Mensch weit und breit, nur ein verlassener Anlegesteg. Kaputte Angelleinen schwimmen im Wasser. Ich versuche, mir hier Leute vorzustellen, fröhliche Familien, ehrgeizige Angler. Man hat nicht den Eindruck, dass dieser Campingplatz je überfüllt sein könnte. Eher denkt man, er ist wie geschaffen für die Einsamkeit. Ein paar Vögel zwitschern einander etwas zu, irgendwo knattert ein Motorboot, aber eigentlich höre ich nur das Getöse in meinem Kopf. Ich halte mir die Ohren zu und fange an zu summen, um dieses Getöse durch Bachs h-Moll-Messe zu übertönen.

Ich lehne mich an das morsche Holzgeländer. Vom Wasser weht ein Windhauch herauf und berührt sanft mein Gesicht. Es fühlt sich fast so an, als hätte der Wind Hände und Finger, als könnte ich ihn anfassen – vielleicht will er ja meine Hand ergreifen, mich mitnehmen? Ich wüsste gern, ob Roman je so etwas denkt. Ob überhaupt jemand so etwas denkt, außer mir?

Ich drehe mich um. Die Stelle, wo unser Zelt steht, kann ich von hier aus gar nicht sehen. Auch gut. Das Wasser fasziniert mich. Der steinige Grund ist mit glitschigen Algen und rostigen Angelhaken bedeckt. Wenn ich hier springe, vermute ich, werde ich nur nass und schmutzig. Tot wäre ich jedenfalls nicht.

Crestville Pointe ist anders. Dort wird der Sprung mich töten, und er wird Roman töten.

Müde gehe ich zurück, mit schweren, schleppenden Schritten. Ich habe es nicht eilig, wieder bei Roman und seiner bierlosen Kühltasche zu sein und bei seinen Fragen, ob ich kneifen möchte. Ich sehe ihn, bevor er mich sieht. Offenbar hat er es geschafft, das Zelt aufzustellen – ein lasches blaues Gebilde, das im Wind schwankt. Roman dreht mir den Rücken zu und beugt sich über die Feuerstelle, ein Streichholz in der Hand.

Ich trete hinter ihn. Die beiden alten Holzklötze fangen an zu brennen, bald prasselt das Feuer. Ich setze mich zu Roman auf den Boden.

»Hast du gefunden, was du suchst?«, fragt er.

»Was?«

»Ich dachte, du bist weggegangen, um etwas zu suchen.«

»Nein.« Ich verschränke die Beine zum Schneidersitz, wie die Indianer. »Alles ist wie vorher.«

»Da bin ich aber froh.« Er reibt sich die Hände und steht auf. »Hast du Hunger?«

Ich zucke die Achseln, was er als Zustimmung deutet. Er geht zur Kühltasche und holt die Würstchen heraus, die seine Mutter für uns eingepackt hat. Sie sind in einen Plastikbeutel gequetscht, traurig und glitschig. Roman reicht mir den Beutel und holt ein paar Metallspieße aus seinem Rucksack.

Ich schiebe ein Würstchen auf einen Spieß und beobachte, wie die Metallspitze die Haut durchbohrt. Dann halte ich den Spieß übers Feuer, und Roman folgt meinem Beispiel. Ich drehe das Würstchen hin und her, aber ich habe nicht die geringste Ahnung, was ich da mache, ehrlich gesagt. Meine Familie geht nicht campen.

»Ich glaube, es ist gar«, sagt Roman und deutet mit einer Kopfbewegung auf mein Würstchen.

»Oh.« Ich nehme es vom Feuer.

»Ich habe vergessen, die Brötchen zu kaufen. Meine Mutter wäre entsetzt.« Er grinst mich verlegen an, lässt sich auf den Boden zurückfallen, zieht die Knie bis zur Brust und nimmt die Wurst vom Spieß, wobei er immer wieder draufpustet.

Ich mache ihm alles nach, so gut ich kann. Wahrscheinlich sehe ich aus wie eine Fünfjährige, die es nicht ganz schafft, die Kerzen auf ihrem Geburtstagskuchen auszublasen. Ich reiße ein Stück ab, verbrenne mir dabei fast die Fingerspitzen, schiebe es in den Mund und kaue. Das Äußere schmeckt verkohlt, aber innen ist es noch kalt. Immerhin schaffe ich es, alles hinunterzuschlucken.

Roman legt sein Würstchen auf ein Stück Zeitungspapier und steht auf, um zwei Plastikbecher zu holen, dann schraubt er eine der Weinflaschen auf und schwenkt sie hin und her. »Du hast recht. Wir haben echt Stil. Würstchen und Wein.«

Ich weiß, er meint es witzig, aber ich trinke ja zum ersten Mal Wein, deshalb bin ich ganz aufgeregt und freue mich auch irgendwie. Vor einem Monat hätte ich gesagt, es gibt auf der Welt nichts, worauf ich mich freuen kann. Wer hätte gedacht, dass so etwas Albernes wie ein Glas Wein reichen würde? Ich mache ein betont desinteressiertes Gesicht, um mich nicht zu verraten. Roman schenkt uns beiden ein und reicht mir meinen Becher.

»Vielen Dank.« Ich stelle ihn neben mich und lasse dabei fast den Rest meines halbgaren Würstchens fallen. Ich glaube, schlimmer als ein halbgares Würstchen ist nur ein halbgares Würstchen mit Dreckschicht.

»Wir hätten Servietten mitnehmen sollen«, murmelt Roman zwischen zwei Bissen.

»Stimmt.«

Er ist schnell fertig mit seinem Würstchen. Ich zwinge mich, meines vollends hinunterzuwürgen, um dann mit Wein nachzuspülen. Der Wein schmeckt sauer, und ich verziehe das Gesicht.

Roman muss lachen. »Du bist keine große Weintrinkerin, stimmt's?«

»Sieht so aus.«

Er hebt seinen Becher, um mir zuzuprosten. »Auf Aysel, meine Selbstmordpartnerin.«

Ich stoße mit ihm an. »Auf dass niemand kneift!«

Da lächelt er vergnügt und kippt den Rest seines Weins hinunter, um sich dann gleich nachzuschenken.

Die Sonne geht allmählich unter. Ich habe keinen Schimmer, wie spät es ist. Soll ich auf mein Handy schauen? Aber dann beschließe ich, dass die Zeit keine Rolle spielt. Das einzig Wichtige ist, dass der Tag heute viel schneller verging als die Tage sonst. Die Tage mit Roman sind immer kurz.

Ich lege mich auf den Bauch und strecke mich. Roman liegt neben mir, aber auf dem Rücken, den Blick zum Himmel gerichtet. »Es tut mir echt leid, dass wir deinen Vater nicht gefunden haben.«

Ich fahre mir mit der Zunge über die Zähne und koste den säuerlichen Nachgeschmack des Weins. »Vielleicht ruft Jacob ja an.«

»Vielleicht.« Roman legt mir die Hand auf den Rücken. »Vielleicht auch nicht. Du kannst damit umgehen, oder?«

Ich weiß nicht, wie ich diese Frage beantworten soll. Vermutlich werde ich selbst in der Klinik anrufen, falls Jacob sich nicht meldet. Aber, wie gesagt, ich weiß es wirklich nicht. Kreischend flattern ein paar Vögel von einem Baum ganz in der Nähe hoch. Ihr Flügelschlag erschreckt mich, und ich setze mich auf. Eigentlich hätte ich erwartet, dass ich weniger schreckhaft sein würde, je näher der Tod rückt. Aber genau das Gegenteil ist der Fall.

»Entschuldige«, sagt Roman, nimmt seine Hand weg und steckt sie in die Hosentasche.

»Nein«, sage ich. »Es lag nicht an dir.«

»Die Vögel machen dir Angst?«

Ich würde ihm gern antworten, dass mir im Moment alles Angst macht. Aber ich sage nichts. Er redet irgendwas davon, dass Vögel völlig harmlos seien, und trinkt dabei immer mehr Wein. Ich versuche, mit ihm mitzuhalten, aber mir ist schon schwindelig, und meine Augenlider werden ganz schwer.

Ich drehe mich auf die Seite, um ihn anzusehen. Die flackernden Flammen werfen Schatten auf seine schmalen Wangen. Schweigend gießt er einen Becher Wein nach dem anderen in sich hinein. Ich weiß, ich müsste etwas sagen – ich müsste ihm endlich sagen, was ich fühle, aber ich habe sowieso schon keinen festen Boden mehr unter den Füßen und will nicht alles noch schlimmer machen.

»Ich habe auch Angst, weißt du«, sagt er schließlich. Ich kann den Wein riechen, als er den Kopf hebt und sein Gesicht sich meinem nähert. »Aber ich freue mich auch.«

Ganz fest schließe ich die Augen. Mein Gehirn dreht sich im Kreis. »Hast du schon mal was von Einsteins Relativitätstheorie gehört?«

Roman trinkt einen großen Schluck. »Ah, da kommst du wieder mit deiner Physik. Du bist ein echter Nerd!«

»Ich glaube, dafür muss man intelligent sein.«

Er runzelt die Stirn. »Du kommst mir ziemlich intelligent vor.«

Ich zwinkere ihm zu. »Ich kann gut so tun, als ob.« Dann gieße ich mir auch noch etwas Wein ein.

»Also, leg los.«

»Womit? Mit der Theorie?« Der Wein schmeckt inzwischen weniger sauer. Ich weiß nicht, ob das ein Zeichen dafür ist, dass ich mich an den Geschmack gewöhne. Oder ob meine Geschmacksnerven betrunken sind – können die überhaupt betrunken sein?

»Ja, mit Einsteins Theorie. Mit deiner Nerd-Theorie.«

Er redet ziemlich undeutlich. Das könnte irgendwie süß sein, wenn es nicht gleichzeitig so unheimlich wäre.

»Du weißt ja sicher, dass er zwei Theorien entwickelt hat. Die spezielle Relativitätstheorie und die allgemeine Relativitätstheorie.«

Roman schüttelt den Kopf. »Ich habe null Ahnung von Einstein. Und echt mal – wenn du nicht wärst, wäre der Typ mir scheißegal.«

»Aber meinetwegen ist er dir nicht scheißegal?« Ich kaue am Rand meines Plastikbechers.

Roman lächelt sein Halbmondlächeln, schief und charmant. »Was dir wichtig ist, das ist mir auch wichtig, ob ich will oder nicht. Ich glaube, da sind wir jetzt irgendwie miteinander verbunden.«

Ich merke, dass ich ebenfalls anfange zu lächeln. Meine Wangenmuskeln fühlen sich anders an – sie sind wie ein Zimmer, in das seit Jahren kein Licht mehr gedrungen ist, und plötzlich werden alle Rollläden hochgezogen, und die Sonne scheint mit ganzer Kraft herein. Ich kann gar nichts machen – meine Mundwinkel gehen immer weiter nach oben. So was Nettes hat Roman noch nie zu mir gesagt. Verdammt – ich kann mich nicht erinnern, dass in den letzten drei Jahren überhaupt jemand so was Nettes zu mir gesagt hat.

»Ich habe dich zum Lächeln gebracht – ich habe dich

glücklich gemacht«, sagt er. Die Worte kommen ganz verschwommen aus seinem Mund.

»Ja, du hast mich glücklich gemacht.«

Er schüttelt den Kopf, dann schließt er die Augen. Er wackelt hin und her, wie diese Hula-Tänzerinnen, die manche Leute auf dem Armaturenbrett haben.

»Was ist?« Ich tippe ihm auf die Schulter.

»Ich kann dich nicht glücklich machen. Wir dürfen nicht zulassen, dass wir einander glücklich machen.«

Ich muss mich vorbeugen, um ihn zu verstehen, weil er nur noch lallen kann. »Wäre das so schlimm?«

Plötzlich reißt er die Augen auf. Sie glänzen und sind gleichzeitig hell und wässrig. »Ja, das würde alles ruinieren.«

Es dauert einen Moment, bis ich mich wieder einigermaßen geerdet fühle. Mit einem kleinen Zweig streiche ich über das Gras. »Aber beim Frühlingsfest hast du zu mir gesagt, wenn ich über Physik rede, dann würde dich das glücklich machen und vielleicht …«

Er hebt die Hand, damit ich nicht weiterrede. »Das hat alles keine Bedeutung.« Er zeigt zuerst auf mich, dann auf sich selbst. »Es kann gar keine Bedeutung haben. Es ist nur auf Zeit.« Seine Augen werden immer größer, und ich sehe, dass sie rot unterlaufen sind. Zu viel Wein für FrozenRobot.

»Hör zu, Aysel.« Er nimmt meine Hände und drückt

sie. »Ich weiß, das ist verwirrend. Wir befinden uns in einer komischen, beschissenen Lage, und wir dürfen nicht auf die Situation reinfallen.«

Ich will ihm meine Hände entziehen, aber er lässt sie nicht los. Seine Finger graben sich in meine Knöchel. »Auf welche Situation?«

»Dass wir Selbstmordpartner sind. Das bedeutet viel Nähe – und, ja, zwischen uns ist auch so 'ne Chemie.«

Ich muss lachen. »Eine Chemie?«

»Okay, gut. Ich überlasse die Naturwissenschaften dir.«

Er neigt sich ganz dicht zu mir, seine Nase stößt gegen meine, und ich spüre das Flattern seiner Wimpern auf meiner Haut. Ich hebe das Kinn, und unsere Lippen begegnen sich. Die Begegnung ist unbeholfen, aber perfekt. Ich kann nur noch eines denken: *Wir küssen uns. Ich küsse FrozenRobot. Wir küssen uns!* Es klingt in meinen Ohren wie eins dieser kitschigen Mantras.

Ich versuche, mich nicht zu fragen, ob das nun richtig oder falsch ist. Mein Herz hämmert. Das bedeutet, dass es mir gefällt, und ich hoffe, dass sein Herz genauso wild klopft. Ich weiß, dass die Menschen einander seit tausend Ewigkeiten küssen, aber jetzt, in diesem Augenblick, fühlt es sich an, als wäre das Küssen ein Geheimnis, das nur Roman und ich kennen.

Nach einer Sekunde oder nach hundert Jahren entfernt er sich behutsam von mir und streicht mir eine Haarsträhne aus dem Gesicht. »Ja, zwischen uns ist echt so eine Chemie«, sagt er.

Ich lächle wieder. Schon das zweite Mal! Ich kann doch nicht anfangen, ständig zu lächeln. Ich würde mich ja gar nicht wiedererkennen, wenn ich dauernd freiwillig lächle. »Ich glaube auch.« Ich hole tief Luft – die Luft hat ihr Aroma verändert, von Lagerfeuerrauch zu süßer Vanille, und ich habe ein leises Geräusch in meinem Kopf, das ich nicht richtig beschreiben kann, aber irgendwie erinnert es mich an Münzen, die in einen Brunnen geworfen werden. Das Geklimper und Geplätscher von Wünschen, von verzweifelten Wünschen.

Er schmiegt seinen Kopf an meinen Nacken. Ich versuche, mich zu entspannen, und rede mir ein, dass das alles absolut normal ist. Dann schlingt Roman die Arme um mich und zieht mich mit sich in die Horizontale. Da liegen wir in der Dunkelheit, schweigend, ein paar Schritte von unserem Zelt entfernt, mein Rücken an seinem Bauch, seine Hände an meinen Seiten. Noch nie habe ich so deutlich gefühlt, dass ich aus Fleisch und Blut bestehe, und ich spüre richtig, wie meine Knochen näher an die Oberfläche dringen, weil sie sich unbedingt dichter an seine drängen wollen.

Wie aus dem Nichts flüstert er: »Aber das darf nichts ändern.«

Ich krümme mich zusammen, um ihm noch näher zu sein. Ich spüre seinen Herzschlag – sein Herz ist so lebendig! In meinem Bauch ist ein Brennen und Ziehen, das sich gar nicht anfühlt wie die schwarze Qualle, die mein Glück auffrisst. Da, wo sonst diese unerträgliche Schwere ist, fühle ich jetzt eine perlende Leichtigkeit. Verändert sich gerade meine potentielle Energie? Ich stelle mir vor, ich würde den Vorgang graphisch darstellen, wie eine Wissenschaftlerin ihr Experiment. Mein ganzes Leben kommt mir allmählich vor wie ein einziges Experiment.

»Aysel«, sagt er und drückt mich fest an sich, seine Lippen auf meinen Haaren. »Du weißt, das kann nichts ändern. Diese Art von Glück ist nicht echt, sondern nur für den Moment. Wir dürfen nicht vergessen, warum wir sterben wollen. Ich muss immer an Maddie denken. Und du an deine Gründe.«

An meine Gründe. Das klingt so vage. Aber ich habe ihm ja auch noch gar nicht gesagt, warum ich sterben will. Weil ich immer noch Angst davor habe, wie er reagiert. Nicht, weil ich befürchte, dass er dann nicht mehr mit mir sterben will, sondern weil ich denke, er wird dann immer noch wollen, dass ich sterbe. Weil auch er dann der Meinung ist, dass ich es verdient habe, zu sterben.

Ich vermute, er hat recht. Ich bin eine Niete. Ein Feigling. Ich kneife. Aber die Begegnung mit Roman hat mir geholfen, mich selbst besser zu verstehen. Ja, ich bin kaputt. Und er genauso. Aber je mehr wir darüber sprechen, je mehr wir über unsere Traurigkeit reden, desto mehr wage ich zu glauben, dass es eine Möglichkeit geben könnte, uns zu helfen und uns zu reparieren. Eine Möglichkeit, dass wir einander retten.

Alles erschien mir immer so endgültig, so unentrinnbar, so vorherbestimmt. Aber ganz langsam fange ich an zu hoffen, dass das Leben mehr Überraschungen bereithält, als ich je geahnt habe. Vielleicht ist alles relativ, nicht nur das Licht und die Zeit wie in Einsteins Theorie, sondern einfach alles. Vielleicht ist alles grauenvoll und nicht zu reparieren, bis das Universum sich ein klein wenig verschiebt und die Perspektive sich verändert – und auf einmal scheint alles viel erträglicher.

»Du weißt das, stimmt's?« Er lässt nicht locker. »Egal, was wir tun, egal, was aus uns wird – es ändert nichts. Es kann nichts ändern.« Sein Verhalten passt allerdings überhaupt nicht zu seinen Worten, denn während er spricht, zieht er mich noch fester an sich.

»Ich weiß«, flüstere ich.

Aber tief in meinem Inneren weiß ich vor allem eines: Nichts ist wie vorher. Alles ist anders.

Sonntag, 31. März

noch 7 Tage

Ich wache auf, weil die Morgensonne so hell scheint. Roman hält mich immer noch fest. Ich löse mich aus seiner Umarmung. Wir sind neben dem Zelt eingeschlafen. Mein T-Shirt und meine Jeans haben jede Menge Grasflecken.

Ich hole mein Handy aus der Tasche. Ein Anruf und eine Nachricht von einer unbekannten Nummer. Also entferne ich mich ein paar Schritte von Roman, der noch schläft, bleibe aber stehen, als ich ihn schläfrig nach mir rufen höre.

»Wohin gehst du?« Er setzt sich auf und reibt sich die Augen. »Wie spät ist es eigentlich?«

»Fast acht.«

»Oh, Mann. Zu früh und zu grell.« Er lässt sich wieder zurückfallen und schließt die Augen.

»Hat hier jemand etwa zu viel Wein konsumiert?«, sage ich mit möglichst normaler Stimme. Klar hat er gesagt, der Abend gestern ändert nichts, aber ich weiß nicht, was ich machen soll – ich kann mich doch nicht so verhalten, als wäre nichts passiert. Für mich ist Roman nicht mehr FrozenRobot, mein Selbstmordpartner aus dem Internet. Er ist Roman, der Junge, der mich auf dem Campingplatz geküsst und mich die ganze Nacht in seinen Armen gehalten hat. Für mich hat sich etwas verändert. Ziemlich grundlegend sogar.

Er ist nicht mehr der Mensch, mit dem ich sterben möchte; er ist der Mensch, mit dem ich leben will.

»Bin gleich wieder da«, sage ich und gehe in Richtung Fluss. Den gleichen Weg wie gestern. Ich schaue noch mal auf mein Handydisplay. Der Anruf ist von gestern, 19 Uhr. Vielleicht war ich da schon zu betrunken, um zu merken, dass mein Handy vibriert.

Ich halte es ans Ohr und höre die Nachricht ab. Sie ist von Jacob, dem Gefängniswärter. Er hat Informationen über meinen Dad. Plötzlich kriege ich kaum noch Luft. Jacob hat eine Frau ausfindig gemacht, die im Saint Anne's Hospital arbeitet und etwas über meinen Vater weiß. Er nennt auch ihren Namen: Tara Woodfin. Und Taras Nummer. Ich höre mir die Nachricht ein zweites Mal an, dann schaue ich auf die Uhrzeit. Acht Uhr morgens ist bestimmt zu früh, um Tara anzurufen. Vor allem an einem Sonntag. Das heißt, ich muss mich noch ein bisschen gedulden.

Ich gehe zurück zu unserem Platz. Roman liegt noch genauso da wie vorhin. Auf dem Rücken, die Augen geschlossen, das Gesicht leicht verzerrt, als würde ihm etwas weh tun. Ich knie mich neben ihn, fasse ihn an den Schultern und schüttle ihn. »Komm, wir müssen los. Und vorher das Zelt abbauen.«

»Warum müssen wir so früh weg?« Er spricht immer noch ziemlich verschwommen und dreht sich unwillig auf die Seite.

Ich gehe zum Zelt. Vielleicht finde ich ja raus, wie man es abbaut, ohne es zu beschädigen. Ich fummle an den Stangen herum, bis ich feststelle, dass man sie rausziehen kann und dann zusammenklappen. Bestimmt gibt es einfachere und hübschere Methoden, aber Roman ist noch so zugedröhnt, dass er mir keine Vorwürfe machen wird, und wenn alles so läuft, wie er es plant, braucht er das Zelt sowieso nie wieder.

Den Gedanken kann ich kaum ertragen, und mir wird ganz schwer ums Herz. Und wieder spüre ich einen dicken Kloß im Hals. Aber ich muss diese Gefühle wegschieben. *Beschäftige dich mit irgendwas. Lass es gar nicht an dich ran.* Als das Zelt abgebaut ist, stopfe ich sämtliche Bestandteile in den Beutel, in dem Roman sie mitgebracht hat. Ziemlich unsystematisch, aber Mrs Franklin bringt bestimmt alles wieder in Ordnung, wenn wir zurück sind.

Als ich eine Wasserflasche holen will, sehe ich Romans Rucksack direkt neben der Kühltasche stehen. Ich schiele verstohlen zu Roman hinüber, um sicherzugehen, dass er noch schläft. Dann ziehe ich leise den Reißverschluss auf und hole den Skizzenblock heraus. Ich weiß, so was macht man eigentlich nicht, aber ich kann nicht anders.

Im Schneidersitz setze ich mich auf den Boden und blättere den Block durch. Bei der letzten Seite stockt mir der Atem. Es ist die Zeichnung von mir. Das Mädchen, das ich da vor mir habe – das bin nicht ich, aber trotzdem bin ich's. Die großen Augen schauen vom Betrachter weg, und in ihnen ist etwas, was ich nicht gleich einordnen kann. Aber dann dämmert es mir. Es ist Hoffnung. Ihre Körperhaltung wirkt weniger müde als meine, als wäre sie stärker, belastbarer.

»Danke, FrozenRobot«, flüstere ich leise. Ich reiße die Zeichnung aus dem Skizzenblock. Soll er doch ruhig sauer sein, wenn er es merkt. Mir egal. Ich brauche diese Skizze. Ich muss mir immer wieder in Erinnerung rufen können, dass ich dieses Mädchen bin. Dass ich dieses Mädchen in mir habe. Diese hoffnungsvolle, starke junge Frau. Ich falte das Blatt ganz klein zusammen und schiebe es in meine Hosentasche. Und dann verstaue ich den Skizzenblock sorgfältig wieder in Romans Rucksack.

Ich hole Wasser aus der Kühltasche und überlege dabei, was jetzt ansteht. Ich muss für Roman das tun, was er für mich getan hat. Ich muss ihm den Menschen zeigen, der immer noch in ihm ist und von dem er denkt, er sei weg, verschwunden, vernichtet. Ein Junge voller Abenteuerlust, vielseitig begabt, mit einem schiefen Grinsen und einem ansteckenden Lachen. Ein Junge mit Augen, die oft so grün und golden sind wie das Sommergras, Augen, die Dinge sehen können, die alle anderen übersehen, und mit Händen, die unglaublich tolle Skizzen zeichnen können. Ich schließe die Augen und denke daran, wie wir beim Frühlingsfest Hand in Hand gegangen sind und wie fest und zuverlässig seine Hand sich angefühlt hat.

Ich muss ihm helfen, sich selbst zu retten. Ja, genau das muss ich tun.

Ich hole tief Luft und nehme meinen ganzen Mut zusammen. Dann gehe ich hinüber zu Roman, kauere mich neben ihn und drücke die kühle Flasche an seine Stirn. »Aufwachen!«

»Hey! Was ist das denn?«, jault er auf.

»Ich dachte, das fühlt sich vielleicht gut an.«

»Stimmt auch. Ich hab mich nur erschreckt.« Er nimmt mir die Flasche aus der Hand und dreht sich auf die Seite, um ein paar Schlucke zu trinken, ehe er sie sich wieder gegen die Stirn presst.

»Ich packe schon mal alles ins Auto, dann können wir los. Okay?«

Ich will mich gerade aufrichten, da greift er nach meiner Hand und zieht mich zu sich herunter. »Ich war so betrunken, dass ich mich überhaupt nicht an gestern Abend erinnere, Aysel.«

Ich starre ihn nur an. Was ich sagen will, kann ich noch nicht sagen, und deshalb ist Schweigen vermutlich besser als all die Worte, die er nicht hören will. Außerdem will ich sowieso nichts sagen, bevor mir die richtigen Worte einfallen. Die magischen Worte. Die Worte, die ihn davon überzeugen, dass es sich lohnt weiterzuleben.

Er schüttelt den Kopf. Dann trinkt er noch einen Schluck. »Tu doch nicht so, als wüsstest du nicht, wovon ich rede.«

Ich bleibe stumm und fahre mir nur mit der Zunge über die Zähne, auf der Suche nach den passenden Sätzen.

»Aysel!« Er streckt wieder die Hand aus.

Ich nehme sie und schaue darauf. Die Hand, die die Skizze gezeichnet hat. Die Hand, die geholfen hat, mich zu retten. »Jacob hat angerufen«, sage ich.

Sanft massiert er meine Finger. »Und?«

»Er hat mir den Namen einer Frau gegeben, die ich anrufen kann – sie müsste was wissen.«

Roman schaut auf den Boden, lässt aber meine Hand nicht los. »Vielleicht reicht die Zeit nicht mehr, um ihn zu besuchen, bevor wir …«

»Kann sein, aber …« Ich atme tief ein, so dass die kühle Frühlingsluft meine ganze Lunge füllt. »Also, wegen gestern Abend – ich weiß, du hast gesagt, dass sich nichts ändert, und vielleicht hat der Abend gestern ja auch tatsächlich nichts verändert, aber ich glaube, dass wir noch mal … noch mal über alles nachdenken sollten.«

Jetzt lässt er meine Hand los und bewegt sich von mir weg. Ich stöhne leise.

»Hör zu«, beginnt er. »Ich weiß, das war keine gute Idee. Es ist nur so, du bist – du bist – du …« Er stottert wie ein Motor, der nicht richtig anspringt.

»Ich bin was?«

»Du bist du. Du kapierst so viel, du kapierst alles. Und du bist genauso traurig wie ich, und so absurd das auch klingt – irgendwie ist das ziemlich schön.« Sanft streicht er mit der Hand über mein Gesicht, über meine Haare. »Du bist wie der graue Himmel. Du bist wunderschön, obwohl du es gar nicht sein willst.«

Da irrt er sich allerdings. Es ist nicht so, dass ich nicht gern schön wäre. Aber ich wollte nie schön sein, weil ich zu traurig war. Gerade FrozenRobot müsste doch wissen, dass Traurigkeit nichts Schönes an sich hat, nichts Charmantes, nichts Glamouröses. Traurigkeit bedeutet nichts als Dunkelheit, und jeder, der das anders sieht, hat nicht begriffen, worum es geht. Ich glaube, was Roman sagen will, ist: dass er und ich beide im Dunkeln stehen und dass dies etwas Vertrautes, etwas Tröstliches an sich hat. Aber tröstlich ist nicht gleich schön.

Ich muss an seine Skizze denken. Das Mädchen, das er gezeichnet hat, ist schön. Dieses Mädchen ist nicht wie der graue Himmel. Sie ist voller Hoffnung. Hoffnung ist schön.

Schon deshalb will ich nicht, dass wir weiter in der Dunkelheit bleiben. Ich möchte kein grauer Himmel sein. Ich möchte, dass wir Hoffnung finden. Gemeinsam. Ich wende mich ab, damit Roman nicht sieht, wie mir Tränen in die Augen steigen. Wir schweigen beide eine Weile, dann stehe ich auf und klopfe den Staub von meiner Hose. »Ich glaube, wir sollten jetzt fahren.«

»Aysel«, sagt er, und seine Stimme hat etwas Drängendes. »Wir sollten darüber reden.«

»Ich weiß. Aber ich habe keinen Schimmer, was ich sagen soll.«

Er drückt meine Hand, und ich kann nichts anderes tun, als den Druck zu erwidern, weil ich viel zu große Angst davor habe, ihn loszulassen, ihn zu verlieren.

Sonntag, 31. März

noch 7 Tage

Wir bleiben etwa eine Stunde auf dem Highway, dann fahre ich ab und halte vor einem winzigen Diner, das ausgeschildert war. Roman hat während der ganzen Strecke geschlafen und wacht erst langsam auf, als ich den Wagen parke.

Er reibt sich die Augen. »Wo sind wir?«

»Ich dachte, es ist gut, wenn du was isst, bevor ich dich zu Hause abliefere.«

Er lächelt sein Halbmondlächeln, und ich habe das Gefühl, als würde mein Herz erwürgt. Ich kann dieses Lächeln nicht mehr ertragen. Ratlos schaue ich durch die Windschutzscheibe. Es regnet in Strömen, und irgendwo in der Ferne hört man Donnergrollen.

»Gute Idee – gefällt mir, dass du daran gedacht hast. Und du hast recht, meine Mom dreht durch, wenn du mich in diesem Zustand nach Hause bringst«, sagt er und steigt aus. »Du würdest sofort deinen Status als die heilige Aysel verlieren.«

Den verliere ich sowieso, wenn ich zulasse, dass du vom Crestville Pointe in den Tod springst. Ich beiße mir auf die Unterlippe. Roman ignoriert den Regen. Alles wird nass, unsere Haare, unsere Gesichter, unsere Kleidung.

Wir gehen langsam in das Diner und setzen uns in eine Nische ganz hinten. Roman studiert die Speisekarte, und ich beobachte ihn dabei. Sobald er mich anschaut, senke ich den Blick und lese immer wieder die Liste mit den verschiedenen Omelette-Variationen durch. Ich tue so, als würde mich der Unterschied zwischen Südwestern und Florentiner Omelette brennend interessieren.

In der Hoffnung, dass er es nicht merkt, mustere ich ihn noch einmal kurz. Sein T-Shirt ist feucht vom Regen, seine Haare sind klatschnass, auch auf seiner Stirn sind ein paar Tropfen. Der Regen – das Wasser – bewirkt, dass er irgendwie jünger aussieht, lebendiger. Seine Wangen sind röter, seine Haut schimmert heller. Ich versuche, mir den Effekt von Wasser in größerem Maßstab vorzustellen: Wie wird er aussehen, nachdem er vom Crestville Pointe gesprungen ist? Wie wird er aussehen, nachdem der Fluss ihn ertränkt hat? Seine Lippen werden von einem blassen Pink in ein kaltes Blau übergehen, seine Haut von taufrisch zu unerträglich bleich. Werden wir diese Veränderungen spüren, werden wir wahrnehmen, wie sich unsere kinetische Energie in Nichts auflöst? Werden wir etwas hören? Und wenn ja – wird es wie eine Symphonie klingen? Oder wie laute Schreie? Auf keine dieser Fragen weiß ich eine Antwort. Und ich will die Antworten gar nicht mehr wissen. Ich will auch nicht, dass Roman sie weiß.

Wortlos gehe ich wieder dazu über, meine Speisekarte zu studieren. Ich kann jetzt sowieso nicht über solche Fragen nachdenken. Die Bedienung kommt an den Tisch und nimmt unsere Bestellungen entgegen – zwei Eier, Speck, Bratkartoffeln. Und für ihn noch Jalapeños als Beilage. Für mich das florentinische Omelette. Die Bedienung ist ungefähr so alt wie meine Mutter, aber ihre Hände sind faltiger, und ihr Gesicht ist viel teigiger. Die Haare hat sie blond gefärbt, was nicht zu übersehen ist – der Ansatz ist dunkel und fettig.

»Gute Wahl«, lobt sie lächelnd, während sie unsere Bestellung notiert. Über ihren Block hinweg mustert sie uns kurz, und ihr Lächeln wird breiter. »Ihr zwei seid ein süßes Pärchen, wisst ihr das? Ich wette, das hört ihr dauernd. Na ja – bin gleich wieder da.«

Ehe wir sie aufklären können, ist sie schon weg. Ich zupfe an meinem Sitzpolster, das in der Mitte aufgeplatzt ist, so dass das Füllmaterial herausquillt.

»Du kannst ruhig lächeln«, sagt Roman. »Sie findet, wir sind ein süßes Paar.«

»Stimmt. Ein süßes Paar.« Ich sehe ihm direkt in die Augen, und er weicht aus, senkt den Blick.

Unsere Kellnerin ist schneller zurück, als ich erwartet habe. Was mich misstrauisch macht, weil ich fürchte, dass bei dem Tempo irgendwas mit der Qualität nicht stimmt. Andererseits frühstücken wir mitten im Nirgendwo in einem alten Diner, deshalb wird das Essen schon dem normalen Standard entsprechen.

Aber ich habe keinen Appetit und schiebe mein Omelette lustlos auf meinem Teller hin und her. Dabei schrappt meine Gabel immer wieder über die stumpfe weiße Oberfläche. Roman hingegen schaufelt seinen Speck gierig in sich hinein und kaut gut hörbar. Komisch, wie selbst weniger attraktive Eigenschaften und Verhaltensweisen irgendwie liebenswert erscheinen, wenn man jemanden mag.

Das passt mir gar nicht. Außerdem kapiere ich nicht, wie er in dieser Situation so einen Bärenhunger haben kann. Hat er unseren Streit auf dem Campingplatz schon vergessen? Und dass der siebte April nur noch eine Woche entfernt ist?

»Kann ich dich was fragen?«, sagt Roman zwischen zwei Bissen. Inzwischen ist er zu seinem Rührei übergegangen. Er hat es mit den Jalapeños zugedeckt, die er genüsslich in den Mund steckt, um die Samen herauszulutschen.

»Ja, klar.« Ich trinke einen Schluck von dem Leitungswasser, das die Bedienung uns gebracht hat.

»Wann erzählst du mir endlich, warum dein Vater eingesperrt wurde? Bis jetzt hast du mir nur gesagt, dass er im Gefängnis ist …« Er redet nicht weiter.

Ich sage erst mal nichts, sondern studiere stumm Romans Gesicht. Seine tiefliegenden haselnussbraunen Augen leuchten wieder, nachdem er etwas gegessen hat, und er sieht aus, als würde es ihn echt interessieren, was mit meinem Vater ist. Ich senke den Blick, schaue auf die metallene Tischplatte. Soll ich seine Neugier nutzen und ihm tatsächlich die Wahrheit sagen? Klar, ich habe Angst, aber irgendwie kann ich mir auch vorstellen, dass er alles versteht. Der Junge, der diese Skizze gezeichnet hat, kommt mir vor wie jemand, der Verständnis hat.

»Heißt dein Schweigen, du willst es mir nicht sagen?«

Jetzt schließe ich die Augen und summe ganz, ganz leise eine bekannte Melodie. Die Musik steigert sich in meinem Kopf, die Töne bekommen immer mehr Kraft, als würden sie auf ein Ziel zustreben. Da kommt mir eine Idee. Ich hebe den Kopf und blicke ihm ins Gesicht. »Doch. Ich sage es dir alles, was mein Vater getan hat, aber dann will ich dich auch etwas fragen. Abgemacht?«

»Kommt drauf an.«

»Okay. Hier ist die Frage: Wenn du nicht sterben würdest in sieben Tagen, was würdest du dann mit deinem Leben machen wollen?«

Er legt die Gabel weg und funkelt mich empört an. Seine Augen wechseln innerhalb von Sekunden von leuchtend zu gewittrig. »Was für eine Frage ist das denn?«

»Eine neugierige. Aber ich glaube, alle Fragen sind neugierig.«

Seine Lippen kräuseln sich, als müsste er ein Grinsen unterdrücken. »Warum redest du wie der verrückte Hutmacher aus Alice im Wunderland?«

»Du kennst mich doch, ich mache immer blöde Witze.«

Er greift wieder zu seiner Gabel und isst etwas von seinem Rührei. »Aber das war gar kein echter Witz.«

»Also – bist du einverstanden oder nicht?«

»Ich erkläre mich einverstanden mit den Bedingungen.« Er salutiert spöttisch.

Ich stütze mich mit den Ellbogen auf dem Tisch auf und beuge mich vor. »Und – wie lautet deine Antwort?«

Er deutet mit der Gabel auf sich. »Wie bitte – ich muss anfangen? Das ist aber nicht fair.«

»Ausgerechnet du redest von Fairness?«

Er schüttelt den Kopf, und auf seinem Gesicht erscheint wieder das typische Lächeln. Ich schaue weg.

»Okay, okay. Ich fange an. Obwohl es blöd ist«, sagt er.

»Was ist blöd? Meine Frage?«

»Nein. Meine Antwort.«

»Werden wir ja sehen.« Ich halte die Luft an. So viele Dinge möchte ich von ihm wissen – aber was ich jetzt konkret hören will, weiß ich gar nicht genau. Vielleicht sagt er gleich etwas total Nerviges, zum Beispiel, dass er immer ein Sportgeschäft haben wollte, damit er sein Leben lang genug Basketbälle zur Verfügung hat. Oder er erzählt mir irgendwas Rührendes – dass er beispielsweise schon immer Kinderarzt werden wollte, um kranken Kindern helfen zu können.

Aber letzten Endes ist es ja gleichgültig, was Roman gern tun möchte. Ich begreife allmählich, dass dies die beglückende und verwirrende und, ehrlich gesagt, auch die frustrierende Seite der Liebe ist: Dinge, die für den anderen wichtig sind, kommen einem selbst plötzlich spannend und faszinierend vor, auch wenn sie, bei Licht betrachtet, ziemlich banal sind.

Ich habe in meinem Physikbuch gelesen, dass das Universum unbedingt beobachtet werden möchte und dass die Energie reist und sich überträgt, wenn jemand aufmerksam hinschaut. Vielleicht ist es das, worauf es bei der Liebe hinausläuft – dass man jemanden hat, der gut aufpasst und einem den Mut gibt, zu reisen und das Eigene weiterzugeben. Und schon verwandelt man seine potentielle Energie in kinetische Energie. Vielleicht brauchen wir nur jemanden, von dem wir gesehen und wahrgenommen werden.

Und ich sehe Roman. Also will ich letztlich nur, dass er mir eine Antwort auf meine Frage gibt. Ich muss nur etwas über ihn erfahren, das mich glauben lässt, es könnte wenigstens den Hauch einer Chance geben, dass seine Teilchen sich in eine bestimmte Richtung bewegen wollen und nur noch einen minimalen Anstoß dafür brauchen.

»Ich würde gern aufs College gehen«, sagt er.

Ob ich will oder nicht – mein Herz hüpft vor Freude. *Das ist doch schon mal ein Anfang.* Mit einer Handbewegung deute ich an, dass er weiterreden soll.

»Und ich würde gern Basketball spielen«, fährt er fort.

»Obwohl du doch gar nicht mehr spielst?«

»Na ja, das findet ja alles in einem hypothetischen Universum statt, stimmt's? Da kann ich sein, wer und was ich will«, sagt er mit einem spöttischen Grinsen.

Der Funke Hoffnung von vorhin verglüht, ich sinke zusammen, innerlich und äußerlich. *Es muss nicht hypothetisch sein.* Ich zwinge mich, meine Enttäuschung zu überspielen. »Ja, klar – aber erzähl trotzdem weiter.«

»Was soll ich denn sonst noch sagen?«

»Keine Ahnung – was würdest du studieren?«

Er wird rot und setzt sich anders hin. »Ach, jetzt kommt der ganz blöde Teil.«

Ich trommle mit den Fingern auf den Tisch. »Dann ist es wahrscheinlich der beste.«

»Typisch, dass du so was sagst.«

Ich werfe ihm einen strengen Blick zu, und er hebt besänftigend die Hände. »Ist schon gut! Also, ich würde gern Meeresbiologie studieren. Ich weiß, das ist idiotisch, aber ich würde gern den Ozean erforschen.«

Ich grinse und sehe dabei garantiert idiotisch aus, aber das ist mir gleichgültig. »Wie in *Zwanzigtausend Meilen unter dem Meer*. Wie Captain Nemo.«

Er lächelt auch wieder. »Ganz genau. Unterwasserabenteuer locken mich schon immer. Was irgendwie absurd ist – ich war nämlich noch nie am Meer.« Er redet nicht weiter, sein Blick schweift in die Ferne, dann sagt er: »Und ich werde das Meer auch nie sehen.«

Ich muss mir auf die Zunge beißen. *Wer weiß, FrozenRobot. Wer weiß.* Einen Moment lang stelle ich mir vor, wie wir zwei mit dem Auto ans Meer fahren. Vielleicht in Richtung North Carolina – das ist gar nicht so weit von hier. Ich sehe ihn den Strand entlangschlendern, in seinem Hoodie, und die Wellen spielen um seine Knöchel. Er studiert das Wasser, während ich mich eher im

Hintergrund halte – ich sitze im Sand und lese ein Buch über Wissenschaftsphilosophie oder irgendwas. Wir könnten glücklich sein. Und es braucht sich gar nicht in einem anderen oder hypothetischen Universum abzuspielen.

Ich muss mir etwas einfallen lassen, wie ich ihm das zeigen kann. Vielleicht kann ich ihm ein Buch über Meeresbiologie kaufen. Aber die Methode ist vielleicht zu plump. Er würde ausrasten. Eventuell könnte ich ihm eine Fahrt ans Meer vorschlagen, in letzter Minute sozusagen.

Vielleicht hat ja bei Smooth Passages jemand einen Rat für mich. Bei dem Gedanken beiße ich mir innen auf die Wange. Alle Leute auf der Website würden total durchdrehen, wenn sie wüssten, dass ich dabei bin, es mir anders zu überlegen. Und noch schlimmer: dass ich meinen Partner überreden will, ebenfalls einen Rückzieher zu machen. Genau das darf nicht passieren.

Und deswegen wollte Roman ja keine Niete als Partnerin. Und nun hat er doch eine bekommen. Eine Niete ersten Ranges. Aber eigentlich ist alles seine eigene Schuld. Er ist derjenige, der aus mir eine Niete gemacht hat.

Ich muss einfach versuchen, ihn ebenfalls in eine Niete zu verwandeln. Könnte ja sein, dass Niete-Sein ansteckend ist.

Während ich meinen Gedanken nachhänge, hat Roman munter weitergegessen. Als ich in die Wirklichkeit zurückkehre, merke ich, dass er mich aufmerksam mustert. »Oh, hallo, da bist du wieder«, sagt er. »Ist dir ein dringendes Physikproblem eingefallen, das du lösen musst – oder was?«

Ich zucke die Achseln. Im Augenblick erscheint es mir nicht angebracht, meinen Plan von der Reise ans Meer anzubringen. Also murmle ich: »Ja, so ungefähr.«

»Okay. Und jetzt bist du dran.«

»Wie bitte?«

»Du hast mir versprochen, dass du mir von deinem Vater erzählst.«

Verzweifelt knabbere ich an meinem Daumennagel. »Aber das ist echt eine ziemlich lange Geschichte, und ich weiß sowieso nicht alle Einzelheiten …«

Romans Gesicht wird hart. »Spiel bitte keine Spielchen mit mir. Ich habe deine Frage beantwortet. Jetzt musst du meine beantworten. Ehrlich und ohne Umschweife.« Er senkt die Stimme, so dass er nur noch flüstert, als er sagt: »Selbstmordpartner halten Wort.«

Und ich weiß, er hat recht, aber ich wünschte, mein Wort zu halten würde nicht bedeuten, dass mein Herz ertrinkt. Im wahrsten Sinn des Wortes.

Sonntag, 31. März

noch 7 Tage

Ich überrede Roman, zu warten, bis wir am Spielplatz sind – dort will ich ihm erzählen, warum mein Vater ins Gefängnis musste. Ich habe wirklich keine Lust, das Familiengeheimnis im Neonlicht dieses blöden Diners zu enthüllen. Wahrscheinlich will ich einfach ein bisschen Zeit gewinnen. So wie's aussieht, bin ich nur noch damit beschäftigt, Zeit zu gewinnen.

Er telefoniert gerade mit seiner Mutter, als ich auf den Parkplatz beim Spielplatz fahre. Seine Mutter hat ihn unterwegs etwa siebenundfünfzig Mal angerufen.

»Alles bestens.« Er schweigt und nickt zustimmend, als wäre er komplett einverstanden mit dem, was seine Mom sagt. »Ja, die Fahrt war schön.« Darauf scheint sie etwas Lustiges zu erwidern, denn er grinst. »Ja, Aysel ist sehr nett. Aber – hör zu, Mom, ich rufe vor allem deswegen an, weil ich dir sagen wollte, dass ich ein bisschen später nach Hause komme, als ich dachte.« Dann nickt er wieder. »Aysel und ich wollen noch beim Spielplatz vorbeifahren und eine Runde spielen.« Er lacht. »Ja, klar, ich nehme Rücksicht auf sie. Versprochen. Also dann, bis nachher.«

Er legt auf. »Du machst deine Sache echt gut, muss ich sagen.«

Ich blinzle verdutzt. »Wie meinst du das?«

»Meine Mutter denkt, ich bin wieder völlig normal. Sonst war es immer ganz schlimm für sie, wenn ich später heimgekommen bin als ausgemacht.« Er grinst, aber anders als sonst, nicht sein Halbmondlächeln, sondern eher berechnend. Mein Magen krampft sich unangenehm zusammen. »Und habe ich dir schon gesagt, dass sie letzte Woche kein einziges Mal mitten in der Nacht in mein Zimmer gekommen ist, um nach mir zu sehen? Ich habe es nur dir zu verdanken, dass sie sich keine solchen Sorgen mehr um mich macht.«

Ich steige aus. Der Druck auf meiner Brust wird schlimmer, und ich scharre mit meinen grauen Converse-Sneakern in dem matschigen Boden herum. Es hat aufgehört zu regnen, aber die Luft ist noch feucht und kalt. Ich schlinge die Arme um mich und gehe zu dem Picknicktisch, auf dem ich auch gesessen habe, als ich das das letzte Mal hier war. Wieder setze ich mich auf den Tisch, presse meine Handflächen gegen das nasse Holz und lehne mich zurück, um hinauf in den Himmel zu starren. Roman kommt auch, setzt sich zu mir und überschattet die Augen mit der Hand.

»Das machst du oft«, sage ich,

»Was?«

»Du schirmst deine Augen ab. Das ist mir aufgefallen. Auch wenn die Sonne gar nicht scheint.«

Jetzt lächelt er wieder das Halbmondlächeln. »Du bist eine gute Beobachterin. In einem anderen Universum wärst du garantiert eine erstklassige Wissenschaftlerin.«

»Vielleicht auch in diesem Universum«, flüstere ich.

Roman erstarrt. Bevor ich etwas sagen kann, ist er schon vom Tisch heruntergesprungen, steht mit verschränkten Armen vor mir und blitzt mich an. »Bring mich nach Hause«, sagt er mit tonloser Stimme. Es wäre mir fast lieber, wenn er richtig wütend wäre. Dann wüsste ich wenigstens, dass er etwas empfindet.

»Komm schon, Roman.« Ich versuche, das Ganze herunterzuspielen. Im Geist ohrfeige ich mich dafür, dass ich so etwas Bescheuertes gesagt habe. Ich hätte wissen müssen, dass ich ihn nicht so überrumpeln darf. Ich muss feinfühliger vorgehen. Roman soll von sich aus zu der Schlussfolgerung kommen – ich darf ihn nicht mit der Nase darauf stoßen.

Also rudere ich zurück. »Ich hab das nur so dahin gesagt. Ich bin ja schließlich kein Vollidiot.«

Er zieht die Augenbrauen hoch und presst die Lippen zu einer schmalen Linie zusammen.

»Ich wollte sagen, dass ich eine gute Wissenschaftlerin sein könnte, wenn die Bedingungen anders wären.« Ich mache eine dramatische Pause. »Auf dieser Welt.«

»Ja, klar. Wenn die Bedingungen anders wären. Aber welche Bedingungen meinst du?« Seine Arme sind noch immer verschränkt. Die Sonne ist hinter den Wolken hervorgekommen, und ihre Strahlen lassen seine Augen besonders golden leuchten. Fast sehen sie aus, als würden sie brennen.

»Meinen Dad«, platze ich heraus, ohne zu überlegen. Nach drei langen Jahren, in denen ich versucht habe, dem Schatten meines Vaters zu entfliehen, biete ich nun seine dunkle Geschichte an wie einen bizarren Köder. Es ist echt ein Trauerspiel – so viel Zeit habe ich darauf verwendet, die Wahrheit vor Roman zu verbergen, weil ich Angst vor seiner Reaktion hatte, und jetzt denke ich gar nicht mehr darüber nach. Ich weiß nur so viel: Roman muss hierbleiben. Er muss bei mir bleiben. Ich werde tun und sagen, was ich kann, damit er länger bleibt – und wenn's auch nur eine Sekunde ist.

»Du meinst deinen Dad?« Kopfschüttelnd schaut er auf den Boden. »Ich kapiere das nicht, Aysel. Dein Vater ist der Grund, weshalb du sterben möchtest. Trotzdem willst du ihn unbedingt noch einmal sehen, obwohl du ihn doch angeblich hasst. Und du willst mir nicht sagen, was er getan hat. Vertraust du mir eigentlich gar nicht?«

Ich widerstehe dem Impuls, ihm zu sagen, dass ich nicht mehr sterben will. Dass alles anders ist.

Jetzt ist nicht der richtige Moment, nicht, wenn er so sauer auf mich ist. Ich klopfe mit der Hand neben mir auf den Tisch, damit er sich wieder zu mir setzt. »Ich verspreche dir, dass ich nicht mehr blöd rumrede. Ich erzähle dir, wie das war mit meinem Vater. Jedenfalls alles, was ich weiß.«

Ich kann Roman ansehen, dass er überlegt, was er tun soll. Schließlich siegt seine Neugier. Er klettert zu mir auf den Tisch. Was in mir eine absurde Hoffnung wachruft. Denn wenn jemand neugierig ist, heißt das doch logischerweise, dass er wissen will, was als nächstes kommt. Jedenfalls ist es ein Gefühl. Vielleicht kann ich darauf aufbauen.

Ich beobachte ihn aus dem Augenwinkel. Mit gesenktem Kopf schaut er auf seine Hände. »Roman?«

»Was ist?«

»Versprichst du mir, dass du mich nicht verurteilst, wenn ich dir die Wahrheit über meinen Vater sage?«

Sanft umschließt er mein Handgelenk mit den Fingern. »Warum soll ich dich verurteilen?«

Ich wende mich ab. Es schnürt mir die Kehle zu.

Er legt mir die Hand auf die Schulter. »Wie meinst du das?«

»Brian Jackson.« Das sind die beiden einzigen Wörter, die ich hervorstoßen kann.

Roman nimmt seine Hand weg. Dann dreht er sich so, dass er mir direkt ins Gesicht sehen kann. Ich zwinge mich, in seine weit aufgerissenen Augen zu blicken. Diese Augen sind es, in denen ich wieder eine Perspektive gefunden habe, ein Licht. Sie haben sich bis in das schwarze Loch vorgearbeitet. Ich ächze, weil ich nicht gut Luft bekomme. Ich habe solche Angst davor, sehen zu müssen, wie diese Augen von Sommer zu Winter wechseln, von warm zu eiskalt.

Er streicht mir über den Rücken. »Aysel, alles ist okay. Ich weiß es doch.«

Wieder stöhne ich. »Nein, du weißt es nicht. Du hast keine Ahnung.«

Seine Finger tasten über mein Rückgrat. »Doch. Ich weiß Bescheid über deinen Vater.«

Ich zucke zurück, entferne mich von ihm, bis ich ganz dicht an der Tischkante sitze. Ich ziehe die Knie an und schaukle vor und zurück. Ich versuche, Mozarts Requiem zu summen, aber ich kann nichts hören, nur meinen eigenen Herzschlag. Mein Herz will seinen Rhythmus nicht verlangsamen.

Roman rückt zu mir und legt mir den Arm um die Schultern. »Sch-sch, alles ist gut.«

Vor meinen Augen verschwimmt alles, und in meinem Hals bildet sich ein dicker, harter Kloß. Seit tausend Jahren habe ich nicht mehr richtig geweint. Ich werde nicht jetzt damit anfangen. Meine Schultern beben, und ich beiße mir verzweifelt auf die Unterlippe, bis ich das Blut im Mund schmecke. »Aber – warum?«

»Warum was?«

»Warum hast du mir nie gesagt, dass du es weißt?«

Er fasst mich am Kinn und zwingt mich ganz sanft, ihn anzusehen. Seine goldenen Augen sind immer noch warm. »Weil ich nicht gewusst habe, wie ich es ansprechen soll. Und ich war mir nicht ganz sicher.« Er lässt mein Kinn wieder los, legt die Hände auf seine Knie und holt tief Luft. »Es war nur eine Vermutung – wegen deines Namens und wegen der Sachen, die du über deine Familie gesagt hast. Es ist ja praktisch unmöglich, diese Geschichte nicht irgendwie mitzukriegen ... sie ist überall. Ich habe mir schon gedacht, dass es dein Vater war, aber mit Sicherheit konnte ich es natürlich nicht wissen. Bis ich es von dir gehört habe.«

»Mir brauchst du nicht zu sagen, dass die Geschichte überall ist.« Ich presse mir die Handballen in die Augen.

Verzweifelt unterdrücke ich einen Schluchzer. Auf keinen Fall will ich, dass die Tränen fließen. Mein ganzer Körper brennt vor Scham. Es ist nicht wegen Dad – das mit ihm ist schon schlimm genug, aber ich kann nicht fassen, dass ich dumm genug war anzunehmen, ich könnte die ganze Sache vor Roman verbergen.

Ich schniefe und bekomme einen salzigen Geschmack im Mund. »Wenn du es sowieso schon weißt – warum wolltest du dann, dass ich es dir sage? Warum hast du immer wieder nach meinem Vater gefragt?«

Er nimmt wieder meine Hand und drückt sie. »Weil ich herausfinden wollte, ob du mir vertraust. Ob du dich mit mir wohl genug fühlst, um zu spüren, dass ich dich deswegen nicht verurteile. Und ich wollte die Geschichte von dir hören.« Er zieht an meiner Hand, damit ich ihn anschaue. Ich lege den Kopf schief, und sehe ihn von der Seite an, weigere mich aber, seinem Blick zu begegnen. »Ich habe gedacht, dass es gut für dich ist, darüber zu reden«, fügt er noch hinzu. »Und das denke ich übrigens immer noch.«

»Warum?«

Er zuckt die Achseln. »Manchmal hilft es, wenn man etwas ausspricht. Für mich war es gut, dass ich dir von Maddie erzählt habe.«

Wieder durchzuckt mich Hoffnung. »Ehrlich?«

»Du hast mir etwas gegeben, was mir noch nie jemand gegeben hat.«

»Was?«

»Du hast mich nachher nicht anders angesehen als vorher. Das möchte ich auch für dich tun.«

»Okay.«

»Okay was?«

»Ich sage dir alles, was ich weiß.«

Jetzt schließt er mich in die Arme, und ich lehne den Kopf an seine Schulter. »Nimm's mir nicht übel«, flüstert er.

»Ich nehme dir gar nichts übel.«

»Versprochen?«

»Versprochen.«

Seine Schultern sind breit, aber knochig, und ich spüre, wie sich seine Muskeln unter dem Gewicht meines Kopfes anspannen. »Und du hasst mich wirklich nicht? Auch jetzt nicht, obwohl du mit Sicherheit weißt, dass mein Vater das Monster ist, über das dauernd in den Nachrichten berichtet wird? Ich habe gedacht, du findest es bestimmt ganz schrecklich, weil …« Ich konzentriere meine ganze Aufmerksamkeit auf eine alte Cola-Dose, die jemand unter den Tisch geworfen hat. »Weil du so eng mit Brian Jackson befreundet warst.«

Roman streicht mir über den Hinterkopf und fährt mit den Fingern durch meine wirren Locken »Ich schwöre dir, dass ich dich nicht hasse, Aysel. Ich könnte dich nie hassen. Und schon gar nicht deswegen. *Du* hast doch Brians Bruder nichts getan. *Du* hast ihn doch nicht umgebracht.«

Der Satz hallt in meinem Kopf nach. *Du hast doch Brians Bruder nichts getan. Du hast ihn doch nicht umgebracht*. Während ich seine Worte auf mich wirken lasse, werden meine Augen immer feuchter. Eine Träne rinnt über meine Wange, und dann brechen alle Dämme. Ich zittere am ganzen Körper und kann nicht richtig atmen. Aber warum weine ich, warum ausgerechnet jetzt – jetzt, da ich endgültig nicht mehr sterben will?

Er drückt mich an sich, und ich schmiege mein Gesicht an den weichen Stoff seines T-Shirts. Es riecht nach einer Mischung aus Weichspüler und Lagerfeuerrauch. Er streichelt mir immer noch übers Haar, und ich konzentriere mich auf seine kinetische Energie. Ich möchte nicht, dass er aufhört. Ich möchte, dass er weitermacht.

Er führt seinen Mund an mein Ohr und flüstert: »Erzähl mir alles, Aysel.«

Tief atme ich die feuchte Luft ein. Sie füllt meine Lunge, und mein Herz fühlt sich an, als würde es gleich platzen. Ich löse mich aus seiner Umarmung, wische mir die Augen und räuspere mich. »Tut mir leid.«

Er lächelt leise. »Es muss dir nicht leid tun. Hör auf, dich dauernd zu entschuldigen. Du verrücktes Mädchen.«

Ich verziehe das Gesicht. »Siehst du? Jetzt denkst du, ich bin verrückt. Wegen meines Vaters.«

Er schüttelt den Kopf, und sein Lächeln wird breiter und schiefer. »Nein, ich finde dich anders verrückt. Auf eine wunderschöne Art.«

Mein Herz stolpert. Ich will ihn fragen, wie er so was sagen kann – sieben Tage vor unserem geplanten Tod. Das ist nicht fair. Er darf mich nicht dazu bringen, ihn zu lieben, wenn er mich doch verlassen wird. Wenn er mich verlassen will. Wenn er weiß, es wird alles zu Ende sein.

Meine Tränen hören nicht auf zu fließen. Er stößt mich mit der Schulter an. »Komm schon, erzähl's mir.«

Ich putze mir die Nase und starre auf sein T-Shirt, das ganz nasse Flecken hat von meinen Tränen. »Ich glaube, ich habe dein T-Shirt ruiniert.«

»Mein T-Shirt ist mir egal. Das Einzige, was mir nicht egal ist, bist du.«

Irgendetwas in mir klickt. Es ist, als hätte ich mein ganzes Leben damit verbracht, an einer komplizierten Zahlenkombination herumzuprobieren, nur um dann herauszufinden, dass ich am falschen Schloss gedreht habe. Und jetzt geht der Tresorraum in meinem Inneren, der alle meine Geheimnisse enthält, plötzlich auf, und ich spüre, wie das Blut in meinem Inneren rauscht. »Okay, ich erzähle dir alles, was ich weiß.«

Ich sehe ihn nicht an, merke aber trotzdem, wie er nickt. Und ich spüre seinen Blick, leicht und sanft, wie der erste Schnee. Wir schweigen beide eine Weile, während wir Schulter an Schulter nebeneinandersitzen. Ich drücke meinen grauen Sneaker gegen seinen dreckigen weißen und wünsche mir, wir könnten ewig so sitzen bleiben. Aber ich weiß natürlich, dass das nicht geht, und beginne endlich, ihm die Geschichte zu erzählen, die vollständige, die ganze Geschichte.

»Mein Dad und meine Mom sind schon vor meiner Geburt aus der Türkei in die USA gekommen. Am Anfang haben sie irgendwo in Michigan gewohnt, aber ein Verwandter meines Vaters – oder vielleicht war's auch ein Verwandter meiner Mutter …« Ich atme kurz durch. Roman hat recht – ich habe diese Geschichte noch nie jemandem erzählt, seit mein Vater eingesperrt wurde. Hinter meinem Rücken wird überall getuschelt, und mit gedämpften Stimmen reden auch meine Mutter und Steve darüber, spät nachts, wenn sie denken, dass Georgia, Mike und ich schlafen. Die Geschichte ist schon so oft verdreht und manipuliert und verändert worden. Sie hat nie mir gehört.

»Ist ja auch egal«, fahre ich fort. »Jedenfalls hatte dieser Verwandte einen kleinen Laden hier in Langston, und als dieser Verwandte gestorben ist, sind meine Eltern hierhergezogen und haben den Laden übernommen.«

Roman schnaubt.

»Ja, ich weiß – ausgerechnet Langston. Aber so war's – sie sind also hierhergezogen, und ein paar Monate später ist meine Mom mit mir schwanger geworden. Nach meiner Geburt haben meine Eltern sich ziemlich schnell auseinandergelebt, glaube ich. Ich war noch nicht mal ein Jahr alt, als sie sich getrennt haben. Anscheinend hatte mein Vater richtig schlimme Stimmungsschwankungen. Manchmal ist er morgens schon ganz früh aufgestanden und hat für meine Mutter Toast mit Rührei gemacht. Aber es ist auch passiert, dass er aus Wut plötzlich ein Loch in die Wand geschlagen hat, und dann hat er sich in dem winzigen Arbeitszimmer im Untergeschoss verschanzt und ist den ganzen Tag nicht rausgekommen. Als ich bei ihm gewohnt habe, war er auch so. Aber ich habe mich nicht getraut, es meiner Mutter zu sagen.«

Ich nehme all meinen Mut zusammen und schaue Roman an. Er legt seine Hand auf meine, und wir verschränken unsere Finger ineinander. »Erzähl weiter.«

»Dad ist in Langston geblieben und hat den Laden weiter geführt, weil er in meiner Nähe sein wollte. Ich war das Allerwichtigste für ihn –« Meine Stimme kippt kurz, als ich das sage. »Und Mom hat dann Steve kennengelernt, die beiden haben geheiratet und haben Georgia und Mike bekommen. Ich war immer nur am

Wochenende bei ihnen, die übrige Zeit habe ich bei meinem Dad gewohnt. Aber er hat es kaum ausgehalten, dass ich die Wochenenden nicht bei ihm war.«

Ich schaue in die Ferne, und mein Blick fällt auf die Schaukeln. Sie schwingen im Wind vor und zurück, wie von Geisterhand angestoßen. Sind Roman und Maddie früher auf diesen Spielplatz gekommen, um zu schaukeln? Ich schlucke meine salzigen Tränen hinunter. Roman wartet darauf, dass ich weiterrede, das weiß ich natürlich, aber jetzt kommt der Teil, vor dem ich mich fürchte, der Teil, den ich bis heute nicht richtig begriffen habe.

Wir schweigen beide. Die Stille ist erdrückend, bis ich endlich wieder beginne: »An dem Tag, als es passiert ist, bin ich nach der Schule zu meiner Mutter gegangen. Normalerweise habe ich mich immer mit meinem Vater im Laden getroffen, aber es war ein besonderer Tag, weil Mike das erste Mal in der Little League Baseball gespielt hat, und ich hatte ihm versprochen, dass ich mitgehe. Ich sehe das Gesicht meines Vaters noch vor mir, als ich ihm eröffnet habe, dass ich erst später nach Hause komme. Der Laden lief damals sehr schlecht, und mein Dad hat mich irgendwie gebraucht – er wollte, dass ich aushelfe und ihm Gesellschaft leiste. In der Zeit wurde ziemlich viel geklaut im Laden. Jedenfalls war mein Vater davon überzeugt. Er war regelrecht besessen davon.« Ich verstumme und beiße mir auf die Wange. Ich lasse Romans Hand nicht los, sondern drücke sie, so fest ich kann, immer wieder, und mit jedem Druck wünsche ich mir etwas.

»Das heißt, ich war nicht da, als es passiert ist. Als Timothy und seine Freunde in den Laden gekommen sind, habe ich gerade zugeschaut, wie Mike von der ersten Base zur zweiten rennt.« Kopfschüttelnd schaue ich auf den Boden. »Timothy und seine Freunde sind also in den Laden gekommen und haben irgendwie Quatsch gemacht. Sie sind durch die Gänge gerannt, einer von ihnen hat einen Ständer mit irgendwas umgestoßen, und mein Dad, mein Dad, er hat –« Ich kriege die Wörter kaum heraus. »Mein Dad ist wütend geworden. Extrem wütend. Er hat angefangen rumzubrüllen, und Timothy und seine Freunde fanden das natürlich superlustig, also haben sie noch einen Ständer umgekippt, und einer hat ein paar Schokoriegel in die Gegend geworfen – sie haben meinen Vater total gereizt und gesagt, er soll sie doch daran hindern, wenn er will.

Da hat er den Baseballschläger geholt, der hinter der Theke stand, und ist auf die Jungs losgegangen. Ich würde denken, dass Timothy sich vor die anderen gestellt hat, weil er meinen Vater beruhigen wollte, aber der ist völlig durchgedreht. Niemand konnte ihn mehr bremsen. Als die Polizei eingetroffen ist, lag Timothy bewusstlos da, und mein Dad saß einfach bei ihm, den Baseballschläger in der Hand, wie ein Wahnsinniger. Timothy ist nie wieder zu sich gekommen und ist drei Tage später im Krankenhaus gestorben.« Ich hole ein paarmal zitternd Luft. »Ich glaube, mein Vater hat gar nicht gewusst, wer Timothy Jackson ist.«

Ich kann Roman nicht anschauen, deshalb drücke ich meinen Kopf an seine Brust. »Meine Mutter hat mir nicht erlaubt, meinen Dad wiederzusehen. Ich durfte auch nicht zum Prozess. Ich hatte keine Möglichkeit, mich von ihm zu verabschieden.«

»Sie hat bestimmt gedacht, das ist das Beste für dich. Er war …« Er überlegt kurz. »Na ja, du weißt schon.«

Ich löse mich von ihm, um ihn anschauen zu können. »Weißt du – als du vorhin gesagt hast, dass mein Vater der Grund ist, weshalb ich sterben will – das stimmt so nicht. Mein Vater ist nicht der Grund. Es ist so: Ich habe schrecklich Angst davor, dass der kranke Wahnsinn, den er in sich hat, auch in mir ist. Dass ich im Grunde fähig sein könnte, genauso eine furchtbare Tat zu begehen. Ich befürchte, dass ich auf die gleiche Art kaputt bin wie er.«

Dann schweige ich wieder ganz lange, und Roman sagt auch kein Wort. Er lässt meine Hand los, und mein Herz stürzt ab – er hasst mich doch – er hat Angst vor mir. Ich will gerade von unserem Picknicktisch herunterklettern, als er mich am Arm fasst. »Aysel, sieh mich an.«

Ich starre wieder wie gebannt zu den Schaukeln. Die Kettenglieder sind verrostet. Man müsste sie auswechseln. Überhaupt müsste dieser Spielplatz dringend neu gestaltet werden.

»Aysel – bitte!«

Ich wende mich zu ihm. Sein Gesicht ist nur ein paar Zentimeter von meinem entfernt. Sein Kiefer ist angespannt, seine Augen sind traurig. Ich halte die Luft an und warte darauf, dass er etwas sagt. Irgendetwas.

Er streicht mir eine Haarsträhne aus dem Gesicht und beugt sich zu mir, um mich auf die Stirn zu küssen. Mein ganzer Körper kribbelt. »Ich will, dass du weißt: Du bist überhaupt nicht wie dein Vater – hörst du? Ich kenne dich, Aysel. Du würdest nie so etwas tun.« Er nimmt mein Gesicht zwischen beide Hände.

»Aber warum vermisse ich ihn dann so?« Fast berührt meine Nase die von Roman, und ich will mich abwenden, kann es aber nicht.

Er zieht mich näher zu sich und schließt mich in die Arme. »Weil du ein Mensch bist. Niemand ist immer nur schlecht oder immer nur gut. Du hattest bestimmt auch sehr schöne Zeiten mit deinem Vater. Da ist es völlig logisch, dass du ihn vermisst.«

»Deshalb will ich ihn noch mal sehen, verstehst du?

Nicht nur, um herauszufinden, ob ich so bin wie er, sondern auch, weil ich ihm sagen will, dass ich ihn vermisse. Dass es mir leidtut, dass ich ihn allein gelassen habe. So absurd das klingt, aber ich möchte, dass er mir verzeiht.«

Roman fährt mit der Hand über mein Rückgrat, bis zu den Schulterblättern. »Ich bin fest davon überzeugt, dass er dir keine Vorwürfe macht. Und dass er dich immer noch liebt. Er wird dich immer lieben.«

Als ich das höre, verwandeln sich meine Tränen in ein tiefes Schluchzen. Er drückt mich noch fester an sich, und ich weine wieder in sein T-Shirt. So sitzen wir da, wir zwei: Ich weine, er reibt mir den Rücken. Stundenlang, scheint mir. Als ich mich wieder einigermaßen gefasst habe, löse ich mich von ihm und wische mir die Augen. »Tut mir leid.«

Er nimmt wieder meine Hände. »Es muss dir nie etwas leidtun.«

Ich schlucke ein paarmal und schaue zum Himmel hinauf. Der Himmel hat jetzt ein dunkles Indigoblau. Gleich wird die Sonne hinter dem Horizont verschwinden. Aber ich will nicht, dass dieser Tag zu Ende geht! Ich will nicht, dass noch mehr Zeit verrinnt. Ich schließe die Augen und bleibe einen Moment lang ganz reglos sitzen. Als ich sie wieder öffne, sehe ich, dass Roman auf den Boden starrt.

»Vielen Dank«, sage ich.

»Wofür?«

»Für dein Verständnis.«

Er zuckt kurz die Schultern, als wäre das nichts. Aber es war nicht nichts!

»Ich habe deine Skizze von mir gesehen«, sage ich langsam.

Seine Augen leuchten überrascht auf. »Aber sie ist noch nicht fertig.«

Ich ziehe das Blatt aus meiner Hosentasche und falte es auseinander. »Ich finde, sie sieht ziemlich fertig aus.«

Er verlagert das Gewicht vom linken auf den rechten Fuß. »Du kannst sie behalten.«

Ich weiß, darüber sollte ich mich freuen, aber das tue ich nicht. Die Art, wie er das sagt, klingt so endgültig, so abschließend. »Ich wollte, ich könnte zeichnen.«

Sein Blick wandert in die Ferne, und er reibt sich den Nacken. »Kannst du bestimmt.«

»Aber nicht *so*«, flüstere ich. »Ich wollte, ich könnte dich so zeichnen, wie ich dich sehe.« Ich würde einen Jungen mit einem magnetischen Lächeln zeichnen, mit liebevollen Händen und mit Augen, die zwar traurig sind, aber auch strahlen können. Ich würde einen Jungen zeichnen, der es verdient hat, das Meer zu sehen.

Aber es ist, als hätte er einen sechsten Sinn und würde meine Unentschlossenheit spüren. Jedenfalls deutet er mit einer Kopfbewegung zum Auto. »Wir müssen jetzt echt los.«

Ein Windhauch weht über mein Gesicht, das immer noch feucht ist von den Tränen. Ich schaue ihn an, wie er da steht, eine Hand im Nacken. Sein T-Shirt flattert im Wind, sein Gesicht ist zu einem gequälten Ausdruck erstarrt. Ich weiß, er denkt an Maddie. Ich weiß, er denkt daran, wie er mit dem Kopf voran in den Ohio River springt. Ich weiß, er denkt an den Tod.

Ich möchte wieder losheulen.

Auf der Heimfahrt bringe ich ihn immerhin dazu, mir zu versprechen, dass wir uns nächste Woche noch einmal treffen. Es ist ziemlich absurd, aber er ist damit einverstanden, dass wir noch besprechen müssen, wie wir das mit den Abschiedsbriefen machen. Ich kann kaum darüber reden, und ich bin mir sicher, er weiß, dass ich lüge, und ich weiß, dass er es weiß, aber wir sagen beide nichts dazu.

Nachdem wir also halbherzig ausgemacht haben, wann wir uns treffen wollen, sprechen wir nicht mehr viel. Ich mache nicht mal das Radio an. Selbst Mozarts Requiem könnte mich jetzt nicht trösten. Als ich in seine Einfahrt biege, sagt Roman: »Gestern Nacht hast du übrigens mit Socken geschlafen.«

»Wie bitte?« Ich stelle den Motor ab und blicke ihn an. Er schaut aus dem Beifahrerfenster, dicht an die Tür gequetscht, als müsste er die größtmögliche Distanz zwischen uns schaffen.

»Du hast mir doch gesagt, du kannst nicht mit Socken schlafen. Erinnerst du dich? Du hast darauf bestanden, dass das ein Problem für dich ist. Aber gestern Nacht hattest du sie an.«

Ich weiß nicht, ob er das ernst meint oder nicht. »Hm – und was willst du damit sagen?«

Er dreht sich zu mir. Seine Augen sind groß und feucht. Ich glaube, jetzt ist er an der Reihe mit den Tränen, aber er blinzelt sie weg. »Damit will ich sagen, dass du dich verändern kannst. Du bist stark. Vergiss das nicht, Aysel.«

»Wir reden doch nur von Socken«, entgegne ich leise.

Er zuckt die Achseln. »Aber es ist trotzdem eine Veränderung.«

Ich will ihm gern sagen, dass das alles auch für ihn gilt. Und dass ich weiß, er kann sich ebenfalls verändern. Aber ich beiße mir auf die Zunge. Stumm steige ich aus und helfe ihm, den Kofferraum auszuräumen. Ich halte echt nicht viel von Beten, aber ich bündle meine ganze Kraft, um zu bewirken, dass Mrs Franklin im Haus bleibt. Hoffentlich kommt im Fernsehen gerade ein toller Liebesfilm, der fesselnder ist als das Liebesdrama, das sich vor ihrer Türschwelle abspielt. »Was willst du damit sagen, Roman?«

Sein Mund verzieht sich zu dem gewohnten schiefen Lächeln. »Nichts. Nur so eine Beobachtung.« Seine Augen sind nicht mehr ganz so traurig. Stattdessen sind sie gar nichts mehr – sie sind leer –, und davon wird mir noch schwerer ums Herz.

Er breitet die Arme aus und drückt mich. »Bis bald.«

»Warte – haben wir Donnerstag oder Freitag ausgemacht? Welcher Termin passt dir besser?«

Keine Antwort. Er lässt die Arme sinken, dann dreht er sich um und geht zum Haus, beladen mit Rucksack, Zelt, Kühltasche und Picknick-Korb. Ich überlege kurz, ob ich ihm helfen soll, aber ich glaube, er will meine Hilfe gar nicht. Ach, wenn er sie doch wollen würde!

»Ich halte dich auf dem Laufenden, ob ich noch etwas über meinen Dad erfahre«, rufe ich ihm nach. Inzwischen ist es mir egal, ob seine Mutter es hört. Zum ersten Mal in meinem Leben ist Dad meine geringste Sorge. Roman stellt die Campingsachen vor der Haustür ab und winkt mir über die Schulter noch einmal kurz zu, aber er dreht sich nicht um.

Ich muss mir etwas einfallen lassen, wie ich ihn dazu bringe, umzudrehen.

Montag, 1. April

noch 6 Tage

Nach der Schule rufe ich die Nummer an, die Jacob auf meine Mailbox gesprochen hat. Ich habe schon am Sonntag, nachdem ich Roman zu Hause abgesetzt hatte, einen Versuch gewagt, aber niemand hat sich gemeldet, und ich hatte nicht genug Mumm, eine Nachricht zu hinterlassen.

Ich rolle mich auf dem Vordersitz meines Autos zusammen und drücke das Telefon ans Ohr. Es klingelt zweimal, dann antwortet eine klare Stimme: »St. Anne's Hospital, Sie sprechen mit Tara. Was kann ich für Sie tun?«

Ich muss kurz schlucken. »Äh – hallo, Tara«, stammle ich. »Ich heiße Aysel Seran und bin die Tochter von Omer Seran. Man hat mir gesagt, dass er von der Justizvollzugsanstalt McGreavy ins Krankenhaus St. Anne's verlegt worden ist und …« Die Wörter purzeln hektischer aus meinem Mund heraus, als ich möchte, aber ich habe Angst, wenn ich nicht alles blitzschnell vorbringe, legt Tara auf, und dann habe ich keine Chance mehr, meinen Vater zu finden.

»Verstehe.« Ihr Tonfall ist ziemlich energisch. »Sind Sie noch minderjährig?«

»Wie bitte?«

»Sind Sie unter achtzehn?«

Ich überlege, ob ich lügen soll. »Wieso spielt das eine Rolle?«

»Ich darf an Minderjährige keine Informationen über Patienten weitergeben. Außerdem ist es mir untersagt, sensible Daten über das Telefon mitzuteilen.«

»Aber …« Ich beiße mir auf die Unterlippe. »Was soll ich dann machen? Ich möchte meinen Vater unbedingt sehen.«

Tara seufzt. »Wenn Ihr Vater hier Patient ist, was ich, juristisch gesehen, nicht bestätigen darf, dann müssen Sie Ihren Erziehungsberechtigten bitten, für Sie einen Termin zu arrangieren. Je nach dem, in welchem Zustand der Patient sich befindet, wird dann ein Besuch genehmigt oder auch nicht.«

»Mehr können Sie mir nicht sagen? Ist es vielleicht möglich, dass Sie mir einen winzigen Hinweis geben, ob mein Vater bei Ihnen ist oder nicht?«

»Ich würde denken, es wäre eine gute Idee, wenn Sie mit Ihrer Mutter darüber sprechen, ob sie nicht mit uns einen Besuch vereinbaren kann.« Wieder seufzt Tara. »Sie soll diese Nummer hier anrufen.«

Ein Lächeln schleicht sich auf mein Gesicht. »Vielen Dank.«

»Gern geschehen. Ich wünsche Ihnen noch einen schönen Tag.« Und mit diesen Worten legt sie auf.

Ich stecke mein Handy wieder in die Tasche und klappe den Autositz zurück, so dass ich flach liegen kann. Die Sonne kommt hinter den Wolken hervor und scheint mir ins Gesicht. *Ja, ich muss mit meiner Mutter über meinen Vater reden.*

Ich stelle mir vor, wie das ist, wenn ich ihn besuche. Ob er weiße Krankenhausklamotten anhat? Oder noch schlimmer – vielleicht ist er ja gefesselt. Ich kneife die Augen zusammen und versuche, Dads Gesicht heraufzubeschwören, aber ich kann nur den Mann vor mir sehen, an den ich mich erinnere. Den Mann, der niemals einen Jungen mit einem Baseballschläger totgeschlagen hätte. Vielleicht haben wir ja alle eine dunkle Seite in uns, aber manche können besser mit ihr umgehen als andere.

Was mein Vater getan hat, war sehr schlimm und ist unentschuldbar, aber möglicherweise gibt es doch noch Hoffnung für ihn. Wenn er die Hilfe bekommt, die er braucht, vielleicht kommt dann wieder der Mann zum Vorschein, der mich mit Bachs Toccata vertraut gemacht hat und der auf einem Sessel in meinem Zimmer geschlafen hat, wenn ich nachts im Dunkeln Angst hatte.

Und wenn es noch Hoffnung für meinen Dad gibt, dann muss es auch für mich Hoffnung geben. Kann sein, dass er und ich die gleiche schwarze Qualle in uns haben, aber es ist an mir, sie zu besiegen. Das bin ich meinem Vater schuldig. Das bin ich mir selbst schuldig.

Ich stelle den Autositz wieder aufrecht und stecke den Zündschlüssel ins Schloss. *Ich muss mit Mom reden.* Als ich vom Schulparkplatz fahre, verspreche ich mir: *Ich will stärker sein als meine Traurigkeit.*

Ich werde mein Bestes tun, um das Mädchen zu sein, das Roman gezeichnet hat. Das Mädchen mit den leuchtenden Augen. Das Mädchen voller Hoffnung.

Als ich nach Hause komme, steht meine Mutter an der Spüle und schält Kartoffeln. Ich gehe an den Schrank und wühle in den Süßigkeiten, auf der Suche nach einem Müsliriegel mit Schokostückchen.

»Aysel«, sagt sie und winkt mir zu.

Ich drehe mich zu ihr um, in der Hand eine leere Schachtel. »Mike nimmt immer den letzten Riegel, und dann wirft er die Schachtel nicht weg. Sehr nervig, finde ich.«

Mom lächelt müde. Ihre hellbraunen Haare hat sie zu einem lockeren Zopf geflochten. Die Frisur betont ihre hohe Stirn und die vorstehenden Wangenknochen, und sie sieht noch mehr aus wie Georgia als sonst. Sie legt den Kartoffelschäler weg und trocknet sich die Hände. »Können wir reden?«

Klingt nicht so, als hätte sie die Absicht, etwas zu den Müsliriegeln zu sagen. Ich stelle die Schachtel auf den Küchentisch. »Ja, klar.«

»TMC hat heute angerufen. Mr Palmer wollte wissen, wo du steckst. Du bist am Samstag nicht zu deiner Schicht erschienen, und heute müsstest du eigentlich auch arbeiten, stimmt's?« Irgendwie benimmt sie sich sehr unsicher, fast als hätte sie Angst.

Was meinen Job angeht – da hat sie recht. Ich habe meine Arbeitstermine schleifen lassen. Wenn ich sowieso demnächst tot bin, dann ist es nicht so wichtig, dass ich meinen Job behalte. Eine Leiche braucht kein Geld. Aber die Sache ist die: Selbst wenn ich nicht vom Crestville Pointe springe, will ich aufhören, bei TMC zu arbeiten, das habe ich beschlossen.

»Ich will kündigen«, sage ich.

»Wie bitte?«, fragt Mom, als hätte sie mich nicht richtig verstanden. Aber ihre Stimme bleibt leise und gelassen. Ich wollte, sie würde mich mal anschreien wie eine normale Tochter.

»Du kannst mich ruhig anschreien«, sage ich. »Ich bin nicht er, verstehst du? Ich bin nicht er. Vielleicht habe ich Ähnlichkeit mit ihm, aber das heißt nicht, dass ich so werden muss wie er.« Ich spüre, wie der Druck hinter meinen Augen immer mehr zunimmt, und versuche krampfhaft, die Tränen wegzublinzeln.

Meine Mutter zuckt zurück, als hätte ich ihr gerade eine Ohrfeige verpasst. Sie legt die Hand an ihre Wange. »Ach, Aysel. Ach, Schätzchen.« Sie schließt mich in die Arme.

Ich lasse es zu, aber ohne ihre Umarmung zu erwidern. Ich sinke in mich zusammen und spüre, wie sie sich zusammennimmt, um mich stützen zu können.

Dann nimmt sie mich an der Hand und führt mich in ihr Schlafzimmer. Da war ich nicht mehr, seit ich hier eingezogen bin. Es ist das offizielle Elternschlafzimmer, aber das bedeutet nicht viel. Es ist kaum größer als der Raum, den Georgia und ich uns teilen. In der Ecke liegen ein paar getragene Hemden von Steve auf dem Boden, aber sonst sieht es sehr schön ordentlich aus. Mom gibt sich größte Mühe, denn dieses Zimmer ist ihr Zufluchtsort, hierhin kann sie sich zurückziehen, wenn im Rest des Hauses zu viel Chaos herrscht.

Wir setzen uns auf ihr Bett. Ich presse die Handflächen auf die geblümte Steppdecke, die schon ziemlich abgewetzt ist, wodurch die Rosen aussehen, als würden sie ausfransen und bluten. Ich zupfe an einem der Fäden.

Mom setzt sich so hin, dass sie mich anschauen kann. »Aysel«, sagt sie. »Du bist überhaupt nicht wie er.«

Ich spüre, wie mein Herz hämmert – es fühlt sich so schwer an, so riesig, dass ich mich frage, ob es das Einzige ist, was die schwarze Qualle mir gelassen hat. Vielleicht ist mein Inneres ganz leer, und nur mein einsam klopfendes Herz ist noch da. »Doch – ich bin wie er!«

Ganz leicht berührt sie meine Hand. »Wie meinst du das?«

Ich kann nicht gut atmen und muss ein paarmal schlucken, um mich zu sammeln. »Ich bin traurig, Mom. Ich bin die ganze Zeit traurig. Und ich glaube, das war er auch.«

»Ach, Schätzchen!«, murmelt sie bekümmert.

Endlich sehe ich sie an. Ihre Augen sind trübe und gerötet. »Das hättest du mir sagen sollen. Warum bist du nicht schon viel früher zu mir gekommen?«

Ich lasse den Kopf hängen, presse das Kinn gegen das Brustbein. »Ich hatte Angst.« Meine Stimme ist brüchig, und ich schmecke schon wieder Tränen. »Ich habe gedacht, du schickst mich weg. Oder du könntest meinetwegen noch mehr Probleme bekommen, was noch schlimmer wäre. Du brauchst nicht noch mehr Probleme.«

Mom zieht mich wieder an sich. Schweigend wiegt sie mich in ihren Armen. Dann lässt sie mich los und fährt sich übers Gesicht. »Ich weiß nicht, wie ich dir das erklären soll, Aysel, aber ich habe nie versucht, mit dir über das alles zu reden, weil ich Angst hatte, ich könnte genau das Falsche sagen.« Sie schweigt einen Moment. Ihre Lippen zucken, als wollte sie noch etwas hinzufügen, aber sie sagt nichts.

»Mom?«

Sie seufzt. »Ich glaube, ich weiß immer noch nicht, was ich sagen will. Oder was ich sagen müsste. Weißt du – als du noch klein warst, habe ich dich oft unter dem Baum im Schulhof stehen sehen, ganz allein, in der blauen Windjacke, die dein Dad für dich gekauft hatte. Die mit den kleinen gelben Entchen drauf – erinnerst du dich?«

Natürlich erinnere ich mich an die Jacke. Mom fährt fort: »Ich war da, um Georgia abzuholen, und ich habe gewusst, dass dein Vater kommt und dich mitnimmt. Aber ich bin das Gefühl nicht losgeworden, dass ich etwas für dich tun müsste. Du hast so einsam gewirkt, schon damals. Ich wollte aus meinem Auto aussteigen und dich in den Arm nehmen, mit dir reden – aber ich habe es nie getan. Und als dann das mit deinem Vater passiert ist, habe ich erst recht Angst bekommen. Das tut mir so leid, so unendlich leid. Ich hätte mich stärker für dich einsetzen sollen.« Sie will meine Hände nehmen, aber ich entziehe sie ihr. Tränen laufen mir über die Wangen. Ich trockne sie mit dem Ärmel meines T-Shirts. Dann räuspere ich mich. »Ich möchte Dad besuchen.«

Sie senkt den Blick und schweigt.

»Mom – ich meine es ernst. Ich möchte ihn besuchen. Ich glaube, das würde mir helfen.«

»Er ist nicht mehr im Gefängnis«, sagt sie zögernd und greift wieder nach meiner Hand. Diesmal lasse ich es zu. »Er ist in eine psychiatrische Klinik verlegt worden.«

»Ich weiß.«

Abrupt hebt sie den Kopf. »Wie bitte?«

»Ich bin zum McGreavy-Gefängnis gefahren, und da hat man mir gesagt, er ist verlegt worden. Aber ich brauche dich als Begleitung, damit ich ihn im Saint Anne's Hospital besuchen kann.«

Mom schlägt sich die Hand vor den Mund, ballt sie dann zur Faust und beißt sich auf die Fingerknöchel.

»Also – kommst du mit mir?«

Ein tiefer Seufzer. Dann streichelt Mom mir über den Hinterkopf und fährt mit den Fingern durch meine Haare, wie früher und wie sie es bei Georgia oft macht –

das habe ich immer wieder beobachtet, aber ich habe nie zu hoffen gewagt, dass sie es bei mir je wieder tun würde. »Ich weiß nicht, ob das wirklich eine gute Idee ist«, sagt sie leise. »Trotzdem – ich kümmere mich darum. Mal sehen, ob's klappt.«

»Versprochen?«

Wieder nimmt sie meine Hände. »Versprochen. Aber du musst auch etwas für mich tun.«

»Was?«

»Rede mit mir über deine Traurigkeit, deinen Schmerz, Aysel. Hättest du vielleicht gern professionelle Hilfe?«

Ich wende den Blick ab. »Weiß ich nicht.«

Seit ich denken kann, habe ich Angst davor, jemandem von meiner Traurigkeit zu erzählen, weil ich fest davon überzeugt bin, man kann sie nur als Beweis dafür deuten, dass ich den Wahnsinn meines Vaters geerbt habe. Aber jetzt begreife ich ganz allmählich, dass ich das, was mein Vater getan hat, nicht rückgängig machen kann. Und ich kann auch nichts daran ändern, dass ich an dem Nachmittag nicht im Laden war, um ihn zu bremsen. Jeden Tag werde ich aufwachen, und Dad wird immer noch für Timothy Jacksons Tod verantwortlich sein.

Und vielleicht wird auch die schwarze Qualle immer in mir bleiben. Vielleicht werde ich immer wieder schlimme Tage haben, an denen das Gefühl der Schwere unerträglich scheint. Aber auch wenn es maßlos kitschig klingt – vielleicht sorgen die guten Zeiten dafür, dass es sich lohnt, die schlechten durchzustehen.

Viel zu lang habe ich meine Vergangenheit zu meiner Zukunft gemacht, weil ich mich nicht getraut habe, mir etwas anderes vorzustellen. Und dementsprechend habe ich mich auch verhalten – statisch, eingeschüchtert von meiner eigenen kinetischen Energie. Vielleicht ist es wirklich an der Zeit, dass ich Phantasie entwickle, mich in Bewegung setze. Vielleicht ist es Zeit, dass ich mich wehre und gegen die Traurigkeit in mir ankämpfe.

Ich frage mich, ob ich Roman dazu bringen kann, das zu verstehen. Wird er begreifen, dass mein Sinneswandel nichts mit Kneifen zu tun hat? Ich kneife nicht, nein, ich setze mich zur Wehr und kämpfe. Und ich muss mich endlich trauen, Roman gegenüber ehrlich zu sein.

»Kann ich mir's überlegen?«, frage ich schließlich.

»Ja, natürlich«, antwortet sie. »Aber selbst wenn du nicht gleich zu einem Therapeuten willst – versprich mir wenigstens, dass du mit *mir* darüber redest. Du kannst das nicht alles in dich hineinfressen, Aysel. Nicht mehr.«

»Ich weiß.« Ich schmiege mich an sie und atme den blumigen Duft ihres Parfüms sein. Er erinnert mich an früher. An die Zeit, bevor die Schwere in mir so niederdrückend, so unerträglich wurde. Kann es sein, dass die Dunkelheit den Sieg davonträgt, weil sie uns einredet, dass wir sie in uns verschließen müssen, statt sie loszulassen?

Ich will nicht, dass sie gewinnt.

Mittwoch, 3. April

noch 4 Tage

In Englisch lesen wir jetzt keine depressiven amerikanischen Dichter mehr, sondern sind zu einer Unterrichtseinheit über *Das verlorene Paradies* von John Milton übergegangen. Wahrscheinlich hüpfen wir nur über den großen Teich, um uns nicht mehr mit depressiven amerikanischen Dichtern, sondern mit depressiven englischen Dichtern zu beschäftigen.

Mrs Marks ist ganz verliebt in John Milton. Immer wieder drückt sie das Buch an ihre Brust, als wäre es ihr Baby, und als hätte sie Angst, einer von uns könnte es ihr aus den Händen reißen und damit weglaufen. Offenbar musste sie jahrelang dafür kämpfen, sein Werk im Unterricht besprechen zu dürfen, und nun verhält sie sich so, als könnte jede Minute ein Typ vom Schulamt auftauchen und diese Genehmigung rückgängig machen.

Sie geht im Klassenzimmer auf und ab. Das macht sie gern. Unsere Tische sind hufeisenförmig aufgestellt, und sie umkreist uns während der ganzen Stunde. »Wie ihr ja inzwischen wisst, bin ich immer scharf darauf, gute Zitate zu finden und kluge Formulierungen.«

Ein paar Leute kichern, weil sie das Wort »scharf« verwendet. Ich reibe mir die Augen – es ist gar nicht so leicht, wach zu bleiben. Im Raum ist es heiß und stickig, und schon bei normalen Temperaturverhältnissen fällt es mir schwer, Mrs Marks zuzuhören. Ich schaue auf die Uhr. Noch dreizehn Minuten bis zum Klingeln. Danach habe ich Physik.

»Und so sehr ich John Berryman und Sylvia Plath und Allen Ginsberg verehre – für die britische Dichtung habe ich eine ganz besondere Schwäche«, verkündet sie. Noch mehr Schüler kichern und ächzen. Die Unterrichtseinheit über amerikanische Dichtung war nicht besonders beliebt. Kein Wunder. »Und John Milton wird die große Ehre zuteil, mein absolutes Lieblingszitat verfasst zu haben.«

Sie unterbricht ihre Runde und geht zum Whiteboard, nimmt den blauen Stift und schreibt: *Der Geist ist eine Welt für sich, in der die Hölle zum Himmel und der Himmel zur Hölle werden kann.* Diesen Satz liest sie laut vor und sagt dann: »Will mir jemand sagen, was Milton damit meint?«

In der Klasse wird es totenstill. Niemand kichert, niemand stöhnt. Ich lese das Zitat noch einmal, und die Worte hallen in meinem Kopf wider. Zum ersten Mal in diesem Schuljahr schlage ich im Unterricht mein Heft auf. Es steht fast nichts drin, außer den Notizen für die Hausaufgaben. Ich schreibe das Zitat oben auf eine leere Seite.

»Aysel?«

Ich kann es nicht fassen, dass Mrs Marks ausgerechnet mich auswählt. Sie ruft mich sonst nie auf. Ich dachte, zwischen uns gäbe es eine stillschweigende Übereinkunft. Eine Art Nicht-Angriffs-Pakt.

Ich zucke die Achseln und sage leise: »Keine Ahnung.«

»Ach, komm schon!« Sie klopft mit dem Ende des Stifts auf das Whiteboard. »Ich habe doch genau gesehen, dass du etwas aufschreibst. Irgendwas muss dir doch einfallen. Versuch's einfach mal.«

Ich atme tief durch und lese das Zitat ein drittes Mal. Auf einmal habe ich das Gefühl, als hätte jemand mein Gehirn an einen Stecker angeschlossen und ihm einen Energiestoß verpasst. »Es erinnert mich an Einstein.«

Nachdem ich das gesagt habe, fangen alle wieder an zu kichern und zu stöhnen.

»Ruhe!«, ruft Mrs Marks. »Sprich weiter, Aysel.«

Ich weiß, am besten wäre es, wenn ich nichts mehr sagen würde. Nur den Kopf schütteln und murmeln, das sei alles. Vor einer Woche hätte ich genau das getan. Aber jetzt habe ich das Gefühl, dass da etwas in mir ist, das nicht mehr still sein kann. »Was ich sagen will – das Zitat erinnert mich an Einsteins Relativitätstheorie. Klar, Milton redet nicht über die Lichtgeschwindigkeit. Sondern darüber, wie der menschliche Geist das Leben wahrnimmt.«

Mrs Marks nickt mir ermunternd zu. Also rede ich weiter: »Aber im Grunde sagen Milton und Einstein das Gleiche. Dass der menschliche Geist immer subjektiv ist. Unsere Gefühle, unsere Meinungen und Überzeugungen – sie sind alle relativ. Es kommt immer auf die Perspektive an.«

»Ausgezeichnet, Aysel«, sagt sie. »Du solltest dich häufiger am Unterricht beteiligen.«

Und zu meiner großen Überraschung fangen nicht alle wieder an zu tuscheln. Keine geflüsterten Beleidigungen. Im Klassenzimmer bleibt es still, und Mrs Marks fängt wieder an, ohne Punkt und Komma über *Paradise Lost* zu quasseln. Am Schluss sagt sie uns noch, welche Seiten wir bis zum nächsten Mal lesen sollen. Endlich klingelt es. Als ich rausgehe, hält Mrs Marks den Daumen hoch. Ich nicke ihr zu und lächle mit den Augen. Dann laufe ich den Flur hinunter, damit ich vor den anderen im Physiksaal bin. Ich bin ganz außer Atem, als ich Mr Scotts Reich betrete.

»Oha, Aysel!«, ruft er und hält die Hände hoch. »Kein Grund zur Eile.«

»Tut mir leid«, keuche ich. Als ich wieder richtig atmen kann, sage ich: »Ich wollte Sie nur fragen, ob ich mich noch für den Sommerkurs bewerben kann.«

Sein Mund verzieht sich zu einem breiten Grinsen. »Ja, klar. Der Termin ist am ersten Mai. Du hast noch genug Zeit, um deine Bewerbungsunterlagen zusammenzustellen.« Er geht zu seinem Schreibtisch, holt eine Broschüre aus der Schublade und überreicht sie mir. »Nur für den Fall, dass du die andere nicht mehr findest.« Er zwinkert mir zu.

Ich überlege, ob ich ihm sagen soll, dass ich die erste Broschüre auch noch habe. Dass die Hochglanzfotos schon ganz matt sind, weil ich das Heft so oft durchgeblättert habe. Beim Anblick der Bilder habe ich mir immer vorgestellt, dass ich eins dieser lächelnden Mädchen bin, mit einer Schutzbrille, die viel zu groß ist für mein Gesicht. Oder dass ich in ein Mikroskop spähe. Oder aus Zahnstochern eine Brücke bastle.

So richtig kann ich mich immer noch nicht als dieses Mädchen sehen, aber ich ahne immerhin die Möglichkeit. Oder besser: Ich spüre die potentielle Möglichkeit in mir, ganz tief in meinem Inneren.

Aber das sage ich Mr Scott nicht. Ich nehme die zweite Broschüre entgegen und lächle. »Vielen Dank.«

Als ich an meinen Platz gehen will, sagt er: »Ach, übrigens – Aysel?«

»Ja?«

»Wie läuft eigentlich euer Projekt? Ich bin sehr gespannt, was ihr macht, du und Tyler.«

Ich denke an unseren Tag im Zoo. Kommt mir vor, als wäre diese Fahrt tausend Jahre her. »Am zehnten sind wir damit fertig.«

Mr Scott lächelt. »Sehr gut. Ich freue mich schon auf das Ergebnis.«

Donnerstag, 7. April

noch 3 Tage

Ich fahre zu Roman. Ich habe ihm eine SMS geschickt, um mich anzumelden. Er hat nicht reagiert, aber manchmal dauert das bei ihm.

Ich stelle mir vor, wie er in seinem Zimmer auf dem Bett liegt und Captain Nemo betrachtet. Er zeichnet. Ein wenig abwesend führt er den Stift übers Papier. Schweigen die beiden, er und seine Schildkröte, den ganzen Tag, oder redet Roman mit Captain Nemo? Das wüsste ich gern. Und erzählt Roman ihm manchmal von mir? Vielleicht könnte ich ja Captain Nemo dazu bringen, mir Romans Geheimnisse zu verraten.

Ich umklammere das Lenkrad und sage mir, dass ich keinen brauche, der mir Romans Geheimnisse verrät. Denn ich werde ihn dazu bringen, mit mir zu reden. Weil ich in jeder Beziehung ehrlich zu ihm sein werde.

Ganz kurz nehme ich den Blick von der Straße und schaue zum Beifahrersitz, auf dem ein Buch mit dem Titel *Die schönsten Strände North Carolinas* liegt. Das habe ich mir gekauft. Am besten versuche ich als Erstes, Roman zu einer Fahrt ans Meer zu überreden. Der Rest ergibt sich dann hoffentlich von selbst.

Roman hat immer noch nicht auf meine SMS reagiert, als ich in die Zufahrt einbiege. Ich bleibe noch eine Weile im Auto sitzen und starre auf den inzwischen so vertrauten karamellfarbenen Briefkasten. Ich schreibe noch eine SMS, und als wieder nichts passiert, wähle ich seine Nummer. Niemand nimmt ab.

Ich zucke zusammen, als ich höre, wie die Haustür aufgeht, entspanne mich aber schnell wieder. Es ist seine Mom. Ich steige aus und winke ihr zu.

»Aysel«, ruft sie und kommt auf mich zu. Sie trägt einen pinkfarbenen Pulli und ihre Clogs mit dem Gänseblümchenmuster. »Was tust du hier?« Die kastanienbraunen Haare hat sie zu einem Knoten zurückgezurrt. Dadurch sieht sie jünger aus als sonst.

Ich lächle entschuldigend. »Ich war gerade in der Gegend und wollte sehen, ob Roman zu Hause ist. Letzte Woche haben wir darüber geredet, ob wir nicht heute was unternehmen könnten.«

Besorgt legt Mrs Franklin die Stirn in Falten. »Roman ist nicht zu Hause.«

»Echt?« Ich bemühe mich, nicht total schockiert zu klingen. Irgendwie habe ich bisher gedacht, er geht nie aus dem Haus, außer mit mir.

»Ja. Er hat gesagt, er trifft sich mit dir.«

Mir bleibt der Mund offen stehen. »Wie bitte?«

Mrs Franklin schlingt die Arme um sich, als würde sie plötzlich frieren. »Ja, er hat gefragt, ob er meinen Wagen haben kann. Ich weiß nicht – er hat dir sicher erzählt, dass er seit einer Weile nicht mehr fahren darf. Aber so wie's aussieht, geht es ihm ja viel besser – er verabredet sich mit dir, und deshalb habe ich gedacht …« Sie verstummt.

Ein entsetzlicher Gedanke packt mich, wie ein Tsunami. Ich habe das Gefühl, zu ertrinken, und schaffe es nur mit Mühe hervorzustoßen: »Kann ich kurz nach oben?«

Mrs Franklin mustert mich stumm, mit einem verwirrten Ausdruck auf dem Gesicht. Dann plötzlich treten ihre Augen hervor, und sie rennt los, in Richtung Haus. Ich hinterher.

Sie durchquert die Küche, stößt einen Stuhl beiseite, der gegen die Arbeitsplatte knallt, eine Teetasse fällt runter und zerbricht klirrend auf dem Boden. Ich hüpfe über die Scherben und eile dicht hinter Mrs Franklin die Stufen hinauf.

Mein Herz wird ein bisschen ruhiger, als ich sehe,

dass Romans Zimmertür offen steht. Vielleicht ist er ja doch da. Vielleicht hat er nur dicke Kopfhörer auf den Ohren und hört grauenvolle Musik und ist irgendwie weit weg und hat die ganze Welt vergessen.

In der Tür bleibt Mrs Franklin unvermittelt stehen. Sie greift sich ans Herz und keucht. Meine Füße fühlen sich an wie zwei schwere Anker, die mich nach unten ziehen. Aber ich zwinge mich, weiterzugehen und das Zimmer zu betreten.

Die Härchen auf meinen Armen stellen sich auf und Panik erfasst mich, als ich mich in dem leeren Zimmer umschaue. Nirgends eine Spur von Roman. Ich drehe mich zu Mrs Franklin um. Ihr Gesicht ist neutral, sie scheint fast erleichtert. Ich lasse meinen Blick schweifen, auf der Suche nach irgendwelchen Indizien.

Das Bett ist nicht gemacht, die beigefarbene Tagesdecke liegt zusammengeknüllt am Fußende. Im Kissen ist eine Delle. Ich trete näher und lege meine Hand in die Kuhle.

»Aysel«, sagt Mrs Franklin mit bebender Stimme. »Gibt es irgendetwas, das ich wissen sollte?« Sie schlingt wieder die Arme um sich. »Muss ich mir Sorgen machen?«

Ich antworte nicht. Ich kontrolliere, ob auf dem Nachttisch ein Abschiedsbrief liegt, und seufze leise. »Ich bin mir nicht sicher.«

Ich gehe in die Hocke und schaue unters Bett. Nichts. Ich gehe zu Captain Nemos Tank. Mir stockt der Atem, als ich es sehe: Da steht ein zweites Futterschüsselchen. Sonst war es immer nur eins.

Es kann ein Versehen sein. Oder Captain Nemo war heute Morgen besonders hungrig. Krampfhaft suche ich in meinem Kopf nach Erklärungen, aber nichts ist so überzeugend wie der Knoten in meinem Magen, der sich immer fester zieht, während ich zuschaue, wie die Schildkröte im Wasser auf und ab dümpelt.

»Wir müssen ihn suchen!«, schreie ich, aber es klingt wie ein ersticktes Flüstern. Schon renne ich aus dem Zimmer und die Treppe hinunter. Mrs Franklin kommt hinter mir her und packt meine Hand, damit ich ihr nicht davonlaufe.

»Was ist hier los?«, fragt sie, atemlos. Ihr Gesicht ist knallrot.

»Ich habe Angst, dass Roman …« Ich kann sie nicht ansehen und krame nach meinem Autoschlüssel.

»Ich komme mit.«

Das ist keine Bitte, sondern eine Forderung. Ich will nicht, dass sie mitkommt. Aber ich weiß nicht, wie ich ihr das sagen soll. Wie kann ich irgendwas zu ihr sagen, wo doch alles meine Schuld ist? Ich hätte ihr längst von unserem Plan erzählen sollen, von unserem Selbstmordpakt.

Ich fahre mit quietschenden Reifen aus der Einfahrt. Mrs Franklin stützt sich mit den Händen am Armaturenbrett ab, aber sie schimpft nicht, weil ich zu schnell fahre. Ich rase zum Crestville Pointe.

Jetzt beginnt Romans Mutter zu schluchzen. Ihre Schultern beben, und sie hämmert mit den Fäusten gegen das Beifahrerfenster. »Das ist alles meine Schuld.«

Es ist nicht Ihre Schuld!, will ich rufen. *Es ist alles meine Schuld*. Ich beiße die Zähne zusammen und konzentriere mich ganz auf die Straße. Roman hat immer wieder gesagt, ich soll auf die Straße schauen. Mich konzentrieren.

»Er gibt sich die Schuld am Tod seiner Schwester«, sagt sie.

Ich weiß. Ich weiß alles. Ich bleibe stumm.

»Aber es ist meine Schuld. Das habe ich ihm schon tausendmal gesagt. Ich habe ihn mit ihr allein gelassen – das war zu viel Verantwortung für einen Sechzehnjährigen. Ich hätte sie nicht allein lassen dürfen … ich hätte ihn nicht mit ihr allein lassen dürfen …« Wieder schluchzt sie laut auf und schlägt sich die Hände vors Gesicht. »Als Roman zur Beratungsstelle gegangen ist, habe ich ihn begleitet. Und wir haben immer und immer wieder darüber gesprochen, dass sein Vater und ich verantwortlich sind, nicht er – aber er wollte es nicht hören.«

Sie hat recht, aber ich nicke nicht einmal. Ich parke den Wagen am Waldrand und halte Ausschau nach dem roten Jeep der Franklins. Er ist nirgends zu sehen. Vielleicht ist Roman quer durch den Wald gefahren. Dass das illegal und gefährlich ist, hat ihn bestimmt nicht interessiert. »Ich bin gleich wieder da«, sage ich.

»Ich möchte mitkommen.«

Mein Blick fällt auf ihre Clogs. »Aber …«

Mrs Franklin steigt aus und wirft ihre Schuhe zur Seite. »Er ist mein Sohn, Aysel. Ich komme mit.«

Sie nimmt mich an der Hand. Wir rennen durch den Wald, und sie drückt immer wieder meine Hand, so fest, dass ich das Gefühl habe, gleich fallen mir die Finger ab, weil sie überhaupt nicht mehr durchblutet sind. Mit ihren bloßen Füßen stolpert sie über Stock und Stein, aber sie verzieht keine Miene. Sie hält Schritt mit mir, und schon sind wir an der Lichtung.

Vor uns die Klippe. Der Abgrund. Ich möchte Roman hier finden, und ich möchte ihn hier nicht finden. Ich will ihm um den Hals fallen, ihn an mich ziehen, seinen Fichtennadelduft einatmen und die Sommersprossen in seinem Nacken küssen. Und ich möchte ihn in den Bauch boxen, ihn ohrfeigen, weil er mich so betrogen hat. Weil er gelogen hat. Weil er versucht hat, ohne mich zu sterben. Aber wenn wir ihn nicht rechtzeitig finden, kann ich nichts von alldem tun. Meine Knie werden weich.

»Du denkst doch nicht, er … oder?«, fragt Mrs Franklin unter Tränen. Ihre Stimme ist ganz heiser. Sie starrt über die Klippe. Unter uns fließt ruhig der Ohio River. Ich glaube nicht, dass wir ihn sehen könnten, wenn er dort wäre, im Wasser. Sein Kopf würde gegen die Felsen schlagen, sein Rückgrat wäre gebrochen und ohne Kraft. Schnell schiebe ich diese Bilder aus meinem Kopf.

Er ist nicht tot. Er kann nicht tot sein. Ich weiß es nicht – aber würde ich es spüren, wenn er tot wäre? Würde ich es wissen und verstehen, auf einer ganz elementaren Ebene, sozusagen in meinen Zellen? Könnte mein Körper fühlen, wie seine Energie freigesetzt wird und allmählich verschwindet? Zum ersten Mal erwidere ich Mrs Franklins Händedruck. »Wir müssen ihn finden. Wir werden ihn finden.«

Ich habe keine Ahnung, warum ich das sage. Es ist mehr eine Beschwörungsformel als ein Versprechen. Sie lässt meine Hand los und umarmt mich. Sie riecht nach Kuchenteig und Vanille. »Du bist ein Engel.«

Als sie das sagt, verliere ich die Fassung. Ich bin kein Engel. Ich bin genau das Gegenteil. Ich hätte das alles verhindern können. Ich hätte es verhindern müssen! Ich will ihr alles gestehen, doch in dem Moment kommt mir ein Gedanke. »Sie haben gesagt, dass Roman die Autoschlüssel haben wollte?«

Sie nickt.

Ich renne zu meinem Wagen zurück, Mrs Franklin dicht hinter mir. Ich schnalle mich nicht einmal an. Trete aufs Gaspedal. Wir brettern davon. Die Fahrt dauert acht Minuten, aber diese Minuten ziehen sich wie Jahrhunderte. Als wir zum Haus der Franklins kommen, halte ich abrupt und springe aus dem Wagen.

Ich rase zur Garage. Da rieche ich schon die Abgase, die unten durch die Ritze dringen. Und ich höre das leise Brummen des Motors. Ich zerre an der Tür, kann sie aber nicht öffnen. Ich trete mit dem Fuß dagegen.

Ich höre, wie Mrs Franklin laut schreiend ins Haus läuft. Ich trommle gegen die Garagentür, aber das hilft nichts. Mrs Franklin kommt zurück. Sie fuchtelt hektisch mit dem Türöffner, drückt immer wieder den Knopf, die Tür geht auf.

Der Motor des roten Jeeps läuft. Die Garage ist voller Abgase. Durch den Dunst kann ich Roman auf dem Fahrersitz sehen. Er ist nach vorn gekippt, über das Lenkrad, seine großen, wunderschönen Augen sind geschlossen. Er rührt sich nicht.

Meine Knie versagen, und etwas in mir zerspringt. Mein Herz.

Freitag, 5. April

noch 2 Tage

Seit Stunden sitze ich im Wartesaal des Krankenhauses. Ich starre hinauf an die Decke, in das pulsierende Neonlicht, und versuche, den Anblick von Romans schlaffem, bewusstlosem Körper aus meinem Kopf zu verbannen. Hier im Wartesaal riecht es nach verbranntem Kaffee, nach Desinfektionsmittel, nach salzigen Tränen. Man würde nicht glauben, dass Trauer und Angst einen eigenen Geruch haben – bis man längere Zeit im Krankenhaus war.

Ich frage mich, ob Schuldgefühle auch einen Geruch haben – einen ekligen Gestank, den Romans Eltern bemerken könnten. Ich sitze zwischen den beiden, sie reden nicht mit mir – das heißt, sie fragen mich zwischendurch nur immer wieder, ob alles in Ordnung ist. Wie können sie sich jetzt Sorgen um mich machen? Ahnen sie nicht, dass ich Teil des Problems bin, dass ich an dem Plan beteiligt war? Klar, ich habe es mir anders überlegt, aber sie würden mich garantiert hassen, wenn sie die Wahrheit wüssten.

Sie waren beide bei Roman. Zum Glück ist sein Zustand stabil. Er ist immer wieder bei Bewusstsein, driftet dann aber wieder weg. Ich glaube, er hatte noch keine Möglichkeit, ihnen zu sagen, was für eine Verräterin ich bin. Dass ich ihn verraten habe. Und sie.

Ich rutsche auf meinem Stuhl hin und her. Der Plastiksitz ist feucht, weil ich so schwitze, und ich klebe mit den Schenkeln fest. Ich hätte Jeans anziehen sollen und keine Shorts. Nervös zupfe ich an meinen Nagelhäutchen herum und werde dabei immer wütender auf Roman. Mag ja sein, dass ich eine Verräterin bin. Aber er ist mindestens genauso schlimm. Er hat einfach versucht, ohne mich zu sterben.

Romans Mutter legt mir die Hand auf die Schulter und holt mich zurück in die Wirklichkeit. »Schätzchen, die Schwester sagt, dass Roman demnächst aufwacht. Ich habe ihr erklärt, wer du bist, und sie meint, du kannst ihn gern in ein paar Minuten besuchen, wenn du willst.« Sie spricht sanft und beruhigend, fast, als würde sie ein Schlaflied für mich singen. »Ich habe ihr gesagt, dass du Roman das Leben gerettet hast. Wenn du nicht gewesen wärst …« Sie drückt mich an sich, um ihr

Schluchzen zu ersticken. »Wir sind dir so unendlich dankbar.«

Dann lässt sie mich los und lächelt, traurig und zaghaft. »Wie können wir dir das je vergelten?«

Ich bekomme nicht richtig Luft. Sprechen kann ich auch nicht – mein Mund ist voller Treibsand. Und jeder Gedanke, der auftaucht, verschwindet sofort wieder in den Abgründen meines Inneren.

»Ist schon gut, Schätzchen.« Sie tätschelt meinen Kopf mit ihrer perfekt gepflegten Hand. »Du brauchst gar nichts zu sagen. Ich weiß, das ist alles sehr schwer für dich.« Sie legt den Kopf schräg, um mir in die Augen blicken zu können. »Du möchtest Roman sehen, stimmt's?«

Ich zwinge mich zu nicken. Ja, ich möchte Roman sehen. Wirklich. Mehr als alles andere auf der Welt.

Aber gleichzeitig weiß ich nicht, ob ich fähig bin, ihm gegenüberzutreten.

Ich bleibe noch eine Weile bei Mrs Franklin sitzen. Mr Franklin kommt aus der Cafeteria zurück, mit einem Becher Kaffee für seine Frau und einem Keks für mich. Ich lege den Keks auf den kleinen Tisch neben mir und rühre ihn nicht mehr an.

Endlich kommt eine Krankenschwester mit zimtfarbenen Haaren zu uns in den Wartesaal. Mrs Franklin deutet auf mich, die Schwester nickt. Beim Aufstehen bleiben meine Beine am Stuhlkissen kleben. Es ist ein Gefühl, als würde der Stuhl mich warnen, als würde er mich anflehen, nicht zu gehen.

Die Krankenschwester führt mich den gefliesten Flur entlang zu Romans Zimmer. Ich sehe die Karten mit den guten Wünschen, die an den anderen Türen kleben. An einer Tür hängt ein ganzer Bund mit gelben Luftballons. Hätte ich auch welche mitbringen sollen? Blöde Idee. Jetzt ist nicht der passende Zeitpunkt für bunte Ballons.

Endlich sind wir bei Romans Zimmer. Die Krankenschwester dreht den Metallknauf und geht hinein. Ich bleibe noch kurz im Gang stehen, presse die Handflächen aneinander, atme tief durch, summe Mozarts Klavierkonzert in B-Dur.

»Komm rein, Kindchen«, ermuntert mich die Schwester. Ich wüsste gern, ob sie dauernd mit solchen Problemen konfrontiert ist. Mit Besuchern, die es nicht aushalten. Die es nicht schaffen, der Wirklichkeit ins Auge zu sehen.

Da liegt Roman – und mir bleibt das Herz stehen. Er ist so schmal. Und so groß, dass er gar nicht richtig in das Krankenhausbett passt, seine Füße ragen über den Rand hinaus. In der Beleuchtung wirkt seine Haut fast durchsichtig, und er hat dunkle Ringe unter den Augen. Seine haselnussbraunen Augen leuchten nicht golden. Sie sind stumpf und irgendwie grünlich.

»Aysel«, sagt er heiser und gepresst.

Die Schwester lächelt mir ermunternd zu und legt kurz die Hand auf meine Schulter. »Ich bin draußen vor der Tür, falls ihr was braucht.«

Ich schaue mich im Zimmer um, weil mich Romans Anblick so quält. Seine Mutter hat ihm ein paar Romane von Jules Verne und seinen Skizzenblock mitgebracht, und auf dem Nachttisch steht eine Vase mit Ringelblumen. Kein Captain Nemo. Wahrscheinlich darf man Schildkröten nicht ins Krankenhaus bringen.

Aber bis auf die Blumen, die Bücher und den Zeichenblock ist der Raum völlig steril. Ganz anders als Crestville Pointe. Ganz anders als der Ort, an dem er sterben wollte. Hier kann er nicht sterben. Er darf überhaupt nicht sterben.

»Aysel«, sagt er noch einmal. Seine Stimme ist ein bisschen lauter als vorhin, aber nicht weniger rau.

Tränen steigen mir in die Augen, ich versuche, sie wegzublinzeln. »Wie konntest du nur?«

»Du wolltest nicht mehr«, sagt er. »Das weiß ich. Und ich wollte auch nicht mehr, dass du es willst. Du bist mir so wichtig, und deshalb wollte ich nicht sehen, wie du stirbst. Ich möchte, dass du lebst, Aysel. Also habe ich es allein getan. Ich wollte dich retten.«

Ich schiebe das Kinn vor und schaue ihm direkt in die Augen. Er ist so blass, ich kann die Adern sehen. Irgendwie wirkt er total zerbrechlich, als könnte sein Körper ihn jede Minute im Stich lassen. »Du wolltest mich retten? Wenn ich dir auch nur ein kleines bisschen wichtig wäre, dann hättest du das nicht getan.«

Ich trete näher ans Bett, bleibe aber stehen. Ich sehe, wie er versucht, den Kopf zu schütteln. Er kann den Nacken kaum bewegen. Sein Hals hat rotblaue Flecken und ist geschwollen. »Ich musste es tun, Aysel. Ich bin nicht wie du. Ich habe es nicht verdient zu leben.« Er stößt einen abgrundtiefen Seufzer aus. »Ich kann nicht mit mir selbst leben. Weil ich genau weiß, dass ich an Maddies Tod schuld bin.«

»Aber – was ist mit dem siebten April? Und du wolltest doch im Wasser sterben.«

Jetzt ist er es, der den Blickkontakt verweigert. »Ich wollte nicht ohne dich von der Klippe springen. Das kam mir irgendwie falsch vor. Und je mehr ich darüber nachgedacht habe, desto klarer ist mir auch geworden, dass es nicht richtig für mich ist, wenn ich am gleichen Tag sterbe wie Maddie. Und auf die gleiche Art und Weise wie sie. Das ist irgendwie so, als würde ich ihr etwas wegnehmen.« Er versucht wieder, den Kopf zu schütteln. »Keine Ahnung, warum ich mich dann für das Auto entschieden habe. Das war einfach so ein Bauchgefühl – ich wusste, wenn ich es jetzt nicht mache, dann packe ich es nie.«

Ich schaue auf den Boden, das Kinn gegen das Brustbein gepresst, damit er nicht sieht, was für ein Gesicht ich mache. Das Schluchzen kann ich unterdrücken, aber die Tränen laufen mir trotzdem übers Gesicht.

»Nicht weinen!«, sagt er. »Komm her.«

Ich rühre mich nicht vom Fleck.

»Aysel, komm zu mir.«

Ich hole tief Luft und setze mich auf den Stuhl neben seinem Bett.

Er streckt die Hand aus, und ich nehme sie. Sein Händedruck ist schwach und weich, ganz anders als beim Frühlingsfest. Und diesmal spüre ich meine Hand. Ich spüre alles. Und ich will alles spüren, immer. Auch das, was weh tut, auch die furchtbaren, scheußlichen Dinge. Denn wenn wir etwas spüren, dann wissen wir, dass wir am Leben sind.

Und ich möchte am Leben bleiben.

»Ich will dich nicht verlieren«, stoße ich schließlich hervor.

»Sag das nicht«, flüstert er.

»Aber es stimmt. Ich will dich nicht verlieren, du musst beschließen, weiterzuleben. Nichts, gar nichts auf der Welt kann rückgängig machen, was Maddie zugestoßen ist, aber du darfst nicht aufgeben.«

Er verzieht das Gesicht und sieht aus, als würde ihm das Schmerzen bereiten. Ich kann praktisch sehen, wie weh es ihm tut. Und die Haut um seine Augen ist so dunkel verfärbt und fleckig, als hätte ihn jemand immer wieder ins Gesicht geschlagen.

»Ich sage nicht, du musst für mich leben. Obwohl das gar nicht so schlecht wäre, weil ich mich nämlich in dich verliebt habe. Und – ja, ja, du kannst ruhig sagen, dass ich das Wort falsch verwende, das ist mir ganz egal. Ich beschreibe einfach nur meine Gefühle. Aber im Grunde geht es ja auch gar nicht um mich oder um das, was ich für dich empfinde. Ich möchte, dass du für dich selbst lebst, weil noch so viel auf dich wartet. Es gibt so unglaublich viel, was du entdecken und erleben kannst. Und du hast es verdient. Du selbst siehst das vielleicht nicht so, aber es stimmt. Und ich bin hier, um dir zu sagen, dass du es verdienst. Ich weiß genau, dass ich super kitschig klinge. Vor sechs Wochen hätte ich mich dafür geohrfeigt, dass ich so einen Quatsch rede, aber seit ich dich kenne …« Ich mache eine kurze Pause, um Luft zu holen. »Durch dich habe ich gelernt, die Dinge anders zu sehen. Auch mich selbst. Und letzten Endes will ich ja nur, dass du dich selbst so sehen kannst, wie ich dich sehe.«

Nach dieser langen Rede bin ich erschöpft und leer. Die meisten Leute verwenden »leer« im negativen Sinn, aber ich meine es heute positiv. Ich habe diese Geheimnisse so lang mit mir herumgetragen, tief in meinem

Inneren, und jetzt habe ich sie alle herausgelassen. Ich fühle mich leichter, ich fühle mich frei. Ich habe Roman gesagt, dass ich ihn liebe, ich habe diese positive Energie hinaus ins Universum geschickt. Und nun warte ich darauf, dass sie Funken schlägt. Dass sie uns in Bewegung bringt.

Roman macht ein heiseres Geräusch, als wollte er etwas sagen, doch dann schließt er die Augen, und ich höre, wie sein Atem ganz regelmäßig wird: Er ist eingeschlafen. Ich bleibe noch eine Weile bei ihm sitzen, meine linke Hand in seiner rechten. Es kommt mir komisch vor, ihm beim Schlafen zuzuschauen, aber ich kann nicht anders. Ich habe Angst, er verschwindet, sobald ich den Blick abwende.

Sein Brustkorb hebt und senkt sich. Er wirkt so zerbrechlich, aber er ist noch am Leben. Und das ist es, was zählt. Ich wünsche mir, ich könnte durch seine Haut in ihn hineinblicken. Um zu sehen, ob dort nur Leere ist, Leere und Dunkelheit, oder ob es dort mehr gibt.

Sonntag, 7. April

noch 0 Tage

Heute ist der Tag: der Jahrestag von Madisons Tod. Ich habe es fast nicht geschafft, ins Krankenhaus zu kommen, beinahe hätte mir der Mut gefehlt, aber ich wusste, wenn ich nicht hingehe, dann werde ich mir das nie verzeihen.

Zum ersten Mal seit drei Jahren habe ich etwas anderes angezogen als ein graugestreiftes T-Shirt und Jeans. Ich habe mir von Georgia ein schlichtes schwarzes Kleid geliehen, habe meine Haare gewaschen und sie hinten zu einem Zopf geflochten. Ich glaube nicht, dass es Roman im Moment besonders interessiert, wie ich aussehe. Aber mich interessiert es. Und das will ich ihm irgendwie vermitteln.

Die flachen silbernen Schuhe, die ich mir ebenfalls von Georgia geborgt habe, machen ein helles Klick-klack-

Geräusch auf den Fliesen, als ich den Flur entlanggehe. Bei Romans Zimmer angekommen, spähe ich durch die Tür und sehe seine Eltern am Fußende des Bettes stehen.

»Ah, hallo, Aysel«, ruft seine Mutter und lächelt mir freundlich zu. So allmählich glaube ich ja, dass die Wärme, die sie ausstrahlt, gar keine Fassade ist, wie Roman immer behauptet. Mrs Franklin ist echt ein sehr liebevoller, warmherziger Mensch.

Mr Franklin hat den Arm um sie gelegt, und als er mich sieht, zieht er sie noch näher an sich.

»Komm rein«, sagt er. Sein Tonfall ist nicht ganz so herzlich wie der seiner Frau, aber er ist alles andere als unterkühlt.

Roman sieht mich an. Er sagt nichts. Vielleicht bilde ich es mir nur ein, aber ich könnte schwören, dass seine Augen ein bisschen aufleuchten. Die Haut um sie herum ist immer noch fleckig verfärbt, aber längst nicht mehr so schlimm wie am Freitag.

»Ich habe Hunger – du auch?«, sagt Romans Mutter zu seinem Vater. Der macht ein verwirrtes Gesicht, aber dann kapiert er.

»Ja, und wie! Ich bin schon am Verhungern«, verkündet er.

Mrs Franklin wendet sich an mich. »Schätzchen, könntest du ein paar Minuten auf Roman aufpassen, während wir eine Kleinigkeit essen gehen?«

»Kein Problem.« Ich lächle ihr zu, um zu signalisieren, dass ich dankbar bin für diese einfühlsame Geste. Und dafür, dass sie mir ermöglicht haben, Roman auch weiterhin zu besuchen, indem sie mich auf die offizielle Liste gesetzt haben, so dass ich wie ein Familienmitglied behandelt werde.

Mrs Franklin drückt Roman einen Kuss auf die Stirn. Als seine Eltern draußen sind, setze ich mich auf den Stuhl neben seinem Bett.

»Ich müsste eigentlich an ihrem Grab sein«, sagte Roman nach einer Weile. Er klingt immer noch sehr strapaziert, aber seine Stimme ist doch schon wesentlich kräftiger als am Freitag. »Gerade heute.«

»Sie braucht dich nicht an ihrem Grab, um zu wissen, dass sie dir wichtig ist.«

Er kneift die Augen zusammen. »Glaubst du das echt?«

Ich nicke. »Ja, das glaube ich, Roman. Sie mag ja körperlich nicht mehr präsent sein, aber trotzdem ist sie noch da. Und sie will dich glücklich sehen. Ganz bestimmt. Ich weiß es.«

Er schweigt eine Weile. Die Bettdecke hat er bis unters Kinn gezogen, und er liegt völlig reglos da. Stumm sehen wir einander an, bis er schließlich fragt: »Wenn ich hier entlassen werde, gehst du dann mit mir hin?«

»Zu ihrem Grab?«

Sein Mund zuckt, was ich als ein Ja deute.

»Ich gehe mit dir überall hin.« Mein Gesicht wird ganz heiß. Ich bin es nicht gewöhnt, so was zu sagen, aber als ich sehe, dass er lächelt, verschwindet meine Verlegenheit sofort. »Ist das denn zu fassen? Schon wieder rede ich den perfekten Kitsch.«

Roman muss lachen. Leise, rasselnd.

»Ach – da fällt mir noch was ein«, sage ich und hole aus meiner Tasche das Buch über die Strände in North Carolina, das ich gekauft habe. Ich lege es auf das Essenstablett, damit er es sieht. »Ich dachte, wenn's dir besser geht, fahren wir da hin.«

Er starrt auf das Buch, und dann beginnen seine Augen zu leuchten. Sie wechseln von trübem Grünbraun zu einem dunklen Goldglanz.

»Ans Meer«, füge ich noch hinzu.

Er sagt nichts, nimmt das Buch vom Tablett und blättert darin. Ich merke, dass er desinteressiert wirken will, aber auf manchen Seiten studiert er die Hochglanzfotos doch ein bisschen länger.

Dann fragt er: »Warum?«

»Warum was?«

»Warum versuchst du es immer weiter, warum gibst du nicht auf, obwohl du weißt, wie kaputt ich bin?«

Ich zucke die Achseln und gehe zu dem kleinen Tisch, auf den seine Mutter seine Jules-Verne-Bücher und seinen Zeichenblock gelegt hat. Mit dem Block in der Hand setze ich mich wieder auf meinen Stuhl und blättere die Seiten durch.

»Warum?«, fragt er wieder.

Ich starre wie gebannt auf die Zeichnungen, und dann zwinge ich mich, ihm direkt in die Augen zu sehen. »Weil es mich gerettet hat, dass ich jemanden liebe. Seither sehe ich mich selbst anders, und ich sehe die Welt anders. Dafür bin ich dir was schuldig.«

Ehe er etwas erwidern kann, klopft es an der Tür.

»Kann ich reinkommen?«, fragt eine professionell klingende Stimme.

Die Tür geht auf, und eine junge Frau betritt das Zimmer. Sie trägt keinen weißen Arztkittel, sondern schwarze Hosen und eine weiße Bluse. »Du bist sicher Aysel«, sagt sie zu mir und wendet sich dann an Roman. »Hallo, Roman, Wie geht es dir heute?«

Roman schaut sie nur wortlos an.

Sie fasst mich sanft am Ellbogen. »Würde es dir etwas ausmachen, draußen zu warten?«

Ich schüttle den Kopf und gehe aus dem Zimmer. Leise schließe ich die Tür hinter mir und wandere dann den langen Flur auf und ab. Worüber die beiden da drin wohl reden? Ich stelle mir Romans versteinerte Miene vor und wie die Frau sich größte Mühe gibt, ihm eine Antwort zu entlocken.

Als ich gerade meine dreiundzwanzigste Runde antreten will, kommt die Frau aus Romans Zimmer. Sie streicht sich eine dunkle Haarsträhne aus dem Gesicht. »Ich bin Dr. Stead.« Sie reicht mir die Hand.

Ich schüttle sie zaghaft. »Ich bin Aysel – aber das wissen Sie ja schon. Sie arbeiten mit Roman?«

Sie nickt. »Ja, genau.«

Gut, denke ich, zögere aber noch einen Moment, bevor ich sage: »Ich hoffe, Sie können ihn irgendwie erreichen.«

Sie lächelt nicht, wirkt aber trotzdem sehr freundlich. Lernt man das im Medizinstudium? »Ich tue mein Bestes. Und ich bin ziemlich gut in meinem Job.« Sie holt eine kleine Visitenkarte aus der Tasche und gibt sie mir.

Mit dem Finger fahre ich über die Prägeschrift.

»Wenn du mit jemandem reden möchtest oder irgendetwas brauchst – unter der Nummer bin ich immer erreichbar«, erklärt sie und schaut mich an. Ihre Augen blicken sanft und überhaupt sehr nett. Weiß sie Bescheid über Crestville Pointe, über unseren Pakt? Hat Roman ihr alles erzählt?

»Danke«, sage ich leise und drehe die Karte hin und her. Dr. Stead verabschiedet sich, und ich höre noch lange den Widerhall ihrer Absätze.

Als ich wieder zu Roman ins Zimmer gehe, mustert er mich kalt.

»Was ist?«

»Du wirst doch jetzt nicht allen Ernstes zu mir sagen, ich soll mit dieser Frau reden?«

Ich halte die Visitenkarte in der Hand. »Hast du ihr von uns erzählt?«

»Was heißt ›von uns‹?«

»Du weißt schon …«

Mühsam richtet er sich auf, damit er sich ans Kopfende seines Krankenhausbettes lehnen kann. Dabei muss er sich echt quälen, aber er schafft es. »Nein. Kein Wort. Und ich habe es auch nicht vor.«

Ich nehme wieder auf meinem Stuhl Platz. »Aber vielleicht wäre das gar nicht so übel.«

Er seufzt, und ich schwöre, ich kann hören, dass die Muskeln in seiner Kehle weh tun. Ich stelle mir vor, wie sein Inneres aussieht – alles voller Gift und ganz wund. Aber dieses Bild muss ich schnell wegschieben.

»Ich weiß nicht mal, ob ich dich noch kenne«, sagt er.

Ich beiße mir auf die Unterlippe. »Das ist nicht fair. Ich meine – du musst nicht mit ihr reden. Aber rede wenigstens mit mir!«

Er antwortet nichts. Ich stehe auf und gehe zum Bücherregal. Diesmal hole ich *Zwanzigtausend Meilen unter dem Meer.*

Dann setze ich mich wieder zu ihm, schlage das Buch auf und fange an, ihm laut vorzulesen. Zuerst ist meine

Stimme ein bisschen unsicher, aber ich finde ziemlich schnell meinen Rhythmus. Zwischendurch schaue ich manchmal zu Roman. Er erwidert meinen Blick, und sein Gesicht ist ganz entspannt, während er mir zuhört.

Er lässt mich das zweite Kapitel zu Ende lesen, dann erst unterbricht er mich. »Aysel?«

»Ja?«

Er rutscht ein Stück näher zum Bettrand. Seine Bewegungen sind langsam, schwerfällig. »Komm her.« Er beugt sich vor und nimmt mein Gesicht zwischen beide Hände. Ich neige mich zu ihm, und unsere Lippen begegnen sich. Seine Lippen sind rissig und geschwollen, aber trotzdem ist dieser sanfte Kuss absolut perfekt.

»Ich rede mit dir«, flüstert er. »Versprochen.«

Ich blicke in seine goldgrünen Augen und bin mir nicht sicher, ob ich ihm glaube. Schließlich weiß ich ja, dass er innerlich immer noch kaputt ist und unglaublich traurig, aber als er wieder meine Hand nimmt, fühle ich in seinem Puls das Glückspotential.

»Du hast doch vorhin gesagt, dass du dich durch mich anders siehst – stimmt's?«, fragt er, und sein Gesicht ist immer noch dicht vor meinem.

»Ja, das habe ich gesagt.«

»Also – das ist der Grund, warum ich dich so gezeichnet habe. Ich wollte dir die Person zeigen, die ich sehe, wenn ich dich anschaue, und nicht die Person, für die du dich hältst.«

Ich muss blinzeln, als hätte mich gerade ein greller Kamerablitz geblendet – alles ist weiß und transparent – und ich fühle mich so entblößt, so ungeschützt wie noch nie im Leben. Ich weiß, dass er mich sieht, jeden noch so kleinen, verborgenen Winkel, aber das macht mir keine Angst. Mein Herz zuckt, als mir klar wird, dass ich das Licht genieße. Ich habe die Welt der Schatten hinter mir gelassen.

Roman beobachtet mich, seine Augen wandern über mein Gesicht. »Ich glaube, ich möchte die Welt anders sehen –« Er unterbricht sich, und sein Gesicht wird wieder ganz traurig. Im Zimmer ist es so still, dass ich das Sirren der Deckenbeleuchtung höre.

»Aber sie ist trotzdem immer noch ziemlich beschissen, stimmt's?«, fährt er schließlich fort.

»Ja, das stimmt.« Ich würde so unendlich gern etwas für ihn tun, aber ich weiß, es gibt nur eins, was ich tun kann und will: bei ihm bleiben.

»Soll ich weiterlesen? Die Welt hier« – ich zeige auf das Buch – »erscheint mir nicht ganz so beschissen.«

»Das sagst du jetzt – aber wart's nur ab.«

Und auf der nächsten Seite starrt mir tatsächlich ein grauenvolles Seemonster entgegen. Dann schaue ich Roman an. »Gut, ich warte ab – wenn du es auch tust.«

Er nimmt meine Hand und drückt sie. »Okay, warten wir's ab.«

Anmerkung der Autorin

Im Januar 2013 habe ich angefangen, dieses Buch zu schreiben – nach dem Tod eines sehr guten Freundes. Es ging mir damals extrem schlecht, und das Schreiben war zum Teil auch meine Art, mich mit diesen Gefühlen auseinanderzusetzen. Für mich ist *Mein Herz und andere schwarze Löcher* vor allem eine Geschichte über die Menschen, die uns uneingeschränkt verstehen, auch unsere schrecklichsten und dunkelsten Seiten. Es ist ein Buch über die Menschen, die in unser Leben treten, wenn wir es am wenigsten erwarten, auf ganz merkwürdigen Wegen, und die alles verändern. Ein Buch darüber, wie wichtig es ist, dass wir diese Menschen an uns heranlassen, uns ihnen öffnen. Und ein Buch über die Menschen, die uns helfen, uns selbst anders zu sehen und die Kraft der zwischenmenschlichen Beziehungen zu erkennen.

Die Geschichte endet hoffnungsvoll, aber der Weg der Besserung ist lang und anstrengend. In vielen Fällen dauert der Kampf gegen die Depression das ganze Leben. Für diejenigen, die sich mit Gefühlen herumschlagen, die ähnlich sind wie die von Aysel und Roman – ich möchte, dass ihr wisst: Auch wenn ihr euch noch so verloren fühlt, ihr seid nie allein. Wenn euch Selbstmordgedanken umtreiben, solltet ihr sie behandeln wie einen medizinischen Notfall – bitte, bitte, sucht Hilfe, redet mit jemandem darüber. Ich weiß, man bekommt Angst, wenn man über das reden soll, was in einem vorgeht, aber ich hoffe, ihr findet die Kraft. Unsere Stimme ist das Stärkste, was wir haben.

Für diejenigen unter euch, die glauben, dass eine Freundin oder ein Freund an Depressionen leidet – bitte, geht auf die Betroffenen zu, kümmert euch um sie. Ich weiß, das ist oft gar nicht so leicht, aber wenn wir über solche Dinge reden, können wir mit der Zeit das Stigma überwinden, das an Depressionen und an Selbstmordgedanken haftet. Wenn wir den Betroffenen helfen, darüber zu sprechen, dann ist das schon der erste Schritt zur Besserung.

Ganz zum Schluss möchte ich noch sagen, dass diese Geschichte euch hoffentlich an all die Menschen in eurem Leben denken lässt, die euch wichtig sind. Seid nett und liebevoll zu ihnen, zeigt ihnen eure Zuneigung, und vergesst nicht: Das Leben ist zerbrechlich und kostbar.

Und nun wünsche ich euch allen ein wunderschönes Leben, voller kinetischer Energie.